DROEMER

Steve Hamilton

Drei Zeugen zu viel

Thriller

Aus dem amerikanischen Englisch
von Karin Diemerling

DROEMER

Die amerikanische Originalausgabe erschien 2017 unter dem Titel
»Exit Strategy« bei G. P. Putnam's Sons, New York.

Besuchen Sie uns im Internet:
www.droemer.de

FSC
www.fsc.org
MIX
Papier aus verantwortungsvollen Quellen
FSC® C083411

Deutsche Erstausgabe April 2018
Droemer Taschenbuch

Ein Imprint der Verlagsgruppe
Droemer Knaur GmbH & Co. KG, München

Redaktion: Kirsten Reimers
Covergestaltung: NETWORK! Werbeagentur GmbH
Coverabbildungen: Getty Images / by ale_flamy;
Shutterstock / Viktor Gladkov
Satz: Adobe InDesign im Verlag
Druck und Bindung: CPI books GmbH, Leck
ISBN 978-3-426-30499-0

5 4 3 2 1

Für Julia,
wieder einmal und immer wieder.

1

Du bringst einen Menschen um, und das verändert dich.
Du bringst fünf um, und das hat mit Veränderung nichts mehr zu tun.
Das ist dann, wer du bist.
Quintero wusste das. Er hatte es schon bei anderen beobachtet. Auch bei sich selbst. Und er beobachtete es nun bei Nick Mason, während er ihm bei seinen Vorbereitungen zusah und an den Tag dachte, an dem er ihn am Tor des Bundesgefängnisses Terre Haute abgeholt hatte.
Er dachte an Masons ersten Auftrag in dem Motelzimmer.
An sein Gesicht hinterher – ausdruckslos, blutleer –, als er den Mustang zu der Ausschlachtwerkstatt gebracht hatte.
Wie er gesagt hatte, dass er das nie wieder machen würde.
Bis zum nächsten Anruf.
Denn das war der ungeschriebene Vertrag, den Mason unterzeichnet hatte: Zwanzig Jahre seines Lebens im Austausch gegen treue Dienste für Darius Cole. Rund um die Uhr auf Abruf, sieben Tage die Woche. Um zu tun, was von ihm verlangt wurde.
Was es auch war.

Mason zog sein Hemd aus und enthüllte den sehnigen, muskulösen Oberkörper eines Weltergewichts mit heller, untätowierter Haut.
Selbst nach fünfeinhalb Jahren hinter Gittern war er ohne einen einzigen Tropfen Knasttinte an seinem Körper her-

ausgekommen. Dafür hatte Cole gesorgt. Mason legte die Soft-Armor-Schutzweste an, die fest genug war, um alles bis hin zu einer Kaliber .44 Magnum abzuhalten, und zog einen schwarzen Rollkragenpullover darüber. Zusammen mit seiner schwarzen Hose und den schwarzen Schuhen mit Gummisohle war die Uniform eines Profis komplett. Er nahm die schwarze Balaklava, formte sie zu einer eng anliegenden Kappe und setzte sie auf seine kurzgeschnittenen Haare. Dann zog er die Maske herunter, schob sie über den Augen zurecht und warf einen Blick in den Spiegel. Zufrieden rollte er sie wieder auf.

Quintero setzte die schwarze Segeltuchreisetasche, die er über der Schulter trug, auf dem Tisch ab. Mason zog den Reißverschluss auf und sah hinein.

»Da ist alles drin, was du brauchst«, sagte Quintero. »Denk dran, das sind Typen der Extraklasse. Tipptopp in Form, können mit ihren Waffen umgehen.«

»Wie viele?«

»Zehn bis zwölf. Nicht genug, um dich aufzuhalten.«

Mason schüttelte den Kopf, während er die Tauchhandschuhe anprobierte.

»Wie lautet die wichtigste Anweisung?«, fragte Quintero.

»Mich vom einundzwanzigsten Stock fernhalten«, antwortete Mason. »Um Punkt zweiundzwanzig Uhr fliegt er in die Luft.«

»Danach kannst du in aller Ruhe dort rausspazieren.«

Mason nickte.

»Wiederhol noch mal den Plan«, befahl Quintero. »Schritt für Schritt.«

»Der Lieferwagen«, sagte Mason. »Er fährt um einundzwanzig Uhr fünfunddreißig in die Tiefgarage ...«

Nick Mason sah den Lieferwagen vom Columbus Drive in die Tiefgarage abbiegen. Der Fahrer hielt an einer breiten Stahltür und wartete darauf, dass der Pförtner ihm aufmachte. Das verschaffte Mason etwa zwanzig Sekunden Zeit, um unter den Wagen zu kriechen und sich an den Halterungen der Auspuffanlage hochzuziehen, bis sein Körper samt der fest an den Rücken geschnallten Stofftasche den Betonboden nicht mehr berührte. Die Taucherhandschuhe waren dünn und elastisch, ermöglichten ihm einen guten Griff und verhinderten Fingerabdrücke auf jeder Oberfläche, sogar auf dem Unterboden dieses Trucks.

Der Wagen fuhr noch etwa hundert Meter weit, bevor er stehen blieb und die Stahltür hinter ihm zuglitt. Als der Motor abgeschaltet wurde, ließ Mason sich auf den Boden herab und blieb dort still liegen, die Stofftasche neben sich.

Es war einundzwanzig Uhr siebenunddreißig. Die meisten Firmenbüros im Erdgeschoss hatten geschlossen, und der abendliche Ansturm auf die Restaurants war vorüber. Mason wartete, dass der Fahrer ausstieg, und folgte ihm dann in einem Abstand von gut zehn Metern. Kurz darauf war er im Gebäude.

Das »Aqua«. Am Nordende des »The Loop« genannten Downtown-Bezirks gelegen, zweiundachtzig Stockwerke hoch, einer der markantesten Wolkenkratzer Chicagos mit seinen wellenförmigen Balkonen, die um alle vier Seiten wogten. Das Wasserthema setzte sich in der Innenausgestaltung fort, angefangen von der allgegenwärtigen blaugrünen Farbgebung bis hin zu dem Meerwasseraquarium in der Eingangshalle.

Mason bewegte sich rasch, aber ohne Hast auf den Lastenaufzug zu, wusste genau, wo er ihn finden würde. Die Zielperson hielt sich im dreiundvierzigsten Stock auf, also drückte er die Taste für den zweiundvierzigsten und benutzte den Überbrückungsschalter für die Feuerwehr, um ohne Zwischenstopp zu der Etage zu gelangen.

Oben angekommen, betrat er einen leeren Flur. Vor einer der Türen entdeckte er ein Tablett des Zimmerservice auf dem Boden, nahm es und entfernte alles darauf außer der silbernen Tellerglocke. Dann ging er zu der Treppe am Ende des Flurs und stieg in den dreiundvierzigsten Stock hinauf.

Dort öffnete er die Treppentür einen Spaltbreit und sah prüfend in den Gang. Ein Marshal saß auf einem Stuhl vor einem der Zimmer, sieben oder acht Türen weiter. Jung, höchstens dreißig. Stämmig. Er wirkte eher gelangweilt als wachsam.

Mason öffnete seine Tasche und nahm das Mossberg 500 heraus. Ein Modell mit Pistolengriff, verkürztem Lauf und Magazin für sechs Patronen. Es war mit etwas geladen, das der Hersteller gewieft als »Munition zur Massenkontrolle« bezeichnete, Silikonpfropfen, die, wie es hieß, »nicht tödliche, aber kampfunfähig machende Verletzungen« hervorriefen.

Kampfunfähig machende Verletzungen.

Mit anderen Worten, sie sorgten dafür, dass man lediglich *wünschte*, man wäre tot.

»Das musst du überwinden«, sagte Quintero zu ihm. »Einen zu töten und alle anderen leben zu lassen.«

Mason antwortete nicht. Er lud die Flinte.

»Die Knarre in deiner Hand, meinst du, die schert sich darum, wer vor ihr steht?«

Mason sah ihn an.

»Du musst genauso werden«, sagte Quintero. »Bevor dieser Schwachsinn dich umbringt.«

Mason nahm auch die HK USP Halbautomatik aus der Tasche und schob sie in seinen Gürtel. Das Magazin fasste fünfzehn Neun-Millimeter-Patronen, eine sechzehnte steckte bereits in der Kammer. Zum Schluss holte er einen Elektroschockstab heraus und hängte ihn sich an den Gürtel. Fünfundvierzig Zentimeter lang, fast drei Pfund verstärktes Aluminium und eine »Polizeikräftewirksamkeit« von zwölf Millionen Volt, die das gesamte neuromuskuläre System eines Menschen lahmlegte. Noch so eine kleine Versicherung für alle Fälle.

Er ließ die leere Tasche auf den Boden gleiten, steckte sich ein Paar unauffällige Ohrstöpsel in die Ohren und nahm sich noch einen Moment Zeit, um durchzuatmen und sich auf das zu konzentrieren, was vor ihm lag. Denn wenn es erst einmal losging, passierte alles Schlag auf Schlag, ohne Möglichkeit zum Zögern oder Überlegen.

Er öffnete die Treppentür und ging durch den Flur. Das Tablett vom Zimmerservice verbarg die halbautomatische Pistole in seinem Gürtel, die für ein rechtshändiges diagonales Ziehen in der Elf-Uhr-Position steckte, ebenso den Schockstab und den größten Teil des Gewehrs.

Der Marshal stand auf. »Hey! Sie dürfen hier nicht lang!« Dieser kurze Moment der Unentschlossenheit, bevor er nach seinem Funkgerät griff. Mason ließ das Tablett fallen und richtete das Gewehr auf die Brust des jungen Mannes, sah gerade noch, wie dessen Augen groß wurden, bevor er den Abzug drückte und den Silikonpfropfen in seinen Bauch jagte, knapp unterhalb der Schutzweste.

Der Marshal sackte zu Boden, zu einem Ball zusammengekrümmt. Er würde nicht wieder aufstehen, jedenfalls nicht ohne tatkräftige Hilfe und Schmerzmittel. Mason zog die Sturmhaube übers Gesicht, während er auf ihn zuging. Aus der Nähe sah er noch jünger aus – ein Milchbart, der niemals allein hier hätte positioniert werden dürfen. Mason griff in die Jacke des Jungen, zog die Glock aus seinem Holster und nahm ihm das Funkgerät ab. Anschließend holte er einen Kuli aus seiner eigenen Hosentasche – die Spitze war durch einen DC-Adapter ersetzt worden, und das Gehäuse enthielt eine Leiterplatte, die in weniger als einer Sekunde den Zweiunddreißig-Bit-Code des Hotels las und in den Kartenleser einspeiste.

Die Uhr tickte nun, wie er wusste. Irgendwer hatte diesen Schuss mit Sicherheit gehört und rief schon bei der Rezeption unten an.

»Der Marshal im Zimmer ist der Teamchef. Er ist ein Knallharter. Bleibt acht Stunden am Stück bei seinem Kunden – schläft nicht, isst nicht, geht nicht aufs verdammte Scheißhaus, es sei denn, er zerrt den Typ mit sich dort rein. Er nimmt diesen Quatsch persönlich, und er kann schießen. Die haben eins von seinen Zielscheibenblättern bei sich in der Schießanlage aufgehängt, also bau keinen Mist.«

Mason steckte den Kuli in den Port an der Unterseite des elektronischen Türschlosses, und das Lämpchen leuchtete grün. Er öffnete die Tür, bereit, sie aufzutreten, sobald der Sicherheitsriegel innen sie blockierte, doch sie schwang sofort ganz auf.

Leise ging er hinein, hielt sich dicht an der Wand. Nahm keinerlei Bewegung im Zimmer wahr. Die einzige Beleuchtung kam von dem nächtlichen Lichtermeer draußen vorm Fenster. Er machte ein paar weitere Schritte in den Raum hinein, den rechten Finger am Abzug der Flinte. Als er nacheinander in die Küchenecke, das Schlafzimmer und das Bad blickte, wurde es offensichtlich: Es war niemand da.

Kein Marshal, kein Target.

Das Zimmer war ein Täuschungsmanöver.

»Woher wissen wir, dass der Buchhalter sich dort aufhält? Wenn er im Zeugenschutzprogramm ist …«

»Wir haben einen Marshal auf unserer Seite. McLaren ist für eine vorprozessuale Zeugenaussage hier rauf nach Chicago gebracht worden.«

Ken McLaren, Darius Coles einstiger Chefbuchhalter. Ein ehemaliger Steuerfahnder bei der Bundessteuerbehörde IRS und ein Genie darin, Geld nach Übersee zu transferieren, es dann wieder zu »domizilieren«, indem er es in heimische Unternehmen investieren ließ, die auf dem Papier alle legal waren, um es schließlich unter Vermeidung jeglicher Steuerabgaben zurück aufs Konto zu bringen. McLaren hatte fast ein Jahrzehnt lang irrsinnige Haufen von Geld für Cole gescheffelt.

Doch dann wurde sein Sohn auf dem Campus der University of Chicago mit einer dealergroßen Tüte voller Ecstasy-Pillen erwischt, und die Polizei setzte McLaren damit so lange unter Druck, bis er sich bereit erklärte, gegen Cole auszusagen.

»Ihr macht den Weg frei für sein Wiederaufnahmeverfahren«, sagte Mason.

»Das ist nicht deine Sache. Deine Sache ist nur …«

»Ich weiß. Ich knall ihn ab und verschwinde.«

»Denk ja nicht an Letzteres, bevor du Ersteres erledigt hast.«

Mason ging hinaus in den Flur und packte den jungen Marshal am Kragen, der sich immer noch in Fötusstellung den Bauch hielt. Er schrie vor Schmerz auf, als Mason ihn in das Zimmer zerrte und die Tür schloss.

»Wo ist er?«

Der US-Marshal antwortete nicht. Mason setzte ihm den Gewehrlauf an die Schläfe.

»Erste Chance: Wo ist er?«

»Leck mich«, sagte der Marshal.

Mason bewegte den Lauf hinunter zu seinem Bein, drückte ab und jagte das Silikongeschoss mit Schallgeschwindigkeit in seinen Oberschenkel. Der Junge zuckte durch den Aufprallschock krampfhaft zusammen. Eine halbe Sekunde später signalisierte die Verletzung eine klare Botschaft an sein Gehirn, und er begann zu schreien.

Mason ließ ihm ein paar Sekunden Zeit, um sich zu verausgaben. Dann setzte er den Lauf erneut an seine Schläfe.

»Zweite Chance: Wo ist er?«

»Oben«, keuchte der Marshal.

»Wo oben?«

»Zehn Etagen. Dreiundfünfzigste.«

»Apartmentnummer?«

»Weiß ich nicht.«

Mason drückte den Lauf fester gegen seine Schläfe.

»Fünf-drei-null-sieben.«

Mason nahm die Handschellen vom Gürtel des Mannes, schloss eine um sein rechtes Handgelenk und zog ihn ein paar Meter weit zu dem Küchentresen, der eine altmodische Fußstütze aus Messing hatte. Er fesselte ihn daran und warf danach das Haustelefon auf dem Tresen in die Spüle. Als er sich bückte, um dem Marshal das Handy abzunehmen, flüsterte er ihm ins Ohr: »Wenn er nicht dort ist, wirst du dir wünschen, ich hätte dich umgebracht.«

Mason hob das Zimmerservice-Tablett auf dem Weg nach

draußen auf, ging zurück zur Treppe und stieg die zehn Etagen zur dreiundfünfzigsten hinauf. Dort öffnete er die Tür zuerst wieder nur einen Spalt.
Der Gang war leer.
Keinen Mann draußen abgestellt – noch so ein Kniff, um das Zimmer geheimzuhalten.
Er eilte zu Nummer 5307, nahm den Stift heraus und öffnete das Schloss. Wieder überraschte es ihn, dass die Tür nicht durch den Riegel innen blockiert wurde, doch er kam nicht mehr dazu zu überlegen, wie der Marshal ihn reingelegt hatte, denn plötzlich wurde die Tür des Zimmers hinter ihm aufgerissen.
»Keine Bewegung!«
Mason drehte sich um, sah noch das Mündungsfeuer und fühlte den Stoß gegen seine Brust. Die Kugel wurde von der Weste abgehalten, aber die Wucht des Aufpralls erschütterte seinen ganzen Körper, als wäre er von einem Zementsack getroffen worden. Im Rückwärtsfallen drückte er den Abzug, verzog aber nach oben. Der Marshal kam auf ihn zu und wollte gerade zum zweiten Schuss ansetzen, da feuerte Mason erneut. Diesmal traf er ihn in der Leistengegend, woraufhin der Mann zusammenbrach und auf ihm landete.
Mason schob ihn von sich. Dieser Mann war deutlich älter, hatte ergrauende Haare und ein zerfurchtes Gesicht, war wahrscheinlich schon seit mindestens dreißig Jahren Marshal. Hatte geschworen, seine Schutzbefohlenen mit seinem Leben zu verteidigen. Er hielt sich den Schritt mit beiden Händen, die Augen zusammengekniffen, und atmete stoßweiße durch die zusammengebissenen Zähne.
Mason nahm ihm die Glock und das Funkgerät ab und schleifte ihn in das Apartment gegenüber.

Die Räume waren nur spärlich möbliert. Sofa, Fernseher, Couchtisch, viel Leere und keine Versteckmöglichkeiten. Er ging in die Küche, ins Schlafzimmer, sah unters Bett, in den leeren Kleiderschrank. Dann ins Bad, wo er den Duschvorhang zur Seite riss.

Verdammt, wo ist McLaren?

Er kam zurück in den Wohnbereich, stand einen Moment ruhig da, überlegte, wo er war, was das Aqua zum Aqua machte: die Balkone auf jedem Stockwerk, bis hinauf zum obersten. Er ging auf den Vorhang vor der Fensterfront zu und zog ihn beiseite.

Der Buchhalter stand draußen, drückte sich in der hintersten Ecke ans Eisengeländer. Er sah nicht so aus, wie Mason erwartet hatte, keine sesselfurzende Vogelscheuche, sondern einer, der offensichtlich viel Zeit im Fitnessstudio verbrachte, auch wenn die Bizepse, die sein Oberhemd aufspannten, bloß zum Angeben da waren. Mason schob die Balkontür auf und fühlte den kalten Luftzug im Gesicht. Er hörte den Verkehr auf der Columbus, dreiundfünfzig Etagen weiter unten. Sirenen in der Ferne, wahrscheinlich schon zu diesem Hochhaus unterwegs, während ringsherum die Millionen Lichter der Stadt funkelten. Unter anderen Umständen wäre es wunderschön gewesen hier oben.

Der Buchhalter richtete sich gerade auf und sah ihm ins Gesicht, als er die Pistole aus dem Gürtel zog.

Mit nicht tödlicher Gewalteinwirkung war es nun vorbei. Als Mason die Waffe anlegte, sah er etwas in McLarens Blick aufzucken, drehte sich den Bruchteil einer Sekunde zu spät um und bekam einen Schlag auf den rechten Unterarm. Die Pistole fiel scheppernd auf die Balkonfliesen und wurde weggekickt, worauf Mason sich dem wieder einsatzfähigen Marshal gegenübersah. *Ich hätte mich vergewissern müssen, dass er k. o. ist,* schoss es ihm noch durch den Kopf, als der Mann ihn auch schon wieder ins Visier nahm und ihm einen Hieb gegen die Kinnlade versetzte. Doch er kam schnell wieder hoch, stieß dem Marshal den Fuß zwischen die Beine und warf ihn nieder.

Gerade wollte er nach dem Elektroschockstab an seinem Gürtel greifen, als der Buchhalter ihn von hinten attackierte, wobei der Schwung sie vorwärts ins Wohnzimmer trug.

Von McLarens Armen fest umschlossen, landete Mason flach auf dem Couchtisch, der unter ihm zusammenkrachte. Er wand sich herum und langte nach dem Hals seines Gegners, doch der war gut zwanzig Kilo schwerer und begann, wie wild auf seinen Kopf einzuschlagen. Er spürte McLarens Ehering über seine Wange schaben, spürte einen weiteren Hieb knapp neben dem Auge, aber als McLaren mit der Faust auf seine Rippen zielte, stieß der plötzlich einen Schmerzensschrei aus und krampfte die Hand in seine Schutzweste.

Mason, den Schockstab noch in der Hand, legte ihn seitlich an den Kopf des Buchhalters und rollte sich mit ihm herum, gerade noch rechtzeitig, um zu sehen, wie der Marshal das Gewehr vom Boden aufheben wollte. Schnell packte er es und entwand es ihm, brach ihm dabei mindestens einen Finger und löste einen Schuss aus. Er fühlte die Hitze durch seine Handschuhe, als der Fernsehbildschirm explodierte, drückte die Taste an dem Metallstab und rammte ihn in den Hals des Marshals, schickte zwölf Millionen Volt durch seinen Körper. Der Mann war schockstarr, bis er den Stab wegnahm und ihm damit auf den Kopf schlug, so dass er endgültig liegen blieb.

Mason rappelte sich hoch, sammelte seine Waffen ein und wischte sich das Blut von der Wange.

»Sorg dafür, dass er Bescheid weiß«, sagte Quintero. »Dass er weiß, wer dich geschickt hat.«

»Meinst du, er wird da irgendeinen Zweifel haben?«

»Ich bezahle Sie«, sagte McLaren. Er stand langsam auf, eine Hand an die Schläfe gelegt, wo Mason ihn getroffen hatte. »Egal, was Cole Ihnen bezahlt, ich zahle das Doppelte.«

»Es geht nicht immer ums Geld«, erwiderte Mason und legte erneut die Pistole an.

Das war der eine Schritt, den er nicht zu planen brauchte. Den er nicht planen wollte, an den er nicht einmal flüchtig denken wollte. Er wusste, dass dieser Moment kommen würde, wusste, dass alles andere grau in grau verblassen würde, dass die Zielperson vor ihm stehen und er schießen würde, alles auf bloße Technik reduziert: aufs Korn konzentrieren, das Opfer zu einem verschwommenen Schemen werden lassen. Noch ein Atemzug, dann ein entschlossenes Abdrücken.

»Bitte«, sagte der Buchhalter. Und Mason schoss dreimal. Brust, Brust, Kopf.

Der tote Körper schlug auf dem Boden auf.

Mason sah auf seine Armbanduhr. Es war einundzwanzig Uhr siebenundfünfzig. Das Köderzimmer hatte ihn wertvolle Zeit gekostet.

Nur noch drei Minuten, bevor Quinteros Bombe hochging.

2

Mason ließ den toten Buchhalter in seiner Blutlache liegen, stieg über den bewusstlosen Marshal hinweg und machte die Tür auf. Da er von links Schritte und Stimmen hörte, lief er nach rechts.

Er zog die Tür zur Treppe auf und rannte nach unten, die Flinte immer noch in der Hand, die halbautomatische Pistole wieder in den Gürtel gesteckt. Die Sturmhaube hatte er noch übers Gesicht gezogen, schob sie jetzt aber bis zur Nase hoch, um besser atmen zu können, während er eine Treppenflucht nach der anderen abwärtshechtete.

Zehn Stockwerke. Dann zwanzig. Die Nummern flogen an ihm vorbei, er sah auf die Uhr und stellte fest, dass ihm weniger als zwei Minuten blieben, um rauszukommen. Im siebenundzwanzigsten Stock blieb er kurz stehen, um Atem zu schöpfen.

Er hörte das Krächzen eines Funkgeräts auf der anderen Seite der Gangtür und wollte gerade weiterlaufen, als die Tür aufging und er sich plötzlich einem anderen maskierten Gesicht, einem der US-Marshals, gegenübersah. Der Mann erholte sich rasch von seinem Schreck und schrie: »Stehen bleiben!«

Mason schoss ihm auf den unbedeckten Bauch unterhalb der Schutzweste. Das Silikongeschoss faltete den Mann in der Mitte zusammen, so dass er die Waffe fallen ließ. Mason warf sich hinter die Deckung der Tür, hob das Gewehr und kam mit einer geschmeidigen Bewegung hervor, um einen zweiten Marshal auszuschalten. Dann zog er sich wieder hinter die Tür zurück, legte das Gewehr erneut an und spürte diese kaum merkliche Hohlheit einer leeren Waffe.

Scheiße. Alle sechs Schuss verbraucht.

Er blieb hinter der Tür und ließ den dritten Marshal näher kommen, bis er den Lauf seiner Glock sah. Dann knallte er die Tür gegen seinen Arm, entriss ihm die Pistole und schlug ihn damit ins Gesicht. Er nahm ihn in den Schwitzkasten und drückte zusätzlich von hinten gegen seinen Nacken. Zehn Sekunden unverminderter Druck auf die Halsschlagader, wodurch die Blutzufuhr abgeschnitten wurde. Danach ließ er ihn zu Boden gleiten.

Er sah auf die Uhr.

Noch eine Minute.

Laute Stimmen über ihm und noch mehr Schritte. Er rannte weiter die Treppe hinunter, Stockwerk für Stockwerk. Bis er jemanden etwas brüllen hörte, dann eine halbe Sekunde später das Krachen eines Schusses und das metallische Klirren einer Kugel, die nur wenige Zentimeter von seiner Hand entfernt vom Geländer abprallte. Er warf sich gegen die Wand und zog die Pistole aus seinem Gürtel. Jetzt blieb keine Zeit mehr, über tödliche Gewalteinwirkung kontra nicht-tödliche kontra sonst irgendwas nachzudenken.

Er stellte sich vor, was passieren würde, wenn er zauderte: Die Marshals, die ihn in die Enge trieben, ihm befahlen, die Waffe fallen zu lassen, ihn in Handschellen abführten – bloß die erste Stufe einer Prozedur, die er schon einmal durchgemacht hatte. Nur dass er diesmal für den Rest seines Lebens einsitzen würde.

Dazu würde er es nicht kommen lassen, egal, was es kostete.

Jetzt kamen auch Stimmen von unten herauf, wie ein Echo der von oben, die noch dazu lauter wurden. Er stieß die Gangtür auf und rannte durch den Flur. Er hatte keine andere Wahl.

Mitten im Gang bemerkte er, wo er war.

Im einundzwanzigsten Stock.

»Und wie zum Teufel soll ich da rauskommen?«, hatte er Quintero gefragt. »Diese Waffen sind nicht eben leise.«

»Der einundzwanzigste Stock wird gerade renoviert, so dass er nachts leersteht. In einem der Zimmer ist Sprengstoff deponiert, der um Punkt zweiundzwanzig Uhr detonieren wird. Sieh zu, dass deine Uhr richtig geht.«

»Und was ist, wenn ich zufällig gerade in dem Stockwerk bin?«

»Das Haus hat zweiundachtzig beschissene Stockwerke, Mason, du brauchst dich nur von einem einzigen fernzuhalten. Sei einfach um zehn auf dem Weg nach unten, dann kommst du raus.«

Er machte sich nicht die Mühe, auf die Uhr zu sehen. Er wusste, dass ihm nur noch Sekunden blieben.

»Waffe fallen lassen!«

Mason drehte sich um und feuerte, um sich selbst Deckung zu geben, spürte jedoch gleich darauf einen weiteren Aufprall, diesmal an seiner Schulter. Der Schmerz war völlig anders als bei dem Schuss, der ihn auf die Weste getroffen hatte, scharf statt dumpf und auf eine kleine, höllisch brennende Stelle konzentriert.

Ich bin getroffen. Der Satz hallte hohl und wie von fern durch seinen Kopf, nicht dringlich, bloß eine Feststellung. Ein Problem, um das er sich jetzt nicht kümmern konnte. Er feuerte erneut, woraufhin der Schütze sich hinter die Tür zurückzog, und wirbelte dann gerade noch rechtzeitig herum, um einen weiteren Polizisten aus der anderen Richtung auf sich zukommen zu sehen.

»Auf den Boden! Sofort auf den Boden!«

Mason schoss auf den nächstbesten Türknauf, trat die Tür auf und rannte durch das leere Zimmer. Nahm die kahlen Wände und die Farbeimer kaum wahr, schoss im Laufen das Balkonfenster heraus, das in tausend Scherben zerbrach, und hechtete hinaus und über das Geländer.

Der nächste Augenblick bestand nur aus Hitze, Licht und Knall, alles andere wurde davon ausgelöscht. Die Wucht der Explosion sprang ihn an wie ein riesenhaftes Raubtier, das ihn in die kalte Nacht hinaus verfolgte. Er klammerte sich mit einer Hand an das Geländer und fühlte sich schon abrutschen, während einundzwanzig Stockwerke tiefer die Straße auf seinen fallenden Körper wartete.

Eine zweite Explosionswelle traf ihn stärker als die erste, und er musste loslassen. Im Fallen streckte er instinktiv die Hände aus, bis sein linker Arm gegen das nächste Eisengeländer knallte und er ihn schnell darum hakte. Er hing jetzt eine Etage unterhalb der Detonation, die Kälte wie ein Eintauchen in den Ozean, aber während er sich krampfhaft festhielt, merkte er, wie seine Finger schon wieder abglitten. Mit letzter Kraft versuchte er, sich hochzuziehen, hörte dabei den Brand in der Etage über sich wüten. Noch ein Fenster zerbarst.

Das Sirenengeheul kam näher. Als er kurz nach unten blickte, sah er ganz klein die blinkenden Blaulichter mehrerer Streifenwagen.

Alles kam ihm so weit weg vor, alles außer dem Schmerz in seiner rechten Schulter und dem Stück kalten Metall, das er durch den Handschuh an seiner Linken spürte, ein letzter Anker, um ihn vor dem Fall zu bewahren.

Mason gab sich einen Ruck und versuchte, den rechten Arm zu heben.
Nichts. Der Arm war tot.
Er fühlte Blut an ihm herunterrinnen. Der rechte Handschuh war schon durchtränkt, und das Blut troff von seinen Fingerspitzen. Seine linke Hand wurde mit jeder Sekunde tauber, sein Griff schwächer. Er konnte sich vielleicht noch eine Minute halten, höchstens zwei.
Nach allem, was er durchgemacht hatte, jetzt so zu sterben …
Er dachte an seine Tochter, sah ihr Gesicht vor sich, sah sie über den Fußballplatz rennen. Rief laut ihren Namen – »Adriana!« –, dem heulenden Wind zum Trotz, der um ihn herumwirbelte. Dann versuchte er noch einmal, den rechten Arm zum Geländer hinaufzuschwingen.
Geschafft.
Jetzt hing er mit den Achselhöhlen über dem Eisengeländer, und seine strampelnden Füße fanden auf dem vorspringenden Balkon Halt, so dass er sich abstoßen und hinüberhieven konnte. Kraftlos ließ er sich auf den Boden sinken und holte, auf dem Rücken liegend, in tiefen Zügen Atem. Noch mehr Sirenen lärmten unten auf der Straße, wobei sich unter das an- und abschwellende Geheul der Streifenwagen nun auch die hupenden Basstöne der Feuerwehrwagen mischten. Innerhalb von einer Sekunde war das Aqua zum Mittelpunkt der Welt geworden. Als er sich herumrollte, um auf die Beine zu kommen, betastete er seine rechte Schulter. Er fühlte kein Blut durch den Handschuh, aber kaum hatte er ihn weggenommen, sah er glänzendes Rot.
Mason drückte gegen die Balkontür, die unverschlossen war. Er ging durch das Apartment und hielt nur kurz inne,

um einen Wäschekorb zu durchwühlen, in dem er ein rotes Hemd fand. Es war kurzärmelig und drei Nummern zu groß, aber er zog es über seinen schwarzen Pulli, dessen rechte Seite nun blutdurchtränkt war. Das Zimmer drehte sich um ihn, und er musste sich einen Moment an der Wand abstützen. Dann trat er hinaus in das Chaos im Flur. Der Feueralarm plärrte ohrenbetäubend, Warnlichter tasteten zu beiden Seiten die Wände ab, und ein Dutzend Menschen hastete auf die Treppe zu. Mason schloss sich ihnen an, die Balaklava wieder zu einer Mütze aufgerollt. Überlegte, ob irgendeine Chance bestand, sich unerkannt unter die Menge zu mischen.

Im Treppenhaus drängten sich mindestens weitere hundert Leute jeden Alters und jeder Hautfarbe, aber mit einer Gemeinsamkeit: der blinden Panik vor etwas *Echtem*. Sie spürten es alle: Das war *kein* Übungsalarm. Viele Etagen weiter oben stolperten andere Leute gerade über die außer Gefecht gesetzten Marshals, was wahrscheinlich zusätzliche Panik verursachte, doch hier unten im zwanzigsten Stock ging es schlicht ums Überleben, darum, die Treppe hinunter und raus auf die Straße zu kommen.

Mason lief mit der Menge mit, bis er kurz stehen bleiben und sich an die Wand lehnen musste. Als eine ältere Frau ihn am Arm fasste und fragte, ob ihm nicht gut sei, sah er schnell weg und ging weiter.

Das Gedränge wurde immer größer, da auf jeder Etage mehr Menschen ins Treppenhaus strömten wie Nebenflüsse in einen großen Fluss, der sich schließlich unten ins Foyer ergoss.

»Es gibt einen Ausgang direkt gegenüber dem Treppenhaus.« Quinteros Anweisungen fielen ihm wieder ein. *»Fünfzehn Meter, und du bist draußen.«*

Mason ließ sich ein Stück zurückfallen und spähte durch die Türöffnung zum Haupteingang. Mehrere Marshals standen dort, die zwar niemanden anhielten, aber allen, die das Gebäude verließen, forschend ins Gesicht blickten. Er beobachtete, wie einer einen Mann seines Alters und seiner Größe stoppte, ihn durchsuchte und befragte, bis er ihn endlich gehen ließ.

»Falls es ein Problem gibt, hast du einen zweiten Ausgang rechts von dir. Etwa dreißig Meter entfernt.«

Er blickte in die Richtung und sah eine weitere Gruppe von Marshals auch diesen Nebenausgang bewachen.

»Deine dritte Option ist der Tunnel. Aber wenn du dort runtergehst, gibt's keine andere Möglichkeit mehr.«

Mason sah zu der gläsernen Doppeltür hin, die den Zugang zu einem Netz aus Fußgängerunterführungen bildete, diesem Rattenlabyrinth aus Tunneln, das sich unter dem größten Teil des Loop erstreckte. Ein einzelner Stadtpolizist stand dort und schickte die Leute weg, lenkte sie zurück zum Haupteingang.

»Nimm den Tunnel nur, wenn dir nichts anderes übrigbleibt.«

Er schob sich mit der Menge langsam hinaus ins Foyer und hielt sich dabei dicht an der Wand, bis er den Cop mit einem Paar mittleren Alters sprechen sah. Die Sturmmütze wieder übers Gesicht gezogen, ging er rasch auf die Glastür zu. Der Polizist drehte sich genau in dem Augenblick um, als er ihn erreichte, und zuckte noch mit den Händen an sein Holster, doch er streckte ihn mit einem linken Haken nieder. Er stieg über ihn hinweg, riss die Tür auf und rannte hinunter in den Tunnel.

»Lauf nordwärts, dann westwärts. Dort sind Ausgänge zur Water Street, Columbus Avenue, Stetson.«

Seine Schulter stand jetzt in Flammen, und er hörte jemanden hinter sich die Treppe hinunterkommen.

»Danach halt dich bei jeder Abzweigung links. Wenn die Kacke richtig am Dampfen ist, lauf in den stillgelegten Tunnel kurz vor der Michigan Avenue.«

Er versuchte verzweifelt, sich den Tunnelplan vor Augen zu halten, aber vor ihm drehte sich alles, einschließlich des Plans.

Neue Stimmen, hämmernde Schritte, die laut von den gekachelten Wänden widerhallten. Er begann zu laufen. Alles wirkte blaustichig in dem kalten, künstlichen Licht, Cops scheinbar überall in diesem verdammten Labyrinth. Sein Herz pumpte, und immer mehr Blut sickerte in seinen Pullover.

Scheiße, ich hab mich verirrt. Ich hab keinen blassen Schimmer, wo ich …

Da!

Vor sich sah er die Sperrholzplatten, mit denen der Eingang zu dem alten Tunnel verrammelt war. Eine Tür war in das Sperrholz geschnitten und mit einem Vorhängeschloss versehen. Er schoss darauf, verfehlte es, fokussierte seinen Blick und schoss noch einmal. Dann trat er die Tür auf und suchte sich einen Weg durch die Dunkelheit dahinter. Hier und da tropfte Wasser, Ratten huschten um ihn herum, und es roch nach Staub aus einer anderen Ära. Er tastete nach dem Schockstab, um sich mit der Taschenlampe an dessen Spitze zu leuchten, doch die funktionierte nicht mehr.

Taumelnd und stolpernd kämpfte er sich auf den alten Eisenbahnschienen voran, bis er weiter vorn ein schwaches Licht ausmachte. Höchstens einen Häuserblock entfernt, aber es wirkte wie ein ferner Stern am Himmel. Holz knarrte hinter ihm, wieder Stimmen und dann ein dünner Lichtstrahl, der nach ihm suchte.

Mason raffte sich ein wiederholtes Mal vom Boden auf, sah das Licht heller werden und fand endlich eine Holztreppe, die nach oben führte. Er schaffte es hinauf und drückte unüberlegt mit der rechten Schulter gegen die Tür dort, woraufhin eine Welle von Schmerz und Übelkeit durch ihn hindurchschwappte und ihn beinahe in Ohnmacht fallen ließ. Schließlich bekam er die Holztür auf und wurde vom plötzlichen Schein einer Straßenlaterne geblendet.

Danach nahm er alles nur noch verschwommen wahr. Er schleppte sich durch die Straßen, wandte sich dabei immer wieder von den vorbeisausenden Sirenen und Blaulichtern ab. Irgendwie fand er zu seinem Auto, mittels motorischem Gedächtnis und purer Tollkühnheit. Setzte sich ans Steuer, ließ den Motor an, streifte um ein Haar mehrere aufeinanderfolgende Wagen, als er sich in den Verkehr einfädeln wollte.

Und dann beging er seinen größten Fehler in dieser Nacht. Er fuhr nach Norden.

3

Als Lauren ihre Tür aufmachte, sah sie Blut.

Sie versuchte noch, Nick aufzufangen, als er auf der Schwelle zusammenbrach, doch er schlug hart auf dem Boden auf. Der Hund, der in einem der Zimmer eingeschlossen war, begann zu bellen.

»Oh Gott! Was ist passiert?«

Er antwortete nicht. Sie fühlte, wie durchnässt seine Sachen waren, sah Blut auf ihre Hartholzdielen tropfen. Ein Handy klingelte in einer seiner Taschen. Lauren schloss die Tür hinter ihm und zog ihn in die Wohnung, lehnte ihn gegen die Wand. Er stöhnte, als sie ihm langsam das Hemd und den Pullover auszog.

»Wer hat dir das angetan?«

Sie stutzte, als sie die schwarze Schutzweste sah.

Doch ihre Überraschung dauerte nur einen Moment, schließlich hatte sie immer gewusst, dass dieser Tag kommen würde.

Wenn er fortging, wollte er ihr nie sagen, wohin er ging oder was er vorhatte ... Sie wusste nur, dass er hasste, was er zu tun hatte. Und jetzt würde das, was er heute Nacht getan hatte, was es auch war, ihn umbringen. Er würde hier auf ihrem Fußboden sterben.

»Ist nicht so schlimm. Das wird wieder«, sagte sie, was ihr zugleich wie eine Lüge und wie ein Gebet vorkam.

Sie zog die Klettriemen der Weste auf und nahm sie ihm vorsichtig ab. Er stöhnte, und dann sah sie die Schulterwunde. Ein gezacktes Loch knapp über dem Schlüssel-

bein, dicht am Hals. Das Blut floss wieder, strömte ihm über die Brust. Lauren schnappte nach Luft, beinahe von Übelkeit und Panik überwältigt, aber sie unterdrückte beides. Sie lief in die Küche, um Tücher und das schnurlose Telefon zu holen, rutschte auf dem blutglitschigen Boden aus, fiel aber nicht. Wieder zurück, drückte sie Lappen und Geschirrtücher mit einer Hand auf die Wunde und wählte mit der anderen eine Nummer.
Mason hob den Arm und schlug ihr das Telefon aus der Hand, dass es über die Dielen schlitterte.
»Nein«, ächzte er. »Keine Anrufe.«
»Du verblutest.«
»Nicht den Notruf. Lass mich einfach …«
»Bist du verrückt?«
Mason packte sie am Handgelenk.
»Nick, bitte …« Sie wollte sich losreißen.
Mason hielt sie fest. Er war kurz davor, das Bewusstsein zu verlieren.
Sein Handy klingelte erneut.
Diesmal zog Lauren es aus seiner Hosentasche und sah auf den Bildschirm.
UNBEKANNTER ANRUFER.
»Geh nicht ran«, nuschelte er, während seine Lider sich flatternd schlossen.
Niemals sein Telefon anfassen: Auch das hatte sie ihm versprechen müssen. So wie nie zu fragen, wo er war oder was er getan hatte.
»Ich muss aber«, protestierte sie und machte sich los. »Du stirbst sonst, und das lasse ich nicht zu.«

Mason trieb durch ein Meer aus Dunkelheit. Fern von Licht, fern von Klang. Als er langsam wieder an die Oberfläche kam, hörte er irgendwo weit weg eine Stimme. Worte, die noch ohne Bedeutung waren.

Hallo, hier ist Lauren. Nick ist angeschossen worden. Er will nicht, dass ich neun-elf anrufe. Was soll ich tun?

Er tauchte von der Oberfläche zurück in die Dunkelheit. Dort blieb er eine Minute, eine Stunde oder einen Tag, bis er sich wieder nach oben treiben fühlte. Verschiedene Geräusche – ein Klopfen an der Tür, gedämpftes Hundebellen, die aufgebrachte Stimme einer Frau – zogen ihn hinauf ans Licht. Beim Auftauchen sah er ein Gesicht auf sich herabstarren.

Quintero kniete vor ihm auf dem Boden und hatte eine braune Plastikflasche in der Hand. Als er das Peroxid auf die Wunde goss, schoss neuer Schmerz durch Masons Körper, und jeder Muskel spannte sich so abrupt an, dass es fast wie ein Krampfanfall war.

»Was … machst du … da? Wie … bin ich … hierhergekommen?«, fragte er mit unstetem Blick.

»Keine Ahnung, Mann. Aber du hast Scheiße gebaut.«

Quintero schüttete etwas von der klaren Flüssigkeit in eine Rührschüssel aus Edelstahl. Die Goldketten um seinen Hals schwangen bei jeder Bewegung hin und her, und das Spiel seiner Muskeln belebte die Welt aus Tattoos auf seinen Armen.

»Lauren«, sagte Mason, als es ihm wieder einfiel.

»Ich bin hier.«

Ihre Stimme kam von irgendwo hinter ihm. Er reckte sich, um sie zu sehen, doch Quintero hielt ihn mit einer Hand auf seiner Brust ruhig.

Warum bin ich hierhergekommen?, fragte Mason sich.

Diese Wohnung ist doch mein Zufluchtsort. Vom ersten Abend an, als sie mich mit zu sich raufgenommen hat, war das der einzige Ort, an dem ich mich verkriechen und so tun konnte, als ginge der Rest meines Lebens mich nichts an.
Und jetzt habe ich das kaputt gemacht.
»Komm mal her. Halt das«, sagte Quintero zu Lauren und wedelte mit einem Mulltupfer. »Drück das auf seine Schulter.«
Sie kam herum, rührte aber keinen Finger.
»Er verblutet, wenn du mir nicht hilfst«, sagte er, lauter zwar, aber immer noch ruhig.
Mason sah es in ihrem Blick: Sie kannte diesen Mann. Er war ihr Alptraum, er war der Mann, der ihm im Nacken saß. Ihm Befehle gab. Sie beide daran hinderte, ein normales Leben zu führen.
Sie bewegte sich nicht.
»Ist schon gut«, sagte Mason. »Du kannst ihm helfen.«
Er fokussierte seinen Blick auf ihr Gesicht, ihre Lippen, ihre braunen Augen, in denen jetzt Angst und Sorge standen. Ihre kurzen braunen Haare hatten ihn sofort angezogen, als er in die Tierhandlung gekommen war, um Max zu kaufen, die Jugend und Unabhängigkeit, die sie signalisierten. Das sorglose Leben. Doch es waren ihre Aufrichtigkeit und ihr gutes Herz, die ihn letztlich für sie eingenommen hatten, Charaktereigenschaften, die für all das standen, was er selbst nicht haben konnte.
Quintero hielt ihr den Mulltupfer hin. »Nimm das. Drück es auf seine Schulter.«
Sie nahm den Tupfer, hockte sich aber nicht hin, sondern starrte auf die Wölbung unter Quinteros heraushängendem T-Shirt.

Mason sah, wie es in ihrem Kopf arbeitete. Sie kannte sich nicht mit Waffen aus, hasste sie. Dennoch …

»Tu einfach, was er sagt«, bat er sie. *Und mach bloß keinen Quatsch.*

Damit war der Bann gebrochen, und jeder Gedanke daran, sich Quinteros Pistole zu schnappen, verflog. Sie kniete sich hin und presste den blütenweißen Baumwollmull auf die Wunde, der sich sofort vollsog und rot färbte.

»Fester«, befahl Quintero.

Mason sah zum Fenster hinaus in die Dunkelheit und auf die einsame Straßenlaterne, die hoch über dem Pflaster leuchtete. Ein blauer Widerschein flackerte über die Wand, ein vorbeifahrender Streifenwagen. Dem Schein mit den Augen folgend, rekonstruierte er seine Fahrt hierher, vom Aqua bis zu diesem Wohnhaus, das gleich um die Ecke vom Baseball-Stadion Wrigley Field lag.

»Mein Wagen«, sagte er. »Er ist wahrscheinlich gesehen worden.«

Quintero schüttelte den Kopf. »Du solltest ihn in die Werkstatt bringen.«

Mason widersprach nicht. Er schob Laurens Hand sachte weg und versuchte, sich die Wunde anzusehen, aber sie war zu dicht an seinem Hals.

Lauren warf den blutdurchweichten Tupfer auf den Boden.

Quintero sah sie an, kalt und drohend. »Nimm dir mehr Mull und mach weiter.«

»Ich werd bestimmt wieder«, sagte Mason zu ihr. »Bleib ganz ruhig. Er weiß schon, was er tut.«

Quintero kippte noch mehr von dem Peroxid in die Schüssel und warf eine Pinzette und ein Schablonenmesser hinein.

»Du.« Er zeigte auf Lauren. »Vergiss den Verbandsmull. Hol mir deine Nähnadeln. Und Faden. *Starken* Faden.«
Das war zu viel. Lauren stand auf. »Das ist doch Schwachsinn. Ich rufe jetzt neun-elf an.«
Sie zog Nicks Handy aus ihrer Hosentasche, aber bevor sie die erste Ziffer tippen konnte, war Quintero auf den Beinen.
»Sieh mich an«, sagte er und zeigte mit zwei Fingern auf seine Augen. »Du kannst entweder helfen oder ihn hier auf deinem Fußboden verrecken lassen. Liegt bei dir. Aber eins wirst du nicht tun, nämlich den Krankenwagen rufen. Verstanden?«
Lauren nickte, hatte jedoch das Telefon noch in der Hand. Drei Ziffern, dachte sie. Sie könnte sie mit dem Daumen tippen. Neun ... eins ...
Jemand schnippte mit den Fingern. Als Lauren aufsah, richtete Quintero die Pistole auf sie. Ihr stockte der Atem. Er schnippte wieder. »Das Handy.«
»Gib es ihm«, sagte Mason und versuchte, sich aufzurichten.
Lauren gab Quintero das Telefon.
»Nadel und Faden. Sofort.«
»Nick ...« Sie sah ihn an, kämpfte mit den Tränen, gab ihnen aber nicht nach.
»Hol ihm das Nähzeug«, sagte Mason. »Wird schon gutgehen.«
Kopfschüttelnd verließ sie das Zimmer. Quintero half ihm, sich aufzusetzen, und nahm die Pinzette aus der Flüssigkeit.
»Was war heute Nacht los?«, fragte er.
»Ich habe die Zielperson erledigt. Hatte ein bisschen Probleme rauszukommen.«

»Du hättest nicht hierherkommen sollen.«

»Mach dir keine Gedanken wegen ihr.« Mason wollte nicht einmal Laurens Namen vor diesem Mann aussprechen. »Bring mich einfach hier raus.«

»Du kannst noch nicht gehen.«

Quintero zog die Ränder der Schusswunde auseinander und bohrte mit der Pinzette darin herum. Die Schmerzen bewirkten, dass Mason wieder in die Dunkelheit abtauchte. Quintero presste eine Hand von hinten auf seine Schulter.

»Keine Austrittswunde. Die Kugel ist noch drin. Die Weste hat sie offenbar gebremst.«

»Dann hol sie raus.«

»Was du nicht sagst. Meinst du, ich mache so was zum ersten Mal? Halt einfach die Klappe und beweg dich nicht.«

Quintero tauchte die Pinzette in die Schüssel. »Das wird jetzt höllisch weh tun.«

Mason kniff die Augen zusammen und wartete. Er spürte kaltes Metall und dann wieder den gleichen brutalen, elektroschockartigen Schmerz, nur verdoppelt jetzt, dann verdreifacht. Ein Schweißgerät schnitt durch seine Nervenenden und streute Funkenregen in alle Richtungen.

»Halt still«, sagte Quintero leise und ruhig.

Doch Mason hörte ihn nicht mehr. Er hielt die Augen geschlossen und zählte die Sekunden, bis der Schmerz plötzlich nachließ und er Luft holen konnte. Dann fiel die Kugel klirrend in die Schüssel, und er machte die Augen auf.

»Kaliber .40«, sagte Quintero.

»Ich brauche eine bessere Weste.«

»Noch besser: Lass dich nicht treffen.«

»Das Ziel war nicht im richtigen Zimmer«, sagte Mason. Auf einmal ließ die Wut ihn die schlimmsten Schmerzen vergessen. »Eure Quelle hatte die falschen Infos.«
»Und du hast dich der Situation angepasst«, erwiderte Quintero und griff zu dem Schablonenmesser.
»Was machst du da?«
»Ich muss die Ränder säubern, damit ich dich zunähen kann.«
Mason kniff die Augen zusammen und fühlte wieder die brutalen Stromstöße durch sich hindurchschießen, während Quintero schabte und schnitt.
Lauren kam mit einer Spule Nähseide und einer Auswahl an Nadeln zurück, die sie Quintero reichte. »Hier.«
Er nahm sich eine der Nadeln und zog eine Grimasse. »Hast du nichts Besseres?«
»Ich flicke zerrissene Jeans, keine Schusswunden.«
Er ignorierte das und riss einen halben Meter Faden von der Spule.
»Glaub mir, du willst nicht dabei zusehen«, sagte er.
»Ich gehe hier nicht weg«, erwiderte sie.
Quintero zuckte die Achseln und zog eine zusammenklappbare Lesebrille aus seiner Hemdtasche, die er sich tief auf die Nase setzte. Ein merkwürdiger Moment der Stille entstand, als er den Faden mit der Geschicklichkeit einer Schneiderin durch das Öhr fädelte, dieses ehemalige Gangmitglied mit dem grün-weißen »La Raza«-Tattoo auf dem Arm und den drei Ringen in den Ohren.
Mason schloss ein letztes Mal die Augen, während er die Nadel in seine Schulter stechen fühlte. Er versuchte vergeblich, nicht daran zu denken, wie Quintero sie durch sämtliche Hautschichten führte, dann über die offene Wunde hinweg und wieder hinauf durch die Haut am an-

deren Rand. Gerade, dann diagonal zurück, dann wieder gerade. Er spürte den Ruck, als Quintero den Faden festzog, das neuerliche Brennen, als er das Blut abwischte und die Wunde mit Peroxid übergoss.

»Ich brauche noch mal deine Hilfe«, sagte Quintero zu Lauren, während er begann, Verbandsmull auf die Wunde zu packen. »Schneid dieses Klebeband in dreißig Zentimeter lange Stücke.«

»Tut mir leid«, sagte Mason zu ihr.

Noch nie hat »Tut mir leid« so unzureichend geklungen.

Er glaubte, hundert verschiedene Empfindungen über Laurens Gesicht huschen zu sehen, und hoffte, dass Vergebung eine davon war.

Nachdem Quintero das letzte Stück Tape angebracht hatte, zog er Mason auf die Beine und warf sich seinen linken Arm über die Schulter. »So, jetzt gehen wir.«

»Moment«, sagte Lauren, sich vor der Tür aufbauend. »Wohin?«

»Dahin, wo es sicherer ist.«

»Sicherer für wen?«

»Für uns alle.« Er warf Mason einen Blick zu. »Auf geht's.«

Lauren schloss die Wohnungstür hinter ihnen und starrte auf die blutige Sauerei in ihrer Diele. Dann sank sie auf die Knie und schlang die Arme um sich. Der Adrenalinstoß war versiegt, und sie fühlte sich schwach und ausgelaugt. Doch das war es nicht, was sie zum Weinen brachte. Sondern der Gedanke daran, dass sie Nick Mason, selbst wenn er diese Sache überlebte …

Möglicherweise sah sie ihn nie wieder.

Quintero führte Mason durch den Hausflur und die Treppe hinunter. Unten sah er sich rasch um und half ihm dann zu seinem schwarzen Escalade, der einen halben Block weiter weg geparkt war.
»Mein Auto …«, sagte Mason.
»Hat sich schon jemand drum gekümmert.«
Quintero fuhr los. Als der SUV an einer Ampel hielt, sauste ein Streifenwagen stumm, aber mit Blaulicht über die Kreuzung.
»Du hast richtig verkackt«, sagte Quintero und fuhr vorschriftsmäßig langsam weiter. »Das wird auf uns alle zurückfallen.«
»Was soll das heißen, auf *uns alle?*«
»Du kennst die Regeln. Jeder hängt mit drin.«
Nach all dem, was er in dieser Nacht durchgemacht hatte, brauchte Mason einen Moment, um das zu verdauen.
»Dein Job war es, den Buchhalter auszuschalten«, fuhr Quintero fort. »Meiner war es, nach Elmhurst zu fahren. Dort zu warten, bis ich von dir höre … oder auch nicht.«
Mason richtete sich in seinem Sitz auf. Elmhurst bedeutete zweierlei:
Seine Ex-Frau Gina.
Seine Tochter Adriana.
Er hatte die Drohung schon mehr als einmal gehört: Versagst du, sterben sie. Eine einfache Gleichung. Heute Nacht jedoch, nachdem eine Kugel aus seiner Schulter geholt worden war und sein Blut überall in Laurens Wohnung klebte, kam sie ihm irgendwie realer vor. Heute Nacht war er knapp daran vorbeigeschlittert, mehr zu verlieren als ein, zwei Liter Blut.
Er steigt aus seiner Karre, dachte er und sah die ganze Szene auf einmal lebhaft vor sich. *Er geht zur Haustür. Sie ist*

abgeschlossen, aber das hält ihn kaum auf. Ein Fußtritt dagegen, auf der Höhe des Riegelschlosses. Bis alle wach sind, ist er schon die Treppe rauf. Vielleicht hat Brad eine Schusswaffe, vielleicht auch nicht. Spielt keine Rolle. Er kann seine Frau und seine Stieftochter noch so sehr beschützen wollen, letztlich hat er keine Ahnung, wie. Schon gar nicht vor einem Mann wie Quintero.

Die erste Kugel trifft ihn in die Stirn.

Gina schreit. Ein Stück den Flur hinunter, in einem Zimmer, das er noch nie gesehen hat, setzt sich Adriana in ihrem Bett auf.

Weint sie? Versucht sie, sich zu verstecken? Wegzulaufen?

Mason hielt den Film in seinem Kopf an, bevor das nächste Bild kam.

»Bedroh nie wieder meine Familie«, sagte er. »Nie wieder!«

»Gib mir keinen Grund dazu«, antwortete Quintero ruhig, den Blick geradeaus gerichtet.

Von dem Moment an, als er das Gefängnis verlassen hatte, hatte Mason darüber nachgegrübelt, wie er sich aus diesem zweiten Leben, in das er unfreiwillig hineingeraten war, befreien konnte.

Er hatte beobachtet. Und abgewartet.

In dieser Nacht aber, während Quintero ihn durch die dunklen Straßen von Chicagos North Side fuhr, begriff er, dass mit Beobachten und Abwarten Schluss war.

Ich werde euch fertigmachen, dachte er. *Dich, Darius Cole. Alle, die für ihn arbeiten.*

Ich werde euch alle fertigmachen.

4

Knapp fünf Stunden nachdem US-Marshal Bruce Harper mitten in der Nacht durch einen Anruf geweckt worden war, starrte er rund tausend Kilometer weit weg von zu Hause auf den größten Fehlschlag seines Lebens.
Harper hatte nicht nur siebenundzwanzig Jahre beim United States Marshals Service, dem USMS, auf dem Buckel, sondern war auch seit zehn Jahren der stellvertretende Leiter des »Witness Security Program«, kurz WITSEC, wie es im Hauptsitz in Arlington genannt wurde, des staatlichen Zeugenschutzprogramms. Er beaufsichtigte Hunderte von Deputy Marshals in den vierundneunzig Justizzuständigkeitsbereichen des Landes. Zu Beginn seiner Laufbahn hatte er noch direkt unter Gerald Shur gearbeitet, dem Begründer von WITSEC, und er telefonierte immer noch mindestens einmal pro Woche mit ihm. Vor dem nächsten Gespräch mit Gerald fürchtete er sich jetzt allerdings, denn in den fast fünfzig Jahren, die das Programm bestand, waren über achtzehntausend Zeugen geschützt worden, und kein Einziger davon – zumindest keiner, der sich an die Vorschriften gehalten hatte – war ermordet worden.
Bis heute.
Ihr erster getöteter Zeuge.
Und es war unter Harpers Oberaufsicht passiert.
Während er durch den zerbombten Flur im einundzwanzigsten Stock des Aqua ging, ein Anblick wie aus einem Kriegsgebiet – geschwärzte Wände, drei Türen in einer

Reihe durch die Druckwelle herausgerissen, die nun kreuz und quer auf dem Boden lagen –, versuchte er, das Geschehen zu rekonstruieren.

Er ging in das Zimmer, in dem die Brandbomben deponiert worden waren. Etwa ein Dutzend Farbeimer waren dort hereingeschmuggelt worden, alle fest verschlossen und alle voll mit Dieselkraftstoff. Die Marshals arbeiteten bei der Untersuchung mit dem FBI zusammen, und das hatte ihn bereits informiert, dass es Aufnahmen von Überwachungskameras gab, auf denen zwei Maler zu sehen waren, die Farbeimer heraufbrachten. Jetzt überprüfte man die auf dieser Etage arbeitenden Vertragsfirmen und stellte eine Liste mit sämtlichen Angestellten zusammen, aber Harper machte sich keine großen Hoffnungen.

Wer auch immer die Eimer hergebracht hatte, hatte sie fachmännisch in einer Weise arrangiert, dass sie in einer schnellen Kettenreaktion explodierten, ausgelöst durch einen zentralen Zünder, der durch einen digitalen Timer aktiviert worden war. Harper ging zum Balkon hinüber, dessen Glastür herausgeflogen war, einundzwanzig Stockwerke über den Straßen von Chicago. Der morgendliche Verkehr auf der »Loop« genannten Ringstraße war jetzt sehr dicht. Alle fuhren zur Arbeit und hatten die große Neuigkeit aus Downtown von letzter Nacht schon fast wieder vergessen …

Das ist nicht meine Stadt, dachte er. Er hatte nie hier gewohnt, nie hier gearbeitet, nie mehr als einen Tag hier verbracht – auch wenn ein ungutes Gefühl ihm sagte, dass sich das nun ändern würde.

Wie hatte das passieren können?

Das war seine erste Frage gewesen, als der Anruf kam, und er stellte sie sich seitdem die ganze Zeit. Jetzt aber, da er

das ganze Chaos mit eigenen Augen sah, wurde diese Frage von einer anderen abgelöst:
Wie kommt es, dass keiner von meinen Deputy Marshals dabei draufgegangen ist?
Er hatte genug Verletzte, um eine ganze Krankenstation zu füllen: vier Marshals mit schweren Verbrennungen – die meisten waren zum Glück durch die feuersicheren Türen geschützt gewesen, als die Explosionen auf der Etage losgingen –, dazu drei, die kampfunfähig im Treppenhaus aufgefunden worden waren, zwei mit Bauchverletzungen und der dritte bewusstlos, offenbar durch Würgen. Der junge Deputy Marshal im dreiundvierzigsten Stock, der vor der Ködertür gewacht hatte, war ein weiterer Bauchtraumafall mit zusätzlichem Muskeltrauma im linken Oberschenkel. Wenigstens war er jung genug, dass er in zwei Wochen wahrscheinlich wieder laufen konnte.
»Der Schütze hat eine schwarze Maske getragen«, hatte der Deputy Marshal ihm berichtet. Harper hatte zuerst im Krankenhaus haltgemacht, um ihn zu befragen, bevor er hergekommen war.
»Braune Augen, vielleicht Mitte dreißig. Und er war von der South Side.«
»Woher wissen Sie das?«
»Ich bin hier geboren und aufgewachsen. Ich erkenne einen von der South Side, wenn ich ihn höre.«
Blieb noch der Marshal, der in dem eigentlichen Zimmer stationiert gewesen war: Greg Davis, ein Mann mit fast genauso vielen Dienstjahren wie Harper. Harper hätte ihm seine eigenen Kinder und obendrein seinen Pensionsfonds anvertraut, aber auch Davis war mit einem der sechs im Gebäude gefundenen Silikonpfropfen beschossen und außerdem mit dem Elektroschockstab, den man im Gang,

nicht weit von der Mossberg 500, gefunden hatte, geschockt und auf den Kopf geschlagen worden.

Dieser Typ hatte keine Hemmungen, McLaren umzubringen, dachte Harper mit Blick auf die feuergeschwärzte HK USP neun Millimeter Halbautomatik, die sie sichergestellt hatten. *Aber er hat sich verdammt viel Mühe gegeben, niemanden sonst zu töten. Obwohl das für ihn bedeutete, zusätzliche Waffen mit sich herumzuschleppen.*

Was für ein Killer macht so was?

Harper brannte darauf, den Kerl zu fassen, damit er ihn das persönlich fragen konnte. Und er würde ihn fassen. Das war nur eine Frage der Zeit.

Er fuhr in den dreiundfünfzigsten Stock hinauf, wo die US-Marshals eine der beiden geheimen Wohnungen angemietet hatten. Von der hier wussten selbst die meisten Kollegen vom örtlichen Bezirksbüro nichts. Wenn man nicht gerade einen wertvollen Zeugen darin bewachte, gab es keinen Grund, Kenntnis von ihrer Existenz zu haben.

Er betrat das Wohnzimmer des Apartments. Es gab nur wenig Mobiliar, kaum etwas über die nötigsten praktischen Bedürfnisse eines Klienten hinaus, der hier ein oder zwei Nächte, höchstens eine Woche blieb. Eine kleine Kochnische und einen Esstisch. Fernseher mit den wichtigsten Kabelsendern. Ein Sofa und einen Couchtisch, jetzt nur noch Kleinholz. Deputy Marshal Davis hatte bewusstlos danebengelegen. Auf der anderen Seite, neben dem zerstörten Fernseher, war Ken McLaren aufgefunden worden. Der Täter hatte dreimal mit der halbautomatischen Waffe auf ihn geschossen, zweimal in die Brust, einmal in den Kopf.

Bei seiner Ankunft war Harper an einem guten Dutzend anderer Leute vorbeigekommen, die alle ihren Aufgaben nachgingen: FBIler, Brandsachverständige, weitere Marshals vom Bezirk nördliches Illinois. Doch jetzt stand er allein hier, ein Moment der Stille in dem Durcheinander dieses Tages, und blickte auf die Stelle, von der die Leiche weggetragen worden war. Ein bogenförmiger Blutspritzer zog sich quer über die Wand. Der Teppich war fleckig, wo Blut eingesickert war. Als er sich umdrehte, erschrak er, weil plötzlich noch jemand im Zimmer stand. Der Mann war ein paar Zentimeter kleiner als er und ein paar Jährchen jünger. Dunkler Typ, wachsamer Blick. Eine angespannte Energie, selbst beim Stillstehen. Er war weder ein Marshal noch einer der FBI-Leute, denen Harper unterwegs begegnet war, aber die abgestoßenen Anzugschuhe und das dunkelblaue Sakko, das dringend gedämpft gehörte, wiesen ihn unverkennbar als Polizisten aus. Sofern er nicht gerade ein erstklassiger verdeckter Ermittler ist, sieht ein Cop immer nur nach einem aus: nach Cop.

Harper sah den Mann finster an. »Ich hoffe für Sie, dass es etwas Wichtiges ist, Officer …«

Der Mann zückte seinen Stern. »*Detective* Frank Sandoval. Mordkommission Mitte.«

»Wenn Sie hier sind, um sich daran aufzugeilen, dass die Bundespolizei versagt hat, hatten Sie ja jetzt Gelegenheit dazu. Die Tür ist hinter Ihnen.«

»Ich habe Ihnen vor zwei Tagen eine Nachricht hinterlassen. Sie hätten mich zurückrufen sollen.«

»Wovon reden Sie?«

»Ich wollte Sie auf etwas aufmerksam machen.«

»Worauf?«

»*Darauf*«, sagte Sandoval und zupfte ein Stück geborstene Hartfaserplatte von der Wand. »Die Uhr fing an zu ticken, sobald Darius Cole sein Wiederaufnahmeverfahren bekommen hatte. Es wundert mich höchstens, dass es so lange gedauert hat.«

»Blödsinn. Wie hätten Sie so was wissen können?«

»Hätten Sie mit mir gesprochen, wüssten Sie die Antwort.« Harper schwieg einen Moment, um sich zu beruhigen. »Mr. McLaren war seit fast zwanzig Jahren im Zeugenschutzprogramm. Während all dieser Zeit hatte er keinerlei Kontakt mit irgendwelchen früheren Komplizen oder …«

»Jaja, ich kenne das Prinzip. Sein altes Leben hinter sich lassen, ein neues Leben an einem neuen Ort anfangen, niemand wird einen jemals finden, richtig?«

»Nicht, wenn man sich an die Regeln hält.« Harper hatte McLarens Akte am Morgen im Flugzeug studiert. Dieser Mann hatte früher mal als Steuerfahnder für das Bundesfinanzamt gearbeitet und später Darius Cole geholfen, Millionen von Dollar Schwarzgeld zwischen den USA und einem Dutzend anderer Länder hin- und herzuschieben, ohne irgendwelche Steuern abzuführen. Man hatte ihn von Chicago nach Ashville, North Carolina, umgesiedelt, nachdem er in dem ursprünglichen Strafprozess gegen Cole ausgesagt hatte. Er hatte eine Zweizimmerwohnung und einen Job in einer kleinen Einkaufsmeile bekommen, wo er Steuererklärungen und Vorfinanzierungen für Leute machte, die es nicht abwarten konnten, bis der Staat ihnen ihre zweihundert Dollar Erstattung überwies. Dabei hatte ihm ständig ein Bewährungshelfer des Bundes über die Schulter geblickt, um sicherzustellen, dass McLaren nie wieder etwas Kreativeres mit dem Geld anderer Leute anstellte.

»Ihr habt eure Regeln, Cole hat seine«, erwiderte Sandoval. »Egal, wo ihr euren Zeugen versteckt hättet, er war so gut wie tot.«

Harper hatte praktisch sein ganzes Berufsleben dem Programm gewidmet, in der festen Überzeugung, dass *jeder* Zeuge beschützt werden konnte. Vor *jedem,* außer vielleicht Gott persönlich. *Tun Sie, was man Ihnen sagt, dann sind Sie sicher.* Das hatte er Zeugen und deren Familien jahrzehntelang versprochen und immer daran geglaubt. Denn es hatte immer gestimmt.

Immer.

Nun aber war McLarens Leiche der traurige Beweis dafür, dass es kein *Immer* gab und dass alles, worauf er seine Karriere gegründet hatte, eine Illusion war. Bruce Harper stand mitten im ersten Misserfolg des Programms, überdeutlich gemacht durch den vollgesogenen Teppichboden unter seinen Füßen.

»Wenn Sie so viel wissen«, sagte er, »lassen Sie doch die ganze Klasse daran teilhaben. Darius Cole sitzt in Terre Haute, einer der sichersten Strafanstalten des Landes.«

»Er könnte seine Strippen auch vom verfluchten Mond aus ziehen.«

Harper schüttelte den Kopf. »Er ist nicht der erste Gangsterboss mit Kontakten nach draußen. Wie hat er herausbekommen, wo wir McLaren untergebracht hatten? So was ist noch nie vorgekommen, Detective. Noch nie.«

»Das müssen Sie schon selbst herausfinden«, sagte Sandoval. »Ich weiß nur eins: Wenn Sie irgendwo einen Marshal mit einem Schwachpunkt haben, hat Cole sich den herausgepickt.«

Harper ging in Gedanken bereits alle Möglichkeiten durch. Stellte eine Liste von allen Marshals, Deputy Marshals, Verwaltungsbeamten und sonst wem zusammen, die Zugang zu dieser Information gehabt haben könnten.

Es war keine lange Liste.

Es sei denn, die undichte Stelle war hier. In Chicago.
Der Gedanke widerstrebte ihm zwar, aber er war unvermeidlich: *Wenn du auf eine bestimmte Stadt tippen solltest, um den einen korrupten Marshal im ganzen Land zu finden – ganz ehrlich, welche Stadt würdest du wählen?*
»Und was ist mit dem Schützen?«, fragte er. »Haben Sie einen Namen für mich, oder sind Sie nur hier, um mir mit ›Hätte ich Ihnen gleich sagen können‹ zu kommen?«
»Ich kann Ihnen einen Namen nennen. Ich kann aber noch mehr tun und Sie zu seiner Wohnung führen.«
Harper starrte ihn an. »Ist das Ihr Ernst, Detective? Denn ich bin wirklich nicht in der Stimmung für …«
»Ich weiß, Ihr Tag hat schon beschissen genug angefangen«, sagte Sandoval. »Aber wenn Sie sehen, wo dieser Kerl wohnt, kommt Ihnen das Frühstück wieder hoch.«

5

Das Wegwerfhandy, das Darius Cole an diesem Morgen benutzen würde, um Nick Mason anzurufen, hatte auf dem Weg zu seiner Gefängniszelle fünfmal die Hände gewechselt.

Die Reise hatte es in einem Zigarettenkarton begonnen, der in der nordwestlichen Ecke des Gefängnishofs von einer ferngesteuerten Vier-Propeller-Drohne abgeworfen worden war – nach einem Flug von rund anderthalb Kilometern von ihrem am Ufer des Wabash River geparkten Startfahrzeug. Der Karton enthielt zweihundert Gramm lose verpacktes Marihuana, nichts als eine entbehrliche, rein zur Tarnung dienende Nutzlast. Der an der Außenmauer stationierte Justizvollzugsbeamte von der Nachtschicht holte den Karton, nahm das Marihuana heraus, wog es und dokumentierte es ordnungsgemäß, bevor er es der Abteilung für Schmuggelware übergab. Das Handy, die zehn Hundertdollarscheine und die Fentanyl-Pflaster, die ebenfalls in dem Karton steckten, behielt er und verbarg alles minus fünf Scheine, welche in seine eigene Tasche wanderten, unter dem Sitz seines Patrouillenfahrzeugs.

Der für die Wartung der Patrouillenfahrzeuge zuständige Beamte von der Tagschicht nahm sich die restlichen fünfhundert Dollar und steckte anschließend das Handy und die Fentanyl-Pflaster in einen einfachen braunen Umschlag, den er in die große weiße Postkiste warf.

Wenige Minuten später lud ein Vertrauensgefangener die

Post auf seinen Karren und sortierte den braunen Umschlag zu den Sendungen für die Spezialsicherheitsabteilung. Bevor er die Poststelle verließ, machte er den Umschlag auf und entnahm ihm zwei der Fentanyl-Pflaster, die er auf die Innenseiten seiner Oberschenkel klebte. Die Pflaster würden zweiundsiebzig Stunden lang kontinuierlich eine doppelte Dosis synthetischer Opiat-Seligkeit abgeben, ein mehr als ausreichender Lohn für eine kleine Extrazustellung.

Der Vertrauensgefangene fühlte sich bereits großartig, als er zur Spezialsicherheitsabteilung kam. Dort waren die meisten der berühmt-berüchtigten Straftäter von Terre Haute untergebracht, und einige davon hatten »spezielle Bedürfnisse«, denen dort entsprochen wurde: größere Zellen, Tageslicht und besseres Essen, als die übrigen Gefangenen bekamen – Teufel, als sogar die Wärter bekamen. Der dankbare Mitgefangene, der den unbeschrifteten Umschlag erhielt, nahm die restlichen Fentanyl-Pflaster heraus und brachte das Handy auf das letzte Stück seiner Reise, nämlich zu Darius Coles Einzelzelle. Cole hatte selbstredend keine Verwendung für die Pflaster. Er brauchte keine chemische Dröhnung, um das Gefängnis hinter sich zu lassen, zumindest im Kopf. Die Handylieferung war der Tribut des Mitgefangenen an ihn für seine Erlaubnis, das Fentanyl an andere Gefangene in der Spezialabteilung zu verkaufen.

Cole benutzte schon seit seiner Einlieferung im Jahr 2005 Handys in Terre Haute. Als der Präsident der Vereinigten Staaten 2010 die Verordnung gegen den Schmuggel mit Mobiltelefonen in Gefängnissen unterzeichnet hatte, hatte irgendein Bürokrat es sich zur Lebensaufgabe gemacht, die Anzahl der Handys auch in diesem Bundesgefängnis zu reduzieren. Wie auf jedem freien Markt weltweit hatte das lediglich zur Folge, dass die Preise stiegen. Ob Aktien an der Wall Street oder Drogen auf der Straße, es war immer dasselbe Prinzip: Verknappte man das Angebot, unterband man nicht den Handel, man macht ihn nur profitabler.

Als ein anderer Bürokrat beschloss, dass man das Hauptaugenmerk wieder mehr auf die Drogenschiebereien richten müsse, wurde der Handymarkt plötzlich überschwemmt. Cole schätzte, dass gut die Hälfte der Insassen in seiner Abteilung in jenem Jahr eines besaß. Und wenn man kein eigenes hatte, konnte man sich Sprechzeit für einen Dollar die Minute kaufen. Doch dann wurde ein in Baltimore einsitzendes Gangmitglied dabei erwischt, wie es sich per Handy einen Schuss orderte, und auf einmal war die Marktsituation wieder angespannt. Er konnte noch nicht mal mehr darauf zählen, dass einer der Wärter auf seiner Gehaltsliste eines von draußen hereinbrachte.

Cole inspizierte das neue Telefon, überprüfte, ob es Empfang hatte und ob wenigstens eines der Ladegeräte, die er in seiner Zelle aufbewahrte, dazu passte. Dann entließ er den Boten und wählte die zehnstellige Nummer aus dem Gedächtnis.

Fünfhundert Kilometer weiter nördlich blickte Diana Rivelli auf den Mann herunter, der mit ihr in ihrem Town House wohnte, und fragte sich, ob er noch lebte. Sie hatte ihn letzte Nacht auf dem Sofa vorgefunden, als sie irgendwann nach Mitternacht von der Arbeit nach Hause gekommen war, ohne Hemd und mit einem dicken Verband um Hals und rechte Schulter. Was auch mit ihm passiert war, sein Atem ging flach, und ein dünner Blutfleck sickerte durch den weißen Mull.

Heute Morgen hatte er immer noch dort gelegen, anscheinend ohne sich einen Zentimeter bewegt zu haben. Sie saß nun schon seit fast zwei Stunden bei ihm und wartete, ob er aufwachen würde, ob sie etwas für ihn tun konnte. Nicht zum ersten Mal fragte sie sich, wie er hier gelandet war, dieser Fremde, der auf der anderen Seite des Hauses schlief, manchmal ans Handy ging und dann wortlos verschwand.

Diana war für die Arbeit angezogen, schon spät dran und fragte sich, ob die Belegschaft im Antonia's für den Mittagsansturm gerüstet war. Mason hatte sich immer noch nicht geregt. Sie legte ihm eine Hand an den Hals und fühlte seinen Puls, ließ die Hand noch einen Moment länger dort, spürte die Wärme seines Körpers.

Ich will nicht wissen, was ihm zugestoßen ist, sagte sie sich. Das war eine ihrer Regeln, eine von vielen, mit denen sie Ordnung in ihrem Leben hielt. *Nie fragen, wohin Mason geht. Nie fragen, was er vorhat.*

Irgendwo unter ihm klingelte sein Handy. Er bewegte sich unwillkürlich, doch bevor er die Augen aufschlagen konnte, war Diana schon weg.

Sobald er den Kopf hob, spürte er, wie die Stiche an seiner Schulter zerrten. Er verzog das Gesicht vor Schmerz, als er das Handy hervorholte und auf die Annahmetaste drückte. »Was willst du, Quintero?«

»Warst du gestern Nacht genauso nachlässig?«, fragte Cole. »Du nennst einen Namen am Telefon? Und noch dazu den falschen?«

Die unverkennbare Stimme ließ Mason mit einem Ruck auffahren. Er lag im Wohnzimmer auf der Couch, hatte es offenbar nicht mal mehr bis ins Bett geschafft. Es war kurz nach neun, er hatte vielleicht sieben Stunden geschlafen.

»Was war gestern Nacht los?«, wollte Cole wissen. Das war erst das zweite Mal, dass er ihn persönlich anrief. »Mir gefällt nicht, was ich da höre.«

Mason stand langsam auf, wobei ihm schwindelte, und ging mit dem Handy am Ohr ins Bad. Er begutachtete seine verbundene Schulter und die vielfarbigen Streifen, die sich über seinen Hals zogen.

»Hörst du mir zu?«

»Ich bin noch dran.«

Mason schleppte sich zum Kühlschrank hinüber und machte ihn auf. Er hatte eine wahnsinnige Lust auf Orangensaft, musste sich aber mit einer Flasche Goose Island Ale begnügen.

»Ich habe die Zielperson erschossen«, sagte er. »Dann bin ich da raus. Sobald die Wunde verheilt ist, werde ich wieder …«

»Du konzentrierst dich nicht auf das Problem, das du verursacht hast.«

»Sie meinen, angeschossen zu werden?«, erwiderte Mason. »Dieses Problem?«

»Verdammt, was willst du, einen Verwundetenorden?«, fragte Cole. »Ich bin viermal angeschossen worden.«

Mason machte den zweitürigen Kühlschrank wieder zu und das Bier auf. Im Haus war es still wie meistens vormittags. Seine Mitbewohnerin musste schon zum Restaurant gefahren sein, um die Vorbereitungen für den Mittagsandrang zu beaufsichtigen. Er konnte sich nicht mal erinnern, wann er zuletzt mit Diana gesprochen hatte.

»Ich habe Ihren Auftrag erledigt«, sagte er. »Warum rufen Sie mich an?«
Von der Küche ging er hinaus auf die Dachterrasse und stellte sich ans Geländer, wie stets überwacht von einer Videokamera mit rot blinkendem Lämpchen. Eine ständige Mahnung daran, wo er sich befand, auch wenn er kaum noch darauf achtete. Das Wasser im Pool kräuselte sich unter dem leichten Wind vom See her.
»Ich rufe dich an, um dir mitzuteilen, was die notwendige Konsequenz sein muss.«
In dem Moment hätte Mason schon aufhorchen sollen, aber beim Blick hinunter auf die Straße wurde er von etwas abgelenkt. Das Haus lag direkt an der vornehmen Lincoln Park West. Jenseits davon erstreckte sich der Park mit dem Zoo und dem botanischen Garten, und dahinter der Lake Michigan, der in der Morgensonne schimmerte. Ein prachtvoller Fünf-Millionen-Dollar-Blick, aber Mason sah heute nur eins: eine dunkelblaue Limousine, die am Straßenrand parkte.
»Ich hatte genug Frauen in meinem Leben«, fuhr Cole fort. »Nur ein oder zwei haben mir wirklich etwas bedeutet.«
Mason beobachtete, wie das Fahrerfenster heruntergelassen wurde. Ein Gesicht blickte zu ihm hinauf. Kein Versuch, sich zu verbergen.
Da war er wieder, der Mann, der ihn nach Terre Haute geschickt hatte. Der ihm fünf Jahre später in Dianas Restaurant gegenübergesessen und geschworen hatte, ihn wieder dorthin zurückzuschicken. Der den USB-Stick mit den Informationen über die korrupte Sonderermittlungsabteilung SIS von ihm angenommen hatte, um den gesamten Haufen damit zur Strecke zu bringen, und trotzdem darauf beharrte, dass das nichts zwischen ihnen änderte.

Detective Frank Sandoval.
»Das Geschäft muss an erster Stelle kommen. Ist nun mal so.«
Sandoval nickte. Er sprach mit jemandem im Wagen, einem älteren Mann mit den harten Zügen eines altgedienten Cops. Beide starrten durch die Windschutzscheibe zu ihm hinauf.
Mason prostete Sandoval mit der Bierflasche zu.
»Bist du noch da?«
»Ja.« Er stellte die Flasche ab und drehte sich vom Geländer weg.
»Ich habe dich nicht gebeten, es selbst zu tun.«
Mason erstarrte. »Wovon reden Sie?«
»Ich rede von einem Risikofaktor. Den ich nicht zulassen kann.«
Alles andere trat plötzlich in den Hintergrund. Da war nur noch die Stimme des Mannes, die aus einer Gefängniszelle in einem anderen Staat des Landes zu ihm drang.
»Sie hat nichts damit zu tun«, presste er hervor. »Sie wird nie im Leben etwas …«
»Du bist zu ihrer Wohnung gefahren. Du hast ihren Fußboden vollgeblutet, und heute liest sie in der Zeitung, was gestern Nacht in Downtown passiert ist.«
Mason griff das Handy fester. »Hören Sie mir zu. Sie weiß, dass ich ein Doppelleben führe …«
»Wenn das so ist, hatten wir schon vorher ein Problem.«
»Mehr weiß sie nicht. Es gibt keinen Grund, sie …«
»Du hast das selbst zu verantworten«, sagte Cole. »Du hast die Situation verursacht, als du dorthin gefahren bist. Merk dir das.«
Mason hörte ein Klicken und dann nur noch atmosphärisches Rauschen.

Hastig wählte er Laurens Nummer. Es klingelte ein paarmal, bevor die Mailbox ansprang.

»Du musst verschwinden, egal, wo du gerade bist«, sagte er. »Jetzt sofort. Geh irgendwohin, wo du in Sicherheit bist. Und ruf mich an.«

Er überlegte, ob sie die Nachricht noch abhören konnte oder schon tot war. In aller Eile kämpfte er sich in irgendwelche Klamotten, biss die Zähne zusammen, als er ein Hemd über seine Schulter zerrte. Dann rannte er zur Garage hinunter, riss die Tür auf und sah …

Nichts.

Scheiße.

Er hatte sein Auto gestern Nacht bei Lauren abgestellt, und wie von Quintero angekündigt, war es längst weg, schon in der Ausschlachtwerkstatt in Einzelteile zerlegt.

Er lief hinunter auf die Straße. *Ich zwinge Sandoval, mich zu ihr zu fahren*, dachte er. *Ist mir scheißegal, was er sagt.* Doch die Parklücke war verlassen, und er erhaschte nur noch einen Blick auf die dunkle Limousine, wie sie um die Ecke verschwand. Sofort sah er sich nach einem anderen Auto auf der Fahrbahn um.

Nichts.

Mason begann zu laufen, spürte bei jedem Schritt einen stechenden Schmerz in der Schulter. Die Tierhandlung war mehr als anderthalb Kilometer weit weg.

Bitte sei dort, flehte er. *Sei in deinem Laden, steh hinter der Theke. Du bist nicht ans Telefon gegangen, weil du gerade Kundschaft hattest.*

Er rannte die Lincoln Park West hinunter und bog um die Ecke. Nach zwei weiteren Häuserblocks sah er die Tierhandlung. Ihm war schwindelig, als er die Ladentür aufstieß.

Eine Frau stand an der Theke. Aber es war nicht Lauren.
»Kann ich Ihnen helfen?«
»Wo ist sie? Wo ist Lauren?«
»Nicht hier heute. Sie hat mich gebeten …«
Mason lief wieder hinaus. Auf der anderen Straßenseite sah er ein Taxi herankommen und rannte hinüber, wurde beinahe überfahren. Er ignorierte das wütende Hupen, hielt das Taxi an und warf sich auf die Rückbank. Nannte dem Fahrer die Adresse, zog sein Handy heraus.
»Machen Sie schnell«, sagte er, während er darauf wartete, dass Lauren abnahm. »Halten Sie nirgends an.«
Wieder meldete sich nur die Mailbox. Er versuchte es bei Quintero, es klingelte und klingelte, keine Mailbox.
Scheiße. Er ist schon bei ihr.
Er wählte erneut, diesmal die Nummer des Restaurants. Er fragte nach Diana, sagte dem Mitarbeiter, es sei ein Notfall.
»Du musst für mich wo hingehen«, sagte er, sobald sie sich meldete.
»Nick, ich bin bei der Arbeit.«
»Es ist wichtig. Ich nenne dir jetzt eine Adresse.«
Er sagte ihr die Hausnummer in der Addison Street und bat sie, so schnell wie möglich dorthin zu fahren. Dann legte er auf und probierte es wieder bei Lauren. Mailbox.
Er stellte sich Quintero in ihrer Wohnung vor. Wie letzte Nacht, nur dass er jetzt mit ihr allein war.
Ich bin schuld, sagte er sich. *Ich habe mich mit meiner Welt in ihr Leben gedrängt. Und jetzt ist ihr Leben zu Ende.*
»Fahren Sie schneller«, befahl er dem Taxifahrer. »Ich zahle Ihnen, was Sie wollen. Bringen Sie mich nur schnell dorthin.«

Der Fahrer hob hilflos die Hände. Er stand im dichten Verkehr vor einer Ampel. Mason überschlug, wie lange es dauern würde, die Strecke zu joggen, immer vorausgesetzt, dass er nicht zusammenklappte. Doch dann wurde es grün, und das Taxi fuhr weiter. Die Clark Street war freier, und sie kamen gut voran, bis sie kurz vor der Abzweigung zur Addison waren. Als der Wagen wieder an einer Ampel hielt, warf Mason ein paar Scheine über den Vordersitz und sprang heraus, bevor die Räder zum Stillstand kamen. Er rannte die letzten vier Blocks und überquerte die Kreuzungen vor Autos, die ihn knapp verfehlten.

Als er zu Laurens Haus kam, sah er den schwarzen Escalade davor stehen.

Ich bin zu spät.

Er schloss die Haustür mit seinem Schlüssel auf und nahm zwei Stufen auf einmal. An ihrer Wohnungstür angekommen, hörte er Max drinnen bellen. Als er aufschloss und eintrat, schlug ihm der Geruch von Scheuermittel entgegen. Er blickte auf die Holzdielen im Flur und begriff, dass sie die halbe Nacht auf gewesen sein musste, um sein Blut wegzuwischen.

Der Hund bellte immer noch. Er spähte um die Ecke. Im Wohnzimmer war niemand.

Wo sind sie?

Als er ins Schlafzimmer kam, sah er Quintero auf Laurens Bett sitzen. Er blieb abrupt stehen, und sie maßen sich mit Blicken. Der Hund bellte wieder. Max war nebenan in dem Zimmer, das Lauren als Büro nutzte.

»Du solltest besser nicht hier sein«, sagte Quintero.

»Ich lasse dich das nicht tun«, erwiderte Mason. Es war regelrecht obszön, dass dieser Mann hier in diesem Zimmer saß, ihr Bett beschmutzte.

»Das hat doch keinen Zweck, Mason. Du weißt genau, dass es sein muss.«
Mason hörte ein Geräusch im Bad und begriff, dass die Dusche abgestellt worden war. Quintero hatte hier gesessen und auf sie gewartet.
»Ich bringe keine Frau in der Dusche um«, sagte er, als hätte er seine Gedanken gelesen.
»Du bringst heute gar niemanden um.«
Quintero stand auf und griff dabei zu der Waffe, die für Mason unsichtbar hinter ihm auf dem Bett gelegen hatte. Es war ein schwarzes SIG Sauer Halbautomat mit aufgeschraubtem Schalldämpfer.
»Es ist so gut wie erledigt«, sagte Quintero und richtete den Lauf auf Masons Brust. »Mach es nicht noch schlimmer.«
»Nur zu«, sagte Mason. »Erschieß mich auch. Dann kannst du Cole sagen, dass du meinen Job übernimmst.«
Die Badezimmertür ging auf. Quintero sah für einen Augenblick hin, lange genug, dass Mason das Gewehr am Lauf packen und daran ziehen konnte. Es ging los, der Knall stark gedämpft, und die Kugel durchschlug glatt das weiche Holz des Kleiderschranks. Als Quintero an seinem Ende zog, riss er Mason mit sich, der Lauren schreien hörte, während er über das Bett und auf den Fußboden rollte. Quintero stieß zwei Finger in seine Schusswunde, so dass er vor Schmerz brüllte, doch er ließ nicht locker.
Die beiden Männer zerrten weiter mit Kraft an der Waffe, aber Mason wusste, dass er nicht mehr lange durchhalten konnte. Quinteros Gesicht ragte über ihm auf, das Gesicht, das alles verkörperte, worüber er in seinem Leben keine Kontrolle hatte, und als er merkte, wie das Gewehr ihm entglitt, fragte er sich, ob dieses Gesicht das Letzte war, was er sehen würde.

Dann aber erschien ein anderes Gesicht in seinem Blickfeld. Lauren stand plötzlich hinter Quintero. Sie hatte einen weißen Bademantel an und hielt etwas in den Händen, eine silberfarbene Stange, die sie wie ein Schwert führte. Sie hob sie über den Kopf und ließ sie hart auf Quinteros Rücken niedergehen. Quinteros Augen wurden groß, und er keuchte auf, ehe Lauren die Stange erneut schwang und ihn diesmal voll auf den Hinterkopf schlug.
Mason entwand Quintero das Gewehr und wollte es gerade umdrehen, als die Stange noch einmal niederging und ihn selbst an der Schulter traf. Ihm wurde schwarz vor Augen, er ließ das Gewehr beinahe fallen, verlor beinahe alles, aber er hielt es fest und wartete darauf, dass er wieder klar sah.
»Stopp!«, rief er Lauren zu. »Ist gut jetzt, ich hab ihn unter Kontrolle.«
Er hielt den Lauf auf Quintero gerichtet und stand langsam auf. Als Quintero sich wieder regte, stieß er ihm den Schalldämpfer in den Bauch.
»Ich bring dich um, wenn's sein muss«, sagte er und gab sich kurz der Phantasie hin, wie es wäre abzudrücken. All die Probleme, die das lösen würde. Aber auch die neuen Probleme, die damit geschaffen würden.
»Nick …«, sagte Lauren. Sie hyperventilierte, konnte kaum sprechen. »Warum ist er hierher zurückgekommen?«
Er sah kurz zu ihr hin, sah, wie sie sich entkräftet an die Kommode lehnte. Sie hielt immer noch die jetzt verbogene Handtuchstange in der linken Hand. Ihr Gesicht war totenbleich. Keine Kriegerin mehr, sondern wieder die Frau aus der Tierhandlung.
»Pack ein paar Kleider zusammen«, sagte er. »Und alles, was irgendwie von Wert für dich ist.«

»Was redest du da?«, sagte sie, immer noch stoßweise atmend. »Wo wollen wir hin?«
»Tu's bitte einfach. Jetzt gleich.«
»Du bringst alle um, die du liebst«, sagte Quintero, der immer noch auf dem Boden hockte. Er betastete seinen Hinterkopf und sah nach, ob Blut an den Fingern war. »Sie. Deine Frau, dein Kind ...«
»Aber das erlebst du nicht mehr«, entgegnete Mason.
Er ließ Quintero nicht aus den Augen, während Lauren hinter ihm herumlief, Schubladen öffnete, Kleidung herausnahm. Erst als sie ins Bad ging, um sich anzuziehen, sagte er wieder etwas.
»Ich nenne dir jetzt die offizielle Version. Du bist hierhergekommen und hast sie mitgenommen. Du hast sie woanders umgebracht und dann ihre Leiche entsorgt. Die nie jemand finden wird. Hast du mich verstanden?«
»Du bittest mich, Cole zu belügen.«
»Ich bitte nicht.«
Er beobachtete, wie es in Quinteros Kopf arbeitete, wie er sich seine Chancen ausrechnete.
»Wenn sie irgendwo wieder auftaucht ...«
»Wird sie nicht«, sagte Mason. »Dafür sorge ich.«
Quintero schüttelte den Kopf. »Du reitest uns beide in die Scheiße.«
Lauren kam zurück ins Schlafzimmer. »Wohin gehen wir, Nick?«
»Ich hab jetzt keine Zeit für Diskussionen«, sagte Mason. »Pack deine Sachen. Und hol die Tragebox für Max. Er kommt mit dir.«
»Nick, ich gehe nicht ...«
»Pack deine Sachen«, wiederholte er hart. Er drehte sich nicht zu ihr um, um die Wirkung zu sehen.

»Ich gehe nirgends hin ohne dich.«
»Pack … deine … Sachen. Sofort.«
Sie schluckte schwer, rührte sich aber nicht.
»Sieh ihn dir an.« Er deutete mit dem Kopf auf Quintero. »Was glaubst du, warum er hier ist?«
»Ich gebe uns nicht einfach auf«, sagte sie. »Nur weil so ein …«
»Hörst du mir zu oder nicht?« Die Wut, das Drohende in seinem Ton klang in seinen eigenen Ohren fremd. Aber es ging nicht anders. Es wurde Zeit, alle Brücken hinter sich abzureißen.
»Nick …« Sie sah verloren aus jetzt, umklammerte immer noch die Handtuchstange. Quintero saß still da und beobachtete sie beide.
»Ich rette dir hier gerade das Leben«, sagte Mason. »Du musst fort.«
»Was ist mit uns?«
»Es gibt kein ›Uns‹«, antwortete er. »Nicht mehr.«
Er verabscheute sich dafür, dass er das sagte, verabscheute alles, was hier passierte, beinahe genauso, wie er den Gedanken an eine Kugel in ihrem Kopf verabscheute. Und all das, weil er dumm genug gewesen war zu glauben, dass es mit ihnen hätte klappen können, dass sie ein gemeinsames Leben, eine gemeinsame Zukunft hätten haben können.
Tränen liefen ihr über die Wangen. Er sah weg, die Waffe stetig auf Quintero gerichtet, während Lauren packte. Ein paar Minuten später summte es an der Tür.
»Das ist Diana«, sagte Mason. »Geh und lass sie rein.«
Er hörte Lauren die Treppe hinunterlaufen, dann zwei Paar Füße wieder heraufkommen.
»Was ist hier los, verdammt noch mal?«, fragte Diana, als

sie ins Zimmer trat und Mason auf dem Bett, Quintero auf dem Boden sitzen sah.
Mason brauchte ihr Gesicht nicht zu sehen. Er wusste, wie sehr sie Quintero verachtete. Und wie sehr sie ihn fürchtete.
»Fahr Lauren zum Flughafen«, sagte er. »Mach aber vorher im Restaurant halt. Unter deinem Schreibtisch ist ein Umschlag mit zehntausend Dollar angeklebt. Gib ihr den. Und wenn du sie abgesetzt hast, fahr gleich weiter. Sie sucht sich einen Flug aus und verschwindet. Keiner von uns wird erfahren, wohin. Hast du das verstanden?«
»Nein«, sagte Lauren. »Zuerst reißt du mir das Herz aus dem Leib, und jetzt ...«
»Diana«, sagte Mason, ohne auf sie zu achten. »Hast du mich verstanden?«
Ein langes Schweigen, bevor Diana antwortete. »Ja.«
»Ich gehe nirgendwohin«, beharrte Lauren.
»Du machst keinen Mucks«, sagte Mason zu Quintero. Dann stand er auf und ging zu Lauren. Ihre Augen waren gerötet, und sie wischte sich übers Gesicht.
»Das kannst du mir nicht antun«, sagte sie. »Wir haben so viel dafür getan, zusammen sein zu können.«
»Das war ein Fehler.«
»Nick, ich bin nicht blöd«, entgegnete sie. »Natürlich habe ich gewusst, dass irgendwann so was passieren würde. Ich habe schon vor langer Zeit meinen Frieden damit gemacht. Deshalb kannst du sagen, was du willst, ich gehe nicht fort, nur damit ...«
»Ich habe gestern Nacht einen Mann ermordet«, sagte Mason.
Lauren schrak vor ihm zurück, als hätte er sie geohrfeigt.
»Ich war in diesem Gebäude in Downtown«, sagte er, »in

dem es gebrannt hat. Ich habe nach einem bestimmten Mann gesucht und ihn erschossen.«

Sie starrte ihn an, ohne etwas zu sagen.

»Beim letzten Mal habe ich einen Polizisten mit einem Gewehr getötet. Ich habe ihn regelrecht zerfetzt. Diana war dabei, sie kann es dir bestätigen. Davor habe ich einem Mann die Kehle durchgeschnitten und ihm beim Sterben zugesehen, während ich ihn festhielt.«

Tränen strömten über ihr Gesicht.

»Wach auf, Lauren. Ich bringe Menschen um. Das ist mein Job. Wenn du hierbleibst, stirbst du auch.«

Sie schüttelte bloß den Kopf, unfähig, etwas zu sagen.

»Diana bringt dich jetzt von hier weg. Du darfst nicht zurückkommen. Nie mehr.«

Sie stand noch einen Moment stumm da, bis Diana sie am Arm nahm und hinausführte. Mason sah zu, wie sie ihre restlichen Sachen einpackte, ihren Koffer schloss und die Tür zum Büro aufmachte, um Max herauszulassen. Sie legte ihm die Leine an, aber er zerrte wie verrückt daran, als er Mason im Schlafzimmer sah, und war schon fast bei ihm, bevor sie ihn zurückziehen konnte.

Diana mühte sich mit der großen Hundebox und dem Koffer ab. Lauren sah Nick ein letztes Mal an und machte den Mund auf, wie um etwas zu sagen, aber es kam kein Wort heraus. Dann gingen die beiden Frauen.

Mason setzte sich auf die Bettkante, während Quintero auf dem Boden blieb. Auch er sprach kein Wort.

»Du bringst mich jetzt zu deiner Werkstatt«, sagte Mason schließlich. »Ich brauche ein neues Auto.«

Lauren sah die Frau am Steuer von der Seite an. Diana Rivelli. Die Fremde, mit der Nick zusammenwohnte, wie sie schon gleich zu Anfang herausgefunden hatte. Mit den dunklen Haaren und dunklen Augen und dieser zeitlosen Schönheit, der sie sich nicht bewusst zu sein schien. Sie war eine Fremde geblieben, war ein Rätsel geblieben, auch noch, nachdem Lauren sich einen Platz in Nicks Leben erobert hatte.

Ich muss fort, dachte sie. *Ich muss meine Stadt, meine Heimat verlassen.*

Warum darf Diana bleiben?

»Ist das wahr?«, fragte sie. »Was Nick gesagt hat … über das, was er tut?«

»Wir tun alle, was wir tun müssen«, antwortete Diana, den Blick unverwandt auf die Straße gerichtet.

»Und ich muss fort.«

»Du *darfst* fort. Du kannst von Glück sagen.«

»Glück, Diana? Mein Leben hier, meine Existenz, alles vorbei.«

»Dein Leben gehört immer noch dir. Ich würde sofort mit dir tauschen. Der Mann, dem Nicks Leben gehört … ihm gehört auch meins.«

»Menschen können keine anderen Menschen besitzen.«

»Sag das mal diesem Mann«, erwiderte Diana. »Ich mag in einem goldenen Käfig leben, aber ich bin trotzdem eine Sklavin.«

»Ich verstehe das alles nicht«, sagte Lauren.

»Du hast es einfach nicht sehen wollen«, sagte Diana. »Du hast doch bestimmt etwas geahnt. Was dachtest du, was er macht, wenn er von dir weg muss? Blumen austragen?«

Lauren antwortete nicht. Sie schwiegen den Rest der Strecke zum O'Hare International Airport.

»Wo soll ich denn hin?«, fragte Lauren. »Zurück zu meinen Eltern?«

»Nein, das darfst du nicht. Flieg irgendwohin, wo dich niemand findet. Zumindest fürs Erste.«

Lauren sah sie mit ungläubigem Kopfschütteln an.

Sie hielten vor dem Terminal. Der Hund saß auf dem Rücksitz und sah zum Fenster hinaus. Lauren stieg aus und holte ihren Koffer. Ein Flughafenangestellter kam herbei und half ihr mit der Hundebox. Max zerrte an der Leine, gab es dann auf und setzte sich auf den Asphalt.

»Versprich mir, dich um ihn zu kümmern«, sagte Lauren und blieb abwartend neben der Beifahrertür stehen.

»Ich habe genug damit zu tun, mich um mich selbst zu kümmern.« Diana sah sie an. Hinter ihr hupte jemand.

»Versprich's mir«, beharrte Lauren.

Diana nickte. Lauren schloss die Tür und betrat das Flughafengebäude.

Sie hatte keine Vorstellung davon, wohin es gehen sollte. Oder was sie dort tun würde.

Nur eines wusste sie sicher, nämlich dass sie nie mehr zurückkommen würde.

6

Für den Rest seines Lebens sollte Bruce Harper sich an Nick Masons Gesicht erinnern und daran, wie er von dem luxuriösen Town House zu ihnen heruntergeblickt hatte.

Das Schlimme war nicht, dass er die ausgezeichnete Bilanz des WITSEC-Programms verdorben, viertausend US-Marshals und Deputy Marshals im ganzen Land blamiert und einen schwarzen Fleck auf Harpers siebenundzwanzigjähriger, bis dato makelloser Karriere hinterlassen hatte. Das war alles nicht so wichtig.

Das Schlimme war, dass Nick Mason, sollte Detective Sandoval recht behalten, einen Zeugen ermordet hatte, den Harper zu schützen geschworen hatte, und dabei obendrein neun von seinen Männern verletzt hatte.

Und Harper konnte nichts gegen ihn unternehmen.

Zumindest noch nicht.

Nun saß er vor dem Schreibtisch von Rachel Greenwood, der stellvertretenden Bundesanwältin für den Bezirk nördliches Illinois. Mitte vierzig, attraktiv auf eine sachliche Art, Haare streng zurückgebunden, randlose Brille. Harper hatte zum ersten Mal mit ihr zu tun und versuchte, sie einzuschätzen. Er warf einen Blick auf das gerahmte Foto an der Tischkante, auf dem sie ein paar Jahre jünger zu sein schien. Es zeigte sie mit ihrem Mann, der das Lächeln und den Haarschnitt eines Karriereanwalts in einer privaten Kanzlei hatte, und zwei Kindern im Teenageralter, einem Jungen und einem Mädchen. Die ganze Familie trug weiße

T-Shirts und strahlte an einem sonnigen, glücklichen Tag in die Kamera, der so ganz anders war als der heutige.

Harper hatte sich bereits in der Dienststelle der US-Marshals im ersten Stock unten gemeldet, die direkt neben dem Bundesbezirksgericht lag. Dort hatte man ihn informiert, dass eine Staatsanwältin schon ganz heiß darauf war, mit einem von ihnen zu sprechen, also hatte er das selbst übernommen. Kam nicht in Frage, jemand anders den Kopf hinhalten zu lassen. Er würde für das Versagen des USMS geradestehen.

Während er im Aufzug hinaufgefahren war, hatte er wieder daran gedacht, wie viele Behörden hier in diesem einen Häuserblock an der Dearborn Street versammelt waren – die Drogenbehörde DEA, das Bundessteueramt IRS, die Büros zweier US-Senatoren, die Hauptpost. Eine der dichtesten Konzentrationen bundesstaatlicher Macht außerhalb von Washington, D. C. Bei seinem letzten Besuch hier war es ihm flüchtig durch den Kopf gegangen, wie leicht es für einen zweiten Timothy McVeigh wäre, die US-Regierung empfindlich zu treffen – er brauchte nur einen Lieferwagen mit einem Sprengsatz aus Mineraldünger die Dearborn hinunterzujagen.

Jetzt aber hatte er nur eines im Kopf.

»Danke, dass Sie sich die Zeit genommen haben, hier heraufzukommen«, begann Greenwood auf der anderen Seite des Schreibtischs. »Ich fühle mich geehrt. Der stellvertretende Leiter von WITSEC persönlich.«

Ihre Worte troffen vor Höflichkeit, dabei war es an diesem Tag erstmals alles andere als ehrenvoll, eine leitende Position bei WITSEC zu bekleiden. Das war ihr natürlich bewusst. Und es war ihr bewusst, dass es ihm ebenfalls bewusst war.

»Das ist ein schwarzer Tag«, sagte er. »Ich habe neun Deputy Marshals im Krankenhaus liegen.«
»Dazu einen toten Zeugen.«
»Ja. Ich übernehme die volle Verantwortung dafür.«
»Und was nützt mir das, dass Sie die Verantwortung übernehmen, Mr. Assistant Director?«
Harper begriff. Greenwood wollte keine Genugtuung. Sie wollte Antworten.
»Nick Mason«, sagte er.
»Sollte mir der Name etwas sagen?«
»Er arbeitet für Darius Cole.«
Das würde Eindruck auf sie machen, wusste Harper, denn Darius Cole war derzeit die wichtigste Person im Leben der Staatsanwältin. Sie war es nämlich, die entscheidend dazu beigetragen hatte, dass Cole eine lebenslängliche Haftstrafe absaß, indem sie zwei wichtige Komplizen zu Kronzeugen machte und sie so bearbeitete, dass sie gegen ihn aussagten. Harper überraschte dieser Erfolg nicht weiter, nun, da er ihr gegenübersaß. Er hatte schon mit Bundesanwälten im ganzen Land zu tun gehabt, von denen einige von ihrem Job überfordert waren, während andere zwar kompetent und ehrgeizig waren, aber ganz klar einträglichere berufliche Ziele anstrebten. Wieder andere dagegen schienen dazu geboren, die Vereinigten Staaten vor Gericht zu vertreten, auch wenn das bedeutete, viel zu viele Fälle zu schultern und viel zu oft bis spät in die Nacht zu arbeiten, und das für ein zu geringes Gehalt und keinerlei Anerkennung. Einige der besten davon waren Frauen, wusste Harper. Sie hatten ein besonderes Talent dafür, eine Anklage auf die Beine zu stellen, nützliche Deals zu vereinbaren und aus Mitangeklagten kooperative Zeugen zu machen, indem sie den Widerstand der Betreffenden

unterliefen und gewisse Urbedürfnisse ansprachen, die bis zur Wiege zurückreichten: *Ich bin auf deiner Seite. Ich will dich beschützen.*

Sie war zweite Vertreterin der Anklage bei Coles ursprünglichem Prozess gewesen und nun als leitende Staatsanwältin bei dem bevorstehenden Wiederaufnahmeverfahren vorgesehen. Was diesen Morgen für sie fast genauso beschissen machte wie für Harper.

»Mason hat zusammen mit Cole in Terre Haute gesessen«, sagte Harper. »Cole hat dafür gesorgt, dass er vorzeitig rauskam.«

»Ja, ich erinnere mich jetzt. Es gab da ein Problem mit einer der belastenden Aussagen. Der Detective zeigte sich Jahre später selbst an und gestand, dass er ...«

»Das war gelogen«, sagte Harper. »Cole hat das Ganze eingefädelt. Er wollte Mason draußen haben, damit er für ihn arbeitet.«

»Für ihn arbeitet im Sinne von Zeugen umbringen?«

»Unter anderem.«

Sie dachte einen Moment nach. »Woher wissen Sie das?«, fragte sie dann.

»Von dem Detective im Morddezernat, der ihn eingebuchtet hat. Frank Sandoval. Er war der Partner des Detectives, der später behauptete, Mason einen falschen Beweis untergeschoben zu haben. Sandoval hat mich vorhin zu Masons Town House gefahren. Er wird mir helfen, ihn festzunageln. Oder ich helfe ihm. Es ist mir ehrlich gesagt egal, wer in dem Fall die Lorbeeren einheimst.«

»Kann Sandoval Mason mit letzter Nacht in Verbindung bringen?«

»Wenn er das könnte, hätten wir ihm jetzt schon die Handschellen angelegt.«

Sie notierte sich den Namen auf ihrem gelben Anwaltsblock. »Nick Mason«, sagte sie. »Einer von hier?«

»Sandoval sagt, er kommt aus einer Gegend namens Canaryville.«

Sie schnaubte und schüttelte den Kopf. »Das passt.«

»Ist 'n aufregender Stadtteil, nehme ich an?«

»Mein Großvater war zur Zeit der Prohibition Polizist in dieser Stadt. Er ist all den großen Gangstern begegnet, Al Capone, Bugs Moran. Hat mir oft Geschichten über sie erzählt, als ich ein kleines Mädchen war. Der Schlimmste von dem Haufen aber, meinte er, war ein Mann namens Gene Geary. Der skrupelloseste Killer, der ihm je untergekommen war.«

»Lassen Sie mich raten«, sagte Harper. »Aus Canaryville?«

»Dort waren damals die ganzen Schlachthöfe«, fuhr sie fort. »Mein Großvater sagte, man sei durch die Straßen gegangen und habe den Tod in der Luft gerochen.«

Manches ändert sich nie, dachte Harper. Er wollte es nicht laut sagen, nicht zu einer Frau, die es sich zur Lebensaufgabe gemacht hatte, für Veränderung zu kämpfen.

»Es war ein Fehler, McLaren für diese vorprozessuale Aussage herbringen zu lassen«, sagte Greenwood.

Das eigentlich Gemeinte schwang mit: *Es war ein Fehler, davon auszugehen, dass der Marshals Service ihn beschützen könnte.*

»Es hätte kein Fehler sein dürfen«, sagte Harper. »Nichts von alledem hätte passieren dürfen.«

»Ist aber nun mal so«, entgegnete sie. »Und es war tatsächlich ein Einzeltäter?«

Noch mehr Mitgemeintes: *Ein Mann gegen wie viele von euch?*

»Ja, wir glauben schon.«

»Wie hat er herausbekommen, wo Sie McLaren untergebracht hatten?«

»Das wissen wir noch nicht.«

Sie schüttelte den Kopf. »Bis dahin lief alles glatt.«

»Was wollen Sie damit …«

Sie unterbrach ihn mit erhobener Hand. »Ich bitte Sie. Sie haben eben selbst angedeutet, dass Cole vermutlich einen Detective bestochen oder unter Druck gesetzt hat, um Mason aus dem Gefängnis herauszubekommen. Jetzt muss er jemanden im Marshals Service korrumpiert haben, das ist uns doch beiden klar.«

Harper dachte daran, dass seine verstorbene Frau ihm geraten hatte, immer zuerst bis drei zu zählen, ehe er sich zu einer vertrackten Frage äußerte.

Er kam nicht einmal bis eins.

»Nein«, platzte er unvermittelt heraus. »Unmöglich. Nicht in meiner Behörde!«

»Offensichtlich aber doch.«

Er verkniff es sich zu erwidern: *Dann muss die undichte Stelle hier sein. Wenn der Service zum ersten und einzigen Mal einen Maulwurf in den eigenen Reihen hat, dann muss es jemand aus der Stadt sein, die Korruption zu einer Kunstform erhoben hat.*

»Hören Sie«, sagte er und zwang sich, einmal tief durchzuatmen, »wir stehen hier auf derselben Seite.«

»Nicht, wenn Sie vor allem daran interessiert sind, dem Service den Rücken freizuhalten. Mir kommt es darauf an, dass ich wenigstens noch einen lebendigen Zeugen habe, wenn dieses Wiederaufnahmeverfahren beginnt.«

»Wie in drei Teufels Namen hat Cole das überhaupt gekriegt? Ich dachte, das wäre so gut wie ausgeschlossen.«

»Hätte es auch sein sollen«, sagte Greenwood. »Aber Cole

hat sich was verdammt Geniales einfallen lassen. Falls Sie sich an sein Verfahren erinnern, wir haben damals eine anonyme Jury beantragt …«

»Wie bei Nicky Barnes' Prozess.«

»Nicky Barnes war der Erste, ja. Es hat allerdings zwei Haken, wenn die Geschworenen anonym bleiben. Erstens, das kann nach hinten losgehen. Wie bei John Gottis erstem Verfahren …«

»Die Jury, die zu keinem einstimmigen Urteil kommen konnte.«

»Ja, mit dem Geschworenensprecher, der Verbindungen zur Familie hatte. Wäre diese Jury nicht anonym gewesen, hätte man diese Verbindung sofort aufgedeckt und ihn rausgeworfen. Doch es ist der zweite Haken, durch den Cole die Wiederaufnahme seines Verfahrens erlangt hat … Die Berufungsgerichte betrachten anonyme Jurys von jeher mit einer gewissen Skepsis, und zwar wegen der allzu naheliegenden Schuldvermutung bei dieser Art von Vorsichtsmaßnahme. Deshalb haben sie irgendwann diese lächerlich strengen Fairness-Richtlinien für die Beratungen der Geschworenen aufgestellt. Sehr schwierig, denen zu entsprechen. Eine Schwachstelle, die sich jedoch bisher niemand zunutze gemacht hat. Nicht einmal Gotti bei all seinen Anträgen auf Wiederaufnahme des Verfahrens.«

»Das verstehe ich nicht«, sagte Harper. »Der Prozess ist zwölf Jahre her. Wie konnte Cole …«

»Tja, aus heiterem Himmel kommt zwölf Jahre später einer der anonymen Geschworenen von damals zu Coles Anwalt und gibt an, sie hätten sich damals auf unzulässige Weise beraten. Sie hatten den Fall in einem nicht öffentlich gemachten Hotel besprochen, und er sagte, es sei die Rede davon gewesen, dass Cole schuldig sein müsse, wenn man sie an einem solch geheimen Ort einschließe. Das war Zündstoff, den man unmöglich ignorieren konnte.«

Harper sah sie aufgebracht an. »Aber Sie glauben diesen Mist doch nicht ...«

»Ich habe nicht über den Antrag entschieden«, sagte Greenwood. »Sondern das Siebte Bundesberufungsgericht.«

»Erster Schritt also, die Wiederaufnahme erlangen«, sagte Harper. »Zweiter Schritt ...«

»Die Hauptzeugen nacheinander umbringen.«

Harper runzelte die Stirn. »Und jetzt ist nur noch einer übrig.«

Isaiah Wallace. Darius Coles Kinderfreund und engster Vertrauter. Der Mann, der ihn hauptursächlich hinter Gitter gebracht hat. Und der für uns auch jetzt wieder am wichtigsten ist, wenn wir wollen, dass Cole dort bleibt. Vorausgesetzt, wir können ihn am Leben erhalten.

Ein Gedanke, der bis gestern kaum mehr als ein Scherz gewesen wäre.

»Wir hatten sogar einen dritten potenziellen Kronzeugen für den Prozess damals«, bemerkte Greenwood. »Ich weiß nicht, ob Ihnen das bekannt ist.«

»Nein, ist es nicht.«

»Wir haben allerdings nie versucht, ihn umzudrehen. Er hätte Cole mit mehreren Morden in Verbindung bringen können, aber ...« Sie schüttelte den Kopf und verstummte.

»Er hätte keinen guten Zeugen abgegeben?«

»Mein Chef meinte damals, ich solle ihn mir nicht vornehmen, solange es nicht unbedingt nötig ist. Der Mann verschwand dann ein paar Jahre später, tauchte in New York wieder auf, wurde vor nicht allzu langer Zeit hochgenommen. Sitzt jetzt lebenslänglich in Dannemora, wenn ich mich recht erinnere. Deshalb möchte ich unbedingt sichergehen, dass Mr. Wallace …«

»Wir bringen Wallace in ein WITSEC-Geheimgefängnis«, sagte Harper. »Wo er absolut unerreichbar ist. In der Zwischenzeit können Sie mir helfen, Mason wegzusperren. Falls wir die Genehmigung für eine Abhörung oder Überstunden brauchen …«

Eine Tatsache der modernen Gesetzesvollstreckung: Wenn der zuständige Bundesanwalt nicht gegen einen Verdächtigen ermitteln lassen will, kann dieser auch nicht nach Bundesrecht einer Straftat angeklagt werden.

»Ich helfe Ihnen gern«, sagte Greenwood. »Aber im Gegenzug müsste ich mit Mr. Wallace persönlich sprechen, um ihn auf das Wiederaufnahmeverfahren vorzubereiten.«

»Tut mir leid, das geht nicht.«

Sie sah ihn mit schräg gelegtem Kopf an. »Haben Sie gerade nein gesagt?«

»Ich kann eine Videoschaltung veranlassen«, sagte Harper. »Falls wir die Zustimmung des Richters beziehungsweise der Richterin erhalten, werden wir Wallace dann auch auf diesem Weg aussagen lassen.«

»Das genügt mir nicht.«

»Muss es aber.«

»Ich muss mit ihm persönlich sprechen. Er ist der Schlüsselzeuge zu meinen noch verbliebenen Anklagepunkten, und ich will absolut sicher sein, dass er bereit ist.«

»Wollen Sie, dass ich diesen Mann beschütze, oder nicht?«, fragte Harper. »Nicht einmal seine eigene Mutter darf zu ihm. Nicht, bis dieses Verfahren vorbei ist.«

»Ich bin die Bundesanwältin im Prozess gegen Darius Cole, nicht Isaiah Wallace' Mutter.«

»Tut mir leid.«

»Damit finde ich mich nicht ab. Meine Arbeit ist schon schwer genug, Marshal. Ich würde jetzt gerade McLarens vorprozessuale Aussage aufnehmen, wenn …«

Wenn der US-Marshals Service nicht kläglich versagt hätte.

Harper zuckte die Achseln, nicht bereit nachzugeben.

Greenwood stand auf, ging um ihren Schreibtisch herum und lehnte sich gegen die vordere Kante, so dass sie Harper überragte.

»Wollen Sie hier wirklich ein Wettpissen zwischen den Behörden veranstalten, Marshal?«, fragte sie. »Wenn Sie glauben, Sie gewinnen, bloß, weil ich mich zum Pinkeln hinsetzen muss …«

Sie beugte sich über den Tisch und griff zum Telefon.

»Also, was meinen Sie?«

»Ich sehe zu, was ich arrangieren kann«, sagte Harper. »Wenn es Ihnen nichts ausmacht, zu seinem Aufenthaltsort zu fliegen.«

»Ich fliege überallhin«, sagte sie mit einem knappen Lächeln. »Ich trage unterwegs sogar eine Augenbinde.«

»Mason wird nicht an ihn rankommen. Niemand wird an ihn rankommen. Versprochen.«

»Ich weiß, dass Sie einen harten Tag hinter sich haben«, sagte Greenwood und lächelte ihn erneut an. »Also lasse ich Sie jetzt gehen.«

Als er ihr die Hand gab, war er froh, es nicht in einem Gerichtssaal mit ihr aufnehmen zu müssen.

7

Es war kein guter Tag, um Nick Mason zu sein.

Die Frau, mit der er versucht hatte, sich ein neues Leben aufzubauen, wäre um ein Haar eine Zahl in der Opferstatistik geworden. Eine Kugel durch den Kopf, in ihrem eigenen Schlafzimmer. Einer von tausend ungelösten Mordfällen in Chicago, eine halbe Spalte in der Morgenzeitung wert. Jetzt war sie fort, samt dem Hund, der sie beide zusammengebracht hatte.

Und sein Hals und seine Schulter taten immer noch höllisch weh.

Er saß am Steuer des neuen Wagens, den er bekommen hatte, nachdem Quintero den Pontiac GTO in der illegalen Ausschlachtwerkstatt von seinen Männern hatte zerlegen lassen. Der Ersatz aus Coles scheinbar unerschöpflichem Fundus war ein Jaguar XK8, Baujahr 2004. Zum ersten Mal kein klassisches Muscle-Car, wenn auch jetschwarz wie all die anderen, aber als Mason an das Baujahr dachte, verstand er: Das war einmal Coles Privatwagen gewesen, gerade neu gekauft, bevor er ins Gefängnis musste.

Mason rollte aus der Werkstatt hinaus in die nachmittäglichen Schatten, die vom Cook County Jail geworfen wurden. Er überfuhr zwei rote Ampeln und raste die California Avenue hinunter, fühlte den leistungsstarken Motor, ohne jedoch irgendeine Vorstellung davon zu haben, wohin er wollte.

Bis ihm plötzlich klarwurde, wohin er musste. Wen er sehen musste. Den einen Menschen, der ihm wieder vor

Augen führen konnte, weshalb er hier war. Weshalb er diesen Vertrag geschlossen und diese Bedingungen für ein zweites Leben akzeptiert hatte.

Er fuhr durch die West Side, immer auf der Hut, den Blick genauso häufig in die Spiegel gerichtet wie vorn auf die Straße. Auch wenn er keine Verfolger ausmachen konnte, beschleunigte er kurz vor roten Ampeln, um noch knapp darüberzuschießen, und bog in dunkle Einfahrten ab, um die Richtung zu wechseln. Alles in dem Versuch, die Gewalt und die Bedrohung, die sein zweites Leben beherrschten, an der Stadtgrenze hinter sich zu lassen, bevor er nach Elmhurst hineinfuhr. Ein Vorort aus Ahornbäumen und frisch gemähten Rasenflächen. Fußballfelder und ein restauriertes Kino an der Hauptstraße. Eine andere Welt.

Seine Tochter war vier Jahre alt gewesen, als er in den Knast einfuhr, und neun, als er wieder herauskam. Noch immer hatte er ihr Zimmer im ersten Stock dieses Einfamilienhauses in Elmhurst nicht gesehen. Er malte es sich oft aus: Siegermedaillen und Fußballpokale in den Regalen, Plüschtiere auf ihrem Bett, Poster an den Wänden.

Einmal hatte er vor der Tür gestanden. Ein einziges Mal. Drei Schritte in die Diele, weiter hatte er ihr neues Zuhause nicht betreten dürfen.

Manchmal fuhr er nachts dort vorbei und sah zu ihrem dunklen Fenster hinauf, stellte sich vor, wie sie dahinter schlief. Während der Fußballsaison kam er zu ihren Spielen, wann immer er konnte, stand am Rand und sah zu, wie sie dem Ball hinterherjagte. Sie war schnell, hatte den langen, schmalen Körperbau ihrer Mutter. Aber dann endete die Saison, und es war, als würde ihm seine Tochter von neuem weggenommen, wenn sie in der Routine des Schuljahres und der Ausflugswochenenden mit ihrer Mutter und ihrem Stiefvater verschwand. Dann fuhr er wieder regelmäßig an diesem Haus vorbei, um sich zu vergewissern, dass sie alle in Sicherheit waren.

Heute jedoch brauchte er mehr als Kontakt auf Sichtweite. Mason rollte langsam die North Avenue hinunter in dem Wissen, dass bald Schulschluss sein musste. Er sah ihre Grundschule an der Charles Road, ein Gebäude aus Glas und Ziegelsteinen, umgeben von gepflegten grünen Grasflächen. Eine lange Autoschlange schob sich um einen Kreisel davor. All die Eltern, die ihre Kinder abholten und ihren Alltag für etwas Selbstverständliches hielten. Sie ahnten nicht, was er dafür geben würde, zu ihnen zu gehören.

Er parkte auf einem Parkplatz weiter vorn und lief zurück zu dem eingezäunten Schulhof. Andere Eltern stiegen gerade aus, gingen hinüber und riefen ihre Kinder. Mason beobachtete das Treiben und fühlte sich absurderweise an die Stunden draußen im Gefängnishof erinnert, wenn auch so sonniges Wetter war und auch so viele Stimmen durch die Luft schwirrten.

Dann wurde die ganze Welt plötzlich still und verschwamm im Hintergrund, als er sie entdeckte.

Adriana.

Ihre aschblonden Haare waren jetzt länger und immer noch von der Sonne aufgehellt, genau wie bei ihrer Mutter, die auch bis weit in den Herbst hinein sommerblonde Strähnen gehabt hatte. Ihre Wangen waren gerötet, weil sie gerade hinter jemandem herjagte. Sie flitzte durch die Trauben der Kinder, bis sie schließlich einen Jungen am

Hemdzipfel erwischte und festhielt. Der Junge drehte sich um und schubste sie so fest weg, dass sie hinfiel. Mason hielt die Luft an und erinnerte sich, dass er anfangs genauso reagiert hatte, wenn sie auf dem Fußballplatz zu Fall gebracht worden war – doch jetzt schien seine Reaktion noch umittelbarer, noch automatischer zu kommen. Er stand bereits vorgebeugt, bereit loszusprinten und seine Tochter zu beschützen, ohne einen Gedanken daran, was das heißen sollte.

Mason hatte schon immer mit Gewalt gelebt. Unmöglich, ihr aus dem Weg zu gehen, wenn man in den Straßen von Canaryville aufwuchs. Jetzt aber …

Jetzt verkörperte er selbst die Gewalt.

Er atmete auf, als Adriana lachend auf die Beine kam. Der Junge rannte weg und sie wieder hinterher. Mason sah zum Schultor hinüber, wo Gina jeden Moment auftauchen musste. Es sei denn, Brad holte Adriana ab, aber um diese Zeit, mitten am Nachmittag, arbeitete der bestimmt noch. Ging seinem normalen Job in einem normalen Bürogebäude in der Innenstadt nach.

Nein, Gina kommt bestimmt. Wird schön sein, sie mal wieder zu sehen.

Auch wenn es weh tat, wollte er doch gern ihr Gesicht sehen, wollte sich an die schönste Zeit seines Lebens erinnern. So stand er da und wartete und beobachtete, bis ihm auffiel, dass niemand sich darum kümmerte. Keine uniformierten Sicherheitsleute kamen auf ihn zu, um ihn zu fragen, was er hier verloren hatte. Er konnte überhaupt keine Wachleute auf dem Schulgelände entdecken.

Jeder könnte einfach zu ihr hingehen, dachte er. *Jeder x-beliebige Kerl. Sie einfach schnappen, zum Auto bringen und entführen.*

Wer sollte ihn aufhalten?

Mason drehte sich um und musterte die Fahrzeuge, die in einer Reihe vor dem Tor und auf dem Parkplatz standen, als hielte er schon nach dem Entführer Ausschau. Er sah einen schwarzen Wagen, betrachtete ihn prüfend. Ein Pick-up. Dann entdeckte er noch einen, einen Nissan-SUV.

Dann sah er ihn. Den schwarzen Escalade. Mit den getönten Scheiben.

Quinteros Worte von letzter Nacht hallten durch seinen Kopf: *Dein Job war es, den Buchhalter auszuschalten. Meiner war es, nach Elmhurst zu fahren. Dort zu warten, bis ich von dir höre … oder auch nicht.*

Mason schluckte, spürte pure, brennende Panik in der Kehle. Erst vor ein paar Stunden hatte er Lauren fortgeschickt, weit weg, zu ihrem eigenen Schutz.

Aber seine Tochter war immer noch hier. Immer noch in Chicago. Immer noch in Gefahr.

»Hallo …«

Adrianas Stimme riss ihn aus seinen Gedanken, und er merkte, dass sie unsicher war, wie sie ihn ansprechen sollte.

»Hallo. Nenn mich doch Nick, wie wär's damit?«

»Nick? Okay.«

Sie stand vor ihm am Zaun und sah, gegen die Nachmittagssonne blinzelnd, zu ihm auf.

Mason ging in die Hocke und blickte sich dabei rasch noch einmal um.

»Hallo, Schatz«, sagte er dann, wobei ihm fast das Herz aus der Brust sprang.

»Was machst du hier?«

»Ich wollte mir mal deine Schule ansehen.«

»Na ja, das ist sie«, sagte sie mit einer weit ausholenden

Geste. »Und das da drüben ist meine Lehrerin, Mrs. Martin.« Sie zeigte auf eine Frau, die beim Seiteneingang des Gebäudes stand. Immerhin, die Frau beobachtete sie wachsam, beobachtete ihn, diesen Fremden, der hinter dem Schulhofzaun hockte.

Geh rüber zu dem Escalade dort, dachte er bitter, *wenn du die echte Gefahr sehen willst.*

»Ich vermisse es, dir beim Fußballspielen zuzugucken«, sagte er. »Du bist wirklich gut.«

»Ich mag Softball lieber«, sagte sie. »Ab Frühjahr spiele ich in der Mannschaft.«

»Du könntest beides spielen.« Er malte sich schon aus, wie er von April bis Juni zweimal die Woche auf der Tribüne sitzen und sie sehen konnte.

»Ich kann den Ball richtig fest schlagen«, erzählte sie. »Mom sagt, das habe ich von dir.«

»Sie spricht über mich?« Er versuchte, seine Überraschung zu verbergen.

»Manchmal.«

Sie redeten ein paar Minuten über dies und das. Mason fragte sie nach dem Jungen, mit dem sie herumgealbert hatte. Sie fragte ihn danach, was er so machte, und er musste sie wieder anlügen. Er hasste das, aber was blieb ihm anderes übrig?

Eine männliche Stimme fragte von hinten: »Ist das die Tochter?«

Als Mason langsam aufstand, rechnete er damit, Quintero zu sehen, aus seinem Wagen ausgestiegen, ganz nahe bei Adriana, und überlegte schon, was das zu bedeuten hatte. Es war nicht Quintero, aber er freute sich keineswegs mehr darüber, in die kohlschwarzen Augen von Detective Frank Sandoval zu blicken.

»Ihr Jaguar da drüben?«, sagte Sandoval und deutete mit dem Kopf auf den Parkplatz. »Ganz andere Klasse, so gesetzt auf einmal.«
Mason antwortete nicht. Regel Nummer drei: *Im Zweifelsfall den Mund halten.*
»Ganz schön schwer, den Überblick über Ihre Autos zu behalten.«
Mason überhörte auch das und drehte sich wieder zu seiner Tochter um.
»Wir müssen miteinander reden, Mason.«
Mason schüttelte den Kopf.
»Wer sind Sie?«, fragte Adriana, die zwischen den beiden Männern auf der anderen Zaunseite hin- und herblickte.
»Ich bin ein Freund von deinem Vater«, sagte Sandoval und beugte sich zu ihr vor. »Du musst Adriana sein. Ich habe schon viel von dir gehört.«
»Sie sind kein Freund von ihm«, erwiderte Adriana mit zusammengekniffenen Augen. »Sie sind ein Polizist.«
Sandoval lächelte. »Woher weißt du das?«
Sie klopfte auf ihre rechte Hüfte und deutete dann auf ihn. »Ich kann Ihre Pistole sehen.«
Sandoval knöpfte sein Jackett zu. »Sie haben ein cleveres Kind«, sagte er zu Mason.
»Und Sie stören.«
»War nicht meine Absicht«, sagte Sandoval. »Ich wollte Sie nur etwas fragen. Wegen dem, was Sie mir gegeben haben …«
Deutlicher brauchte er nicht zu werden. Mason hatte ihm nur einmal etwas gegeben – den USB-Stick vom Laptop eines Drogenbosses mit genug Informationsmaterial darauf, um der gesamten gekauften Sonderermittlungsabteilung das Handwerk zu legen. Nicht, weil er Sandovals

Karriere auf die Sprünge helfen wollte, sondern weil er von keinem anderen Cop sicher wusste, dass er sauber genug und hartnäckig genug war, um den Datenträger nicht irgendwo zu verbuddeln.

»Was ist damit?«, fragte er.

»Haben Sie noch mit jemand anderem darüber gesprochen?«

»Wenn Sie schiefe Blicke von Ihren Kollegen bekommen, hat das nichts mit mir zu tun.«

Sandoval sah ihn forschend an, nickte und wandte sich zum Gehen. Dann drehte er sich noch einmal um, lächelte. »Unterhalten Sie sich mit Ihrer Tochter, aber wir sind noch nicht fertig miteinander.« Er zeigte auf sein Auto und winkte Adriana zu. »Schön, dich kennenzulernen.«

Sie winkte nicht zurück.

Sandoval ging kopfschüttelnd zu seiner Limousine zurück. Mason sah, wie er sich hinters Steuer setzte, und stellte fest, dass der Cop jetzt allein war. Wer auch immer heute Morgen mit ihm im Auto gesessen hatte, war nicht mehr dabei.

»Wir fliegen nach Denver«, sagte Adriana.

Mason kniete sich wieder vor sie hin. »Wann?«

»Bald! Mom sagt, wir ziehen vielleicht dorthin.«

Wieder musste er seine Überraschung verbergen, doch diesmal fiel es ihm sehr viel schwerer.

»Was ist mit der Schule?«, fragte er. »Und dem Fußball? Und …«

»Na ja, das gibt's da alles auch«, sagte sie. »Aber ich will trotzdem nicht weg. Ich will hierbleiben!«

Ich will auch, dass du hierbleibst. Doch das konnte er nicht sagen.

»Adriana!« Ginas Stimme, mit bangem Unterton. Ihr Ge-

sichtsausdruck zeigte eine Mischung aus Sorge und Verärgerung.
Mason sah sie herbeikommen, einen Tick zu schnell für eine Frau, die nur mal eben ihre Tochter von der Schule abholte. Sie hatte den teuren Haarschnitt einer Frau aus Elmhurst, die entsprechende Kleidung, die Diamantohrringe, aber er sah immer noch das Mädchen aus Canaryville in ihr, in das er sich verliebt hatte. Das Mädchen, für das er alles aufgegeben hatte, seine Karrieren als Autodieb, Drogendealer-Ausräuber, als professioneller Einbrecher. Das alles hatte er für sie hinter sich gelassen und ein Haus an der Forty-seventh Street umgebaut, sein ganzes Leben umgebaut. Und selbst als er den größten Fehler aller Zeiten beging, der dazu führte, dass er alles verlor …
Hatte er es für Gina und Adriana getan.
Das redete er sich zumindest ein.
Gina stand auf der anderen Seite des Zauns, was wie eine Botschaft auf ihn wirkte, ob beabsichtigt oder nicht: *Wir stehen auf dieser Seite, du auf der anderen. Dieser Metallgitterzaun schützt uns vor dir, auch ohne Stacheldraht obendrauf.*
»Ich bin hier vorbeigefahren«, erklärte er. »Wollte mal sehen, wo Adriana zur Schule geht.«
»Kann er mit zu uns nach Hause kommen?«, fragte Adriana ihre Mutter. »Ich will ihm mein neues Fahrrad zeigen.«
»Das ist schlecht heute«, sagte Gina. »Wir müssen doch noch packen, schon vergessen?«
»Was ist das für eine Geschichte mit Denver?«, fragte Mason.
»Wegen Brad …«, sagte sie zögerlich. »Er hat ein ziemlich gutes Jobangebot dort bekommen.«
»Ist weit weg von Chicago.«

Der Gedanke, dass seine Tochter tausend Meilen weit weg wohnen würde ... Er wollte Gina nicht zeigen, wie schlimm das für ihn wäre. Er wollte sich nicht mit ihr streiten. Nicht hier, nicht vor seiner Tochter.

»Es ist noch nichts entschieden, Nick. Wir hätten dich noch angerufen und dir Bescheid gesagt.«

Hört sich aber schon verflucht entschieden für mich an, dachte er.

»Kannst du nicht mitkommen?«, fragte Adriana.

Gina warf Nick einen Blick zu und schüttelte unauffällig den Kopf.

»Ich kann leider nicht mit euch kommen«, antwortete er. »Aber wenn ihr zurück seid ...«

Er suchte nach den richtigen Worten.

»Ich möchte dich mal besuchen«, rief Adriana. »Ich möchte sehen, wo du wohnst!«

Mason sah fragend zu Gina auf.

»Wir reden später darüber«, sagte Gina. »Wir müssen jetzt los.«

»Ich weiß schon, was das heißt«, maulte Adriana. »›Wir reden später darüber‹ heißt, es wird nie mehr darüber geredet.«

Mason wollte Adriana nicht gegen ihre Mutter ausspielen, aber er wollte endlich einmal ein wenig Zeit mit ihr verbringen. Solange er noch die Gelegenheit dazu hatte, wollte er wenigstens *einen Tag.*

Er sah seine Ex-Frau nachdenken. Sah die Frau, die er geheiratet hatte und die wusste, wie viel Adriana ihm bedeutete, mit der Löwenmutter ringen, die ein Dutzend Männer zerfleischen und ihr eigenes Leben opfern würde, um ihr Kind zu beschützen.

Als sie ihn durch das Zaungitter hindurch ansah, fielen für

diesen kurzen Augenblick die vergangenen Jahre und alles, was passiert war, weg, und sie war wieder Gina Sullivan Mason aus Canaryville. Eine Frau, die verstand, wie sehr der Vater ihrer Tochter an seinem Kind hing und mit ihm zusammen sein wollte.

»Vielleicht ließe sich das einrichten«, sagte sie schließlich. »Sobald wir wieder zurück sind, okay? Aber jetzt müssen wir wirklich los.«

Hüpfend und winkend ging Adriana mit ihrer Mutter davon. Er hätte sie furchtbar gern umarmt, aber der Zaun war dazwischen, und er wollte das Glück nicht herausfordern, indem er extra außen um ihn herumlief. Also gab er sich mit Ginas Versprechen zufrieden, dass sie ihn anrufen würde, sobald sie aus Denver zurück waren.

Er sah zu, wie seine Tochter in den Minivan stieg, und winkte ihr noch ein letztes Mal.

Dann stand er da, blickte ihnen nach und versuchte, das Ganze zu verarbeiten.

Selbst an so einem Tag, der eigentlich ein guter hätte sein sollen, weil ich ausnahmsweise mit meiner Tochter sprechen konnte ... da erfahre ich, dass sie fünfzehnhundert Kilometer weit wegzieht.

Ihm war gerade überhaupt nicht danach zumute, sich mit Sandoval abzugeben, aber es hatte keinen Zweck, den Cop zu ignorieren oder darauf zu hoffen, dass er sich in Luft auflöste. Das hatte er schon versucht. Aber der Mann war wie eine Fliege, die immer wieder gegen eine Fensterscheibe fliegt, in dem irrigen Glauben, dass das Glas beim *nächsten* Versuch nicht mehr da ist.

Mason lehnte sich an die Fahrertür der Limousine.

»Also, was wollen Sie wirklich?«

Sandoval musterte ihn und zeigte auf das weiße Verbandstape, das unter seinem Hemdkragen hervorlugte. »Was ist passiert?«

»Ich hab mich beim Rasieren geschnitten.«

»Adriana ist ein hübsches Mädchen. Intelligent.«

»Kommen wir heute noch zur Sache?« Mason verlor langsam die Geduld.

»Sie habe ich eigentlich auch für intelligent gehalten. Jetzt bin ich mir da nicht mehr so sicher.«

»Och, Sie wollen mich kränken.«

Sandoval grinste. »Sie sind ein Glückspilz, Mason. Im Aqua hätte das Glück Sie zwar beinahe verlassen, aber deswegen bin ich nicht hier.«

Nick sagte nichts, wartete ab.

»Ich will Cole.«

»Gut, wir sind fertig«, sagte Mason und ging auf den Jaguar zu.

»Ich versuche bloß, Ihr Leben zu retten, Mason. Und vielleicht auch das Ihrer Tochter.«

Mason blieb stehen und kam zurück.

»Wenn Sie was zu sagen haben, sagen Sie es.«

»Wie Sie wissen«, sagte Sandoval, »würde ich einen ganzen Haufen von Ihrer Sorte dafür hergeben, um an Ihren Boss ranzukommen.«

»Was hat das mit meiner Tochter zu tun?«

»Der Typ, den Sie im Aqua erschossen haben. McLaren. Das war nicht irgendein mieser Drogendealer oder ein korrupter Cop. Ihr Boss hetzt Sie jetzt auf bundespolizeilich geschützte Zeugen.«

Mason zwang sich, nicht darauf zu reagieren.

»McLaren war Darius Coles Buchhalter und einer von zwei Kronzeugen gegen ihn bei seinem Strafprozess«, fuhr Sandoval fort.

Mason wich seinem Blick aus. Er wollte am Steuer seines Wagens sitzen und mit Vollgas davonfahren.
»Wenn Ihnen Ihr eigenes Leben egal ist … schön, Ihre Sache. Aber denken Sie an Ihre Tochter und Ihre Ex-Frau.«
»Worauf wollen Sie hinaus, Sandoval?«
»Sie denken, Ihr Leben ist jetzt schon beschissen? Wie wird es erst sein, wenn Darius Cole wieder frei rumläuft? Sie wissen ja, was er mit Risikofaktoren macht. Sobald er raus ist, stellen Sie für ihn eine ebenso große Gefahr dar wie McLaren. Was sag ich, eine noch größere.«
Die ungeschminkte Wahrheit hat einen unverkennbaren Klang, egal, aus wessen Mund sie kommt. Zumal Mason sie tief drinnen schon kannte, bevor dieser Cop sie ihm überhaupt auf den Kopf zugesagt hatte.
Sandoval ließ nicht locker. »Glauben Sie, der Kerl, der hinter Ihnen aufräumt, wird Schreckschussmunition für unschuldige Unbeteiligte verwenden? Nein, Mason. Die Frage ist nur noch, bringt er zuerst Sie um oder Ihre Familie?«
Mason hatte genug gehört. Er kehrte Sandoval den Rücken zu und ging zu seinem Auto, während es heiß unter seiner Haut prickelte. Auf der anderen Seite des Parkplatzes reflektierten die getönten Scheiben des Escalade die Sonne, dann fuhr der SUV los.
Eine Schrecksekunde lang dachte Mason, er würde Ginas Minivan folgen, doch an der Straße angekommen, bog er in die andere Richtung ab.
Mason stieg in den Jaguar und fuhr ebenfalls los. Nach knapp zwei Minuten hatte er einen anderen Wagen ausgemacht, der ihm folgte. Er hatte von Anfang an den Verdacht gehabt, dass er noch von jemand anderem beschattet wurde, zumindest zeitweise. Selbst ein Mann wie Quintero

konnte ihn nicht Tag für Tag rund um die Uhr im Auge behalten.

Ein weiteres Mitglied von Coles Organisation, sagte er sich. *Jemand, den ich noch nicht kenne. Vielleicht der Mann, von dem Sandoval geredet hat. Den sie schicken werden, um Darius Coles Risikofaktoren zu beseitigen.*

Er hatte große Lust, an der nächsten verkehrsreichen Kreuzung voll auf die Bremse zu latschen, auszusteigen und sich vorzustellen. Aber dann kam ihm eine bessere Idee.

Er nahm sein Handy und rief den einzigen Mann an, der ihm helfen konnte, diesen Tag zu retten.

8

Sandoval wird zum Problem.«
Quintero saß hinter seiner getönten Scheibe, das Handy am Ohr, und beobachtete, wie der Bulle auf Mason am Schulhofzaun zuging. Masons Körpersprache verriet seine Anspannung, die Art, wie er sich steif aufrichtete und zu dem Mann umdrehte, während seine Tochter dabeistand.
»Keine Namen«, sagte Cole.
»Ist doch verschlüsselt, oder?«
»Keine Namen«, wiederholte Cole. »Und es gibt Dringenderes als diesen Cop.«
»Was denn?«
»Unser zweites Zielobjekt wird sich bald bewegen.«
»Wohin?«
»Sobald ich das weiß, sag ich dir Bescheid. Halt dich einfach bereit.«
Quintero behielt Sandoval im Auge, der gerade zurück zu seinem Wagen ging. Jetzt kam auch noch Masons Ex-Frau, stellte sich hinter die Tochter. Ein echtes Familientreffen.
»Was ich dir wegen der Freundin aufgetragen habe«, sagte Cole, »hast du das erledigt?«
Quintero hielt das Telefon kurz vom Ohr weg. Er arbeitete seit achtzehn Jahren für Cole und hatte ihn noch nie angelogen. Erstens, weil er kein Lügner war. Und zweitens, weil man sich garantiert nicht Darius Cole aussuchen würde, wenn man damit anfangen wollte, jemanden anzulügen.
Die Wahrheit wäre allerdings noch schlimmer: Cole zu ge-

stehen, dass er den Befehl nicht ausgeführt und Masons Freundin nicht umgebracht und ihre Leiche beseitigt hatte.
»Bist du noch da?«, fragte Cole. »Hast du es erledigt oder nicht?«
»Es ist erledigt.«
Quintero schluckte schwer und stellte sich vor, wie Cole abwog, ob er ihm glauben sollte oder nicht.
»Was ist mit unserem dritten Zielobjekt?«, wechselte er das Thema. »Es gibt da jemanden in New York, den ich kontaktieren kann.«
»Um die Sache wird sich bereits gekümmert. Heute noch.«
»Ihre Probleme zu lösen ist *mein* Job.«
»Der Mann ist dreizehnhundert Kilometer weit weg.«
»Wie gesagt, ich habe einen Kontakt dort drin.«
»Ich denke, ich habe ein paar mehr«, erwiderte Cole. »Dein Job ist es, die Probleme zu lösen, die zu lösen ich dich beauftrage. Und nicht, dir über andere Dinge Gedanken zu machen.«
Quintero warf noch einen Blick auf Mason und die beiden Personen bei ihm, die eines Tages zu einem Problem werden könnten, mit dessen Lösung Cole ihn beauftragte.
»Schlag dir die Flausen aus dem Kopf«, sagte Cole, der von einer Gefängniszelle fünfhundert Kilometer weit weg zu wittern schien, was in seinem Mitarbeiter vorging. »Kümmere dich um deine Aufgaben, und ich kümmere mich um den Rest.«

Der Rest des Tagesgeschäfts sollte besagte dreizehnhundert Kilometer weiter östlich erledigt werden, ungefähr zu demselben Zeitpunkt, als Cole den Anruf beendete.
Ein Bus der Strafvollzugsbehörde ratterte über die drei-

spurige Balkenbrücke, die den New Yorker Stadtbezirk Queens mit Rikers Island verbindet, während Flugzeuge über dem Wasser dröhnend zur Landung auf La Guardia am anderen Ufer des East River ansetzten.

Ein Mann namens Sean Burke saß in der vordersten Reihe, der Einzige von den einundsiebzig Passagieren, der eine Zweiersitzbank für sich allein hatte. Der Justizvollzugsbeamte auf der anderen Seite des Trenngitters ließ ihn nicht aus den Augen, als wartete er geradezu darauf, dass er etwas Interessantes anstellte. Doch Burkes blasses, sommersprossiges Gesicht zeigte einen gelangweilten, fast schläfrigen Ausdruck, und wie er da so saß, umgeben von Männern, die alle wie Linebacker oder Schwergewichtsboxer aussahen, würde man ihn nie für den gefährlichsten Gefangenen im Bus halten.

Sean Burke war 1977 in dem Städtchen Crossmaglen im besetzten Nordirland geboren worden. Mit fünf Jahren hatte er mit ansehen müssen, wie sein Vater als Vergeltung für einen Heckenschützenangriff auf britische Soldaten aus dem Haus gezerrt wurde. Der Vater starb bald darauf im Gefängnis, und Burke schwor, dass er seinen Platz in dem fortdauernden Krieg einnehmen würde. Dabei waren ihm ein vereintes Irland oder die anderen Ziele, für die die IRA kämpfte, ziemlich egal. Sein weitaus größter Beweggrund war Rache. In den folgenden Jahren erwies er sich mehr und mehr als ein furchtloser, brutaler Killer, und das Töten wurde zu seinem Lebensinhalt.

Direkt nach dem Waffenstillstand von 1999 sollte Burke von der Royal Ulster Constabulary verhaftet werden. Er floh aus dem Land nach Chicago, wo ein Cousin eine Eckkneipe in dem irisch dominierten Stadtteil Beverly auf der South Side besaß. Als sein Visum ablief, ging er in den Untergrund, übernahm Jobs gegen Bares und erwies sich bald als genauso furchtlos und brutal wie in Nordirland – und als genauso wertvoll für Organisationen, deren Geschäft die Gewalt war.

Dabei sah Burke nicht im Entferntesten nach Gewalttäter aus. Damals nicht und auch jetzt nicht, als er nach seiner Vernehmung auf dem Festland im Bus zurück nach Rikers transportiert wurde. Mit seiner schmächtigen Gestalt, den roten Haaren, Sommersprossen und der gelangweilten Miene legte er es praktisch darauf an, unterschätzt zu werden. Doch unter seiner Gefängnisuniform zuckten und wellten sich ausdefinierte Muskeln. Er hatte kein Gramm Fett am Leib und war mit ganzem Körper und ganzer Seele nur auf eines ausgerichtet: Zerstörung. Kurzum, Burke war eine Bestie in der Gestalt einer Hauskatze.

Den Fehler, ihn zu unterschätzen, hatte auch sein Zellengenosse in Dannemora gemacht. Burke saß seit drei Jahren lebenslänglich, als der Mann im oberen Bett in einer kalten Nacht in Upstate New York all seine Warnungen weggelacht und versucht hatte, ihm die Decke wegzunehmen. Die unmittelbaren Folgen hatten Burke eine neue Reihe von Anklagen, eine neue Verurteilung und eine Überstellung in das Hochsicherheitsgefängnis von Southport, New York, eingetragen. Nun musste er noch drei Tage hier auf Rikers bleiben, wo man ihn in der Abteilung für disziplinarische Einzelhaft gefangen hielt, einem fünfstöckigen grauen Turm mit zwei Meter siebzig mal zwei Meter vierzig großen Einzelzellen, das Zuhause der fünfhundert gefährlichsten Insassen der Insel. Kein Fernseher, kein Telefon und nur ein armseliger Spalt hoch oben in der Wand als Fenster. Eine Stunde Hofgang pro Tag, was ein Schlurfen mit Hand- und Fußfesseln zu einem kleinen In-

nenhof bedeutete, wo man dann völlig allein stand und zu den Fliegern oben am Himmel hinaufstarrte.
Burke war ein alter Fan von Johnny Cash. Die abgenudelten Kassetten mit dessen Musik stellten seine einzige materielle Verbindung zu seinem Vater dar, die Songs seine einzige Erinnerung an bessere Zeiten. Auch jetzt spielte er Cashs Songs in seinem Kopf ab, Soundtrack schon seiner Tage in Dannemora, nur dass er sie hier auf Rikers noch lauter aufdrehte. »Folsom Prison Blues« war sein Lieblingssong, zumal er jetzt besser denn je verstand, wieso ein Mann einem vorbeifahrenden Zug lauschte und sich die Leute darin vorstellte – genauso dachte er hier an die Leute in den Jets, die auf LaGuardia landeten oder starteten.
Allerdings würde er den Teufel tun und den Kopf hängenlassen und weinen.
Als der Bus vor dem Einzelhaftturm hielt, stand Burke auf und stolperte mit den anderen Gefangenen hinaus, alle in Handschellen und Fußeisen. Sie wurden in den Einweisungsbereich geführt und anschließend jeweils zu sechst in den Aufzug verladen, mit einem Wärter als Aufsicht auf dem Weg zu ihrem Stockwerk. In diesem Aufzug gab es keine Tasten, die man drücken konnte, er wurde nur von außen gesteuert.
Nachdem Burke zusammen mit fünf anderen, die ebenfalls in den fünften Stock sollten, in den Lift geschoben worden war, schloss sich die Tür automatisch, und die Kabine fuhr mit einem Ruck aufwärts.
»Was machst ’n du im Bing, weißer Knabe?«
Einer von drei massigen Schwarzen fragte ihn das, die inoffizielle Bezeichnung des Turms verwendend. Burke hatte sie schon von mehreren Wärtern gehört und schätzte,

dass »Bing« das Geräusch sein sollte, das entstand, wenn jemand nach dreiundzwanzig Stunden pro Tag in einer Einzelzelle den Verstand verlor.

Burke sah zu dem Mann auf und dann zu dem noch massigeren Weißen neben ihm hin. »Lässt du zu, dass der so mit mir redet?«

Der bullige Weiße grinste auf ihn herab und äffte seinen irischen Akzent nach. *»Lässu zu, dass der so mit miar reehdet?«* Dann lachte er und sagte mit heftigem New Yorker Akzent: »Lass mich raten, du bist auch so 'n beschissener Red-Sox-Fan.«

Burke sah ihm in die Augen. »Ich hasse alle amerikanischen Sportarten«, sagte er. »Und ich war im Leben noch nicht in Boston, du dämliche Dumpfbacke.«

Der Mann grinste noch breiter, und da merkte Burke, dass hier etwas gewaltig stank. Unter normalen Umständen wäre das eine Herausforderung gewesen. Aber jetzt, in dieser Umgebung …

Er sah sich rasch in dem Aufzug um und bemerkte, was ihm sofort hätte auffallen sollen: kein Wärter, nur diese fünf Riesen, drei Schwarze, ein Latino und sein neuer weißer Freund. Alle mit Handschellen und Fußketten.

Der Lift hielt auf einmal zwischen den Etagen.

»Sieht aus, als würden wir feststecken«, sagte der Weiße.

Eine Falle, dachte Burke. *Aber sie haben einen Fehler gemacht, indem sie uns alle gefesselt ließen.*

Jetzt ist es noch nicht mal ein fairer Kampf.

Er zögerte nicht. Wäre er der Typ, der darauf wartet, dass der Feind zuerst zuschlägt, läge er schon seit vielen Jahren auf dem Friedhof von Crossmaglen.

Er riss seine gefesselten Arme hoch und schwang sie über den Kopf des Weißen, nutzte dessen Größe dabei zu seinem Vorteil. Der Kerl war stark und widerstand dem Zug an seinem Hals, womit Burke gerechnet hatte. Er hängte sich an ihn, schwang die Füße samt Ketten um ihn herum und trat den Schwarzen, der zuhinterst in der Kabine stand, in die Kehle. Der Mann sackte zusammen, nach Luft schnappend und sich den Hals haltend.

Alles lief beinahe wie in Zeitlupe ab für Burke, nun, da der Kampf begonnen hatte. Er benutzte den Weißen erneut als Haltestange und rammte seine Füße einem der anderen beiden Schwarzen in die Eier. Doch der Widerstand des Weißen ließ nach, er verlor das Gleichgewicht und riss Burke mit sich. Im Schwung des Falls ließ Burke seine Beine gegen das linke Knie des Latinos krachen. Etwas knackte, und der Latino taumelte seitwärts, umklammerte sein Bein und fluchte brüllend auf Spanisch.

Burke fing sich ab, bevor er auf dem Boden aufschlug, und ging locker in die Knie, wobei er mit der Handschellenkette weiter am Hals des Weißen zog. Der letzte Mann, der dritte Schwarze, trat mit einem seiner gefesselten Beine nach ihm, eine langsame, unbeholfene Bewegung, die Burke ohne weiteres voraussah. Er riss den Kopf des Weißen herum, so dass er den Tritt wie ein Schutzschild von ihm abhielt. Die Nase des Mannes brach hörbar, als der Schuh des Schwarzen sie traf. Das würde seine Tränenkanäle öffnen, wusste Burke, und setzte ihn ans Ende der Liste.

Der Einzige, der noch stand, der dritte Schwarze, versuchte wieder zuzutreten, hatte seine Lektion offenbar noch immer nicht gelernt. Burke wich dem Tritt leicht aus und schlug das Standbein des Mannes unter ihm weg. Der plumpste schwer auf den Kabinenboden, während sein Atem mit einem einzigen Keuchen aus ihm entwich. Burke beugte sich über ihn und rammte ihm den Ellbogen gegen den Kehlkopf, immer wieder.

Der Typ, den er in den Schritt getreten hatte, war inzwischen wieder im Spiel. Er führte mit verschränkten Händen einen Hieb gegen Burke aus und traf ihn an der Schläfe. Als er erneut ausholte, duckte Burke sich, rammte ihm seine knochige Schulter in den Bauch und nagelte ihn am Boden fest. Dabei zerrte er mit beiden Händen an den schon beschädigten Geschlechtsteilen des Mannes, drückte und riss, bis der kotzte und sich vor Schmerzen wand.

Kurze Bilanz: zwei Tote, drei Männer, die sich noch regten, allerdings nicht mehr lange. Burke drehte sich zu dem Latino mit dem kaputten Knie um, hielt die gefesselten Hände auseinander, so weit es ging, und stieß ihn mit dem Hinterkopf, dem dünneren Teil des Schädels, so hart gegen die Wand, dass er das Bewusstsein verlor. Systematisch vorgehend, würgte er anschließend ihn und den dritten Schwarzen mit der Handschellenkette, bis ihre Luftröhren kollabierten und ihre Kehlen sich mit Blut füllten. Nun hatte er nur noch einen lebenden Gegner inmitten dieses Gemetzels.

Er kniete sich neben den Weißen, dessen Gesicht von der gebrochenen Nase mit Rotz und Blut verschmiert war.

»Wer hat diese Party organisiert, Boyo?«

»Leck mich«, sagte der Mann und bespuckte ihn mit Blut.

Burke wischte es sich ruhig ab, packte dann die rechte Hand des Weißen und bog den kleinen Finger nach hinten, bis er brach. Der Mann schrie.

Finger waren wirklich praktische kleine Dinger in einer solchen Situation. So einfach zu brechen und dabei so viele direkt mit dem Gehirn verbundene Nervenenden.

»Ich habe dich nicht verstanden. Wer war es?«

Er nahm sich den nächsten Finger vor und bog ihn zurück, bis er brach. Der Mann schrie wieder.

»Ich glaube nicht, dass es einer von den Gambinos war«, sagte Burke. »Die würden nicht die verdammten Vereinten Nationen für so was anheuern.«

Er brach ihm den dritten Finger.

»Nein«, brüllte der Mann. »Nein, nein …«

»Dachte ich mir.«

Er brach ihm noch einen Finger. Nun hingen alle vier Finger der rechten Hand unnatürlich nach hinten. Burke nahm sie und drückte sie zusammen, während er den Daumen mit der anderen Hand packte. Der Mann schrie noch lauter.

»Ich glaube, ich weiß, wer es ist«, sagte Burke, »aber ich würde es trotzdem gern von dir hören.«

Als Burke nach Chicago gekommen war, hatte er anfangs für einen alternden Gangster von der South Side gearbeitet, bis dieser in das Blickfeld eines aufstrebenden Nachwuchsbosses geraten war, der darauf hinarbeitete, seine Finanzgeschäfte in der gesamten Stadt zu konsolidieren. Der alte Mann weigerte sich zu kooperieren, woraufhin ein Abgesandter geschickt wurde, um ein Gespräch mit ihm zu führen. Burke schritt ein und tötete den Abgesandten und auch die beiden, die auf ihn folgten. Der Mann, der sie geschickt hatte, hatte schon öfter ein gutes Urteilsvermögen bewiesen, wenn es darum ging, sich Freunde statt Feinde zu machen beziehungsweise neue *Mitarbeiter* zu gewinnen.

Vor kurzem erst hatte er sich die Dienste eines Mitglieds der Straßengang La Raza namens Quintero erkauft, und nun beschloss er, das Gleiche mit Burke zu machen. Statt einen Krieg mit diesem Jungen anzufangen, würde er ihn einstellen. Burkes erster Auftrag: den alten Gangster umzubringen, den er beschützte.

Burke arbeitete ziemlich lange für seinen neuen Boss, erhielt seine Aufträge durch Quintero und tötete mit der Zeit mehr Leute, als er zählen konnte – bis er irgendwann einen Befehl bekam, der ihm nicht passte. Nachdem er zwei Tage lang einen rivalisierenden Großdealer beschattet und nur von Kaffee und Zigaretten gelebt hatte, rief Quintero ihn in letzter Minute an und sagte, er solle sich zurückziehen. Burke brachte den Dealer trotzdem um, einfach, damit nicht alles umsonst gewesen war. Als Quintero ihn an den Preis für Ungehorsam erinnerte, sagte Burke: »Ihr wisst ja, wo ihr mich findet.« Cole schickte ein halbes Dutzend Männer. Burke schickte sie alle zurück. Tot.

Bald danach verließ er Chicago und landete in New York, wo er Arbeit bei einem neu entstandenen Ableger der Westies fand, der berüchtigten Gang aus Hell's Kitchen, die von der Mafia-Familie Gambino protegiert wurde. Doch das war eine neue Generation in New York geborener und aufgewachsener Krimineller, und obwohl sie alle irische Nachnamen hatten, fand Burke keinen gemeinsamen Nenner mit ihnen. Sie interessierten sich vor allem für Klamotten und Sex, und als Burke einen Capo der Gambinos umbrachte, weil dieser ihn zum hundertsten Mal als »Mick«, als Scheißiren, beschimpft hatte, verteidigten sie ihn nicht nur nicht, sondern lieferten ihn sogar an die Polizei aus. So wanderte Burke zum ersten Mal in seinem Leben ins Gefängnis.

Und nun, drei Jahre später, wartete er darauf, den Namen des einzigen Mannes zu hören, der fähig war, in einem befestigten Turm auf einer Insel im East River an ihn heranzugelangen.

»Cole«, keuchte der Weiße zwischen seinen Schreien. »Es war Cole, es war Cole.«

»Na also«, sagte Burke, bog seinen Daumen zurück und riss dabei fast das Gelenk aus dem Handteller, nur so zum Spaß. Der Mann kippte um, ohnmächtig vor Schmerz.

Burke stand auf und klopfte sich ab, so gut das mit seinen immer noch gefesselten Händen ging. Dann nahm er den Kopf des Weißen zwischen seine Füße und drückte ihm die Fußkette in den Hals.

Der Aufzug setzte sich mit einem Ruck wieder in Bewegung und fuhr weiter aufwärts. Burke lauschte gleichmütig auf das Gegurgel aus der Kehle des letzten Angreifers, bis es verstummte. Als der Aufzug im fünften Stock hielt, stieg er über den Toten hinweg in die Arme von einem Dutzend Wärtern, die ihn mit Schlagstöcken und Pfefferspray empfingen.

»Das nenn ich mal ’ne richtige Party«, sagte er mit anerkennendem Nicken. »Genau wie zu Hause.«

Während die Wärter über ihn herfielen und das Pfefferspray ihm Augen und Atemwege verschloss, stellte er sich immer wieder dieselben zwei Fragen:

Warum hat Cole es nach all der Zeit plötzlich wieder auf mich abgesehen?

Und was kann ich dagegen tun?

Mason achtete nicht auf das Brennen in seiner verheilenden rechten Schulter, als er das Scharfschützengewehr anlegte, sondern konzentrierte sich voll auf das Fadenkreuz und seine Atmung. Bis er abdrückte und der Rückstoß ihm den Gewehrschaft in selbige Schulter rammte. Ein paar Sekunden lang musste er die Augen schließen, um den Schmerz auszuhalten, ihn zuzulassen, zu akzeptieren. Dann öffnete er die Augen wieder und nahm den Gehörschutz ab.

»Zu tief, zu tief, zu tief. Jeder Schuss war zu tief«, sagte Eddie.

»Nein«, erwiderte Mason und legte das Gewehr auf der Bank ab. »Genau dahin habe ich gezielt.«

Sie schossen auf einer offenen Schießanlage in Joliet, ein paar Meilen außerhalb von Chicago. Es gab zwar näher gelegene Schießplätze, aber es war Eddies Vorschlag gewesen, hierherzufahren, und Mason fand es von Vorteil, dass man die Anlage vom Parkplatz aus gut sehen konnte. Als er seinen Jag abgestellt hatte, war der graue Pkw, der ihm den ganzen Weg von Adrianas Schule bis hier herunter gefolgt war, nirgends zu sehen gewesen. Als er das nächste Mal aufgeblickt hatte, hatte er dafür Quinteros schwarzen Escalade in einer hinteren Ecke des Platzes erspäht. Was ihn nicht weiter beunruhigte. Quintero würde lediglich sehen, dass er seine Schießfertigkeit übte und sich ein paar Tipps von einem Freund holte, der zufällig ein ehemaliger Scharfschütze der Army war. Dagegen konnte er schließlich nichts einzuwenden haben.

»Sieh dir mal meine Zielscheibe an«, beharrte Eddie, auf den Pappkameraden zeigend, eine plumpe Rumpfform plus Kopf. Wäre das Ziel ein Mensch gewesen, hätten sämtliche Kugeln das Brustbein durchschossen.

»Und jetzt sieh dir deine an«, sagte er und deutete auf die Einschüsse entlang der Gürtellinie von Masons Scheibe. »Was soll das werden, eine neue Form von Taschendiebstahl?«

Mason antwortete nicht. Das war genau das, was er im Aqua getan hatte und weiterhin zu tun gedachte. Es wäre schwer, es Eddie zu erklären, ihm zu erklären, dass er zwar Leute umbrachte, vollkommen Fremde, aber sich dennoch an einen Moralkodex hielt: *Keine unschuldigen Opfer*.

Doch Eddie war noch nicht fertig. »Jeder zusätzliche Meter Entfernung verstärkt die Einflüsse auf deinen Schuss. Wind, Schwerkraft, all das. Rumpfmitte, Nick. Rumpfmitte. Immer wenn du versuchst, einen von diesen Hollywoodschüssen zu landen, setzt du dein eigenes Leben aufs Spiel.«

Eddie klingt schon wie Quintero, dachte Mason. *Und ich habe ein Loch in der Schulter, das ihnen beiden recht gibt.*

Er wusste, dass Eddie es gut meinte. Eddie Callahan, gebaut wie ein Panzer, sein bester Freund seit den gemeinsamen Kindertagen auf den Straßen von Canaryville. Eddie war das einzige Kind in ihrer Gruppe gewesen, das zwei Elternteile zu Hause hatte, und diese Eltern hatten ihn zur Armee geschickt, als er zweiundzwanzig war. Zwei Jahre später war er zurückgekommen, als geborener Scharfschütze erkannt, aber trotzdem rausgeworfen, weil er sich nicht damit abfinden konnte, dass ihm irgendwelche Arschlöcher von Sergeants jede Minute des Tages befahlen, was er zu tun hatte. Doch mit einem guten Gewehr, einem guten Zielfernrohr und einer Minute Zeit, um den Schuss zu berechnen, konnte er bis auf tausend Meter immer noch alles treffen.

Heute schossen sie bloß Löcher in Pappe mit ihren Flinten und ein paar halbautomatischen Pistolen, die Eddie selbst mitgebracht hatte.

Die Ironie der Sache entging Mason nicht: Er besaß nicht einmal eine eigene Waffe, denn jedes Mal, wenn er eine benutzt hatte, ließ er sie am Tatort zurück. Wollte er trainieren, musste er sich Waffen von Eddie ausleihen.

Als sie fertig waren, drückte Eddie ihm eine Browning 1911 in die Hand.

»Die nimmst du mit nach Hause.«

»Brauche ich nicht. Wenn ich einen Auftrag hab, krieg ich die Ausrüstung dazu.«

»Die ist nicht für einen Auftrag«, sagte Eddie. »Sondern für dich selbst.«

Mason wog die Pistole in der Hand und dachte darüber nach. *Er hat recht. Vielleicht brauche ich die noch.*

»Ich weiß es sehr zu schätzen, dass du mitgekommen bist. Was hast du deiner Frau erzählt?«

»Ich habe ihr gesagt, dass ich schießen gehe«, antwortete Eddie achselzuckend, während er seinen Pistolenkoffer schloss. »Sie weiß, dass ich das zur Entspannung mache.«

»Hast du ihr gesagt, dass ich auch dabei bin?«

Eddie zögerte, unterdrückte ein schiefes Grinsen.

»Schon klar«, sagte Mason, »dachte ich mir.«

Eddie wohnte jetzt in einem bescheidenen Haus in Bridgeport. Was die Wohnviertel auf der South Side anging, war das schon eine Verbesserung gegenüber Canaryville. Er hatte ein eigenes kleines Unternehmen in Form einer Computerwerkstatt in seiner Garage, dreijährige Zwillingssöhne und eine Frau namens Sandra – *Nenn mich nicht Sandy* –, die keinen Hehl daraus machte, was sie von seinem altem Freund Nick Mason hielt. Die Tatsache, dass Mason seinen Kopf für das Ding im Hafen hingehalten hatte, während Eddie genau null Tage im Gefängnis verbracht hatte, schien für sie nicht zu zählen.

»Hör mal«, sagte Mason, »ich sag dir jetzt, warum wir eigentlich hier sind.«

»Ich hab mich schon gefragt, wann du damit rausrückst.«
»Ich brauche mal wieder deine Hilfe.« Mason sah kurz prüfend zum Parkplatz hinüber. »Ich bin bereit, dich dafür zu bezahlen.«
»Ich weiß, was ich dir zu verdanken habe, Nick. Du brauchst mich nicht zu bezahlen.«
»Ich habe ein Bankschließfach bei der First Chicago an der Western Avenue«, sagte Mason. »Jeden Monatsersten werden dort zehntausend Dollar in bar hinterlegt.«
»Von wem?«
»Das ist das Erste, was du herausfinden sollst. Morgen ist wieder Zahltag. Ich möchte, dass du die Bank beobachtest, herauskriegst, wer das Geld deponiert, und dem Betreffenden folgst, wenn er wegfährt.«
»Woher weiß ich, wem ich folgen soll?«
»Verlass dich auf deinen Instinkt«, sagte Mason. »Die Person ist Mitglied von Darius Coles Organisation. Ich weiß nicht mal, welche Hautfarbe sie hat. Aber ein Profi ist ein Profi.«
»Ein Profi, der seinen Job macht. Ich werd die Augen offen halten.«
»Mach Fotos«, sagte Mason. »Überall, wo er oder sie hinfährt. Schreib dir die Adressen auf. Ich muss anfangen, Informationen zu sammeln.«
»Kein Problem«, sagte Eddie. »Geht's um die Leute, für die du jetzt arbeitest?«
Mason nickte. »Wir betreiben sozusagen Gegenspionage gegen die gesamte Organisation. Gegen jeden, den wir identifizieren können. Das Geld, das sie mir jeden Monat geben, das werden wir jetzt gegen sie einsetzen. Und ich bezahle dich davon.«
»Wie gesagt, Nick, das brauchst du nicht …«

»Das wird ein Vollzeitjob, Eddie. Irgendwie wirst du es deiner Frau erklären müssen.«
Eddie überlegte einen Moment. »Oder ich sag ihr einfach gar nichts.«
»Du arbeitest in deiner Garage. Wie zum Teufel willst du ihr erklären, dass du die ganze Zeit weg bist?«
»Ich sag ihr, dass ich einen neuen Job habe. Computer für verschiedene Auftraggeber in der ganzen Stadt flottmachen.«
»Okay, nächste Sache. Sieh jetzt nicht hin, aber ganz hinten auf dem Parkplatz steht ein schwarzer Escalade. Ich möchte, dass du ihm folgst, wenn ich wegfahre. Finde heraus, wo der Fahrer wohnt.«
»Wird gemacht.«
»Ein Letztes noch«, sagte Mason. »Wenn ich demnächst wieder zu einem Job muss …«
»Ja?«
»Dann ruf ich dich vorher an. Ich möchte, dass du nach Elmhurst fährst und Ginas Haus im Auge behältst. Wenn ich mich nach einer gewissen Zeit nicht wieder melde, heißt das, dass ich tot bin. Was bedeutet, dass du mir einen letzten Gefallen tun musst.«
Eddie nickte bedächtig und wartete.
»Du machst diesen schwarzen Escalade ausfindig«, sagte Mason. »Gehst zum Fahrerfenster. Und jagst dem Fahrer eine Kugel in den Kopf.«

9

Detective Frank Sandoval war allein. Wieder einmal. Er fuhr zum Polizeigebäude am Homan Square, dem Klotz aus roten Ziegelsteinen, der einen ganzen Häuserblock zwischen der Fillmore Street und einer Reihe von Eisenbahngleisen einnahm. Früher einmal ein Sears-Lagerhaus, gehörte das Gebäude jetzt dem Chicago Police Department. Unter anderem befand sich die Abteilung für Beweismittel und beschlagnahmte illegal erworbene Vermögenswerte dort, und bei ihr wollte Sandoval eine Tüte mit Kleidung abgeben, die er gerade in einem Haus an der Sixteenth Street sichergestellt hatte.

»Homan«, wie die meisten Cops die Dienststelle nannten, beherbergte außerdem die Abteilung zur Bekämpfung des organisierten Verbrechens, das ballistische Labor sowie die SWAT-Einheit. Bis vor einiger Zeit hatte auch die Sonderermittlungsabteilung SIS hier ihren Sitz gehabt, eine Eliteeinheit von Rockstar-Bullen, denen man Carte blanche gegeben hatte, um die Straßen von Waffen und Drogen zu säubern. Sie hatten jedes erforderliche Mittel einsetzen dürfen und das weidlich ausgenutzt.

Noch vor einem Monat hätte Sandoval sich einen Weg durch die vor dem Einfahrtstor zum Homan Square versammelten Demonstranten bahnen müssen. Trauben von Menschen mit Schildern, auf denen stand: *Schluss mit dem Polizeiterror* oder *Kein Guantánamo in Chicago*. Die Zeitungen hatten darüber berichtet, dass in den vergangenen zehn Jahren Tausende von Verdächtigen hier unrechtmäßig festgehalten worden waren, ohne einen Anwalt anrufen oder ihre Angehörigen kontaktieren zu dürfen. Den Berichten zufolge seien manche sogar gefoltert worden – als wäre das hier eine Diktatur in der Dritten Welt.

Als Sandoval nun durchs Tor fuhr, brauchte er sich nicht weiter zu fragen, wohin die Demonstranten verschwunden waren. Sie hatten sich auf andere Teile der Stadt verlegt, sogar auf den Bürgersteig vorm Rathaus, um gegen die Erschießung eines weiteren unbewaffneten Schwarzen durch die Polizei zu protestieren. Sandoval trug schon lange keine Uniform mehr, aber sobald er sich irgendwo als Vertreter der Chicagoer Polizei zu erkennen gab, spürte er die Ablehnung, das unausgesprochene *Du bist der Feind.*

Dies war eine Stadt, die über eine halbe Milliarde Dollar an die Familien der von der Polizei erschossenen Opfer gezahlt hatte. Eine Stadt, in der die meisten Cops auf Streife keinen Grund mehr sahen, mehr als das Nötigste zu tun – du gehst den Anrufen beim Notruf nach, unternimmst aber keine vorbeugenden Maßnahmen, hältst niemanden aus Eigeninitiative an, bringst dich nicht in eine Situation, die dich den Job kosten könnte. Oder das Leben.

Sandoval parkte und ging hinein. Der Beweismittelschalter lag im Erdgeschoss. Die SIS hatte einst die Büros im obersten Stock gehabt, mit Blick über die ganze Stadt. Jetzt standen die Räume leer, nachdem Sandoval die Beweise übergeben hatte, die der Abteilung ein Ende bereitet hatten. Und sieben ihrer Mitarbeiter ins Gefängnis gebracht hatten.

Seine Identität als derjenige, der die SIS hatte auffliegen lassen, war nie offiziell bekanntgegeben worden. Keine Medaillen, keine Pressefotos beim Händeschütteln mit dem Bürgermeister. Er zweifelte allerdings, ob diese Anonymität noch lange gewahrt bleiben konnte, und spürte manchmal schon so ein eisiges Prickeln im Rücken, als würden die Kollegen ihn beobachten. Deshalb hatte er bei Mason nachgehakt, der als Einziger außer ihm wusste, woher die entscheidenden Informationen stammten. Cops hatten da eine widersprüchliche Einstellung. Fragte man einen Officer, was er von korrupten Polizisten hielt, sagte er garantiert, dass sie aufgehängt gehörten. Zeigte man aber einen Kollegen an, egal wie korrupt, egal wie viel Blut an seinen Händen, dann war man eine Ratte, ein Verräter. Und für viele Cops war ein Verräter noch schlimmer als diejenigen, die er entlarvte.

Als Sandoval durch den Flur ging, wurde ihm bewusst, dass etwas an ihm nagte, irgendetwas, das er übersehen hatte, aber nicht benennen konnte. Er ging in Gedanken noch einmal alles durch, was er an diesem Tag gemacht hatte: zum Aqua fahren, Marshal Harper treffen, sein Gespräch mit Mason vor dieser Schule. Dann schließlich seine eigentliche Arbeit.

Es hatte Pläne gegeben, ihn zur Tagschicht zu versetzen, aber irgendwie kam ihm an der Spätschicht nach wie vor etwas entgegen. Obwohl dieser späte Dienst das Ende seiner Ehe beschleunigt hatte und es ihm so gut wie unmöglich machte, seine Kinder unter der Woche zu sehen, wenn Schule war, war er doch insgeheim froh gewesen, als vorläufig nichts aus der Versetzung wurde. So hatte er die Vormittage frei, um Nick Mason im Auge zu behalten. Danach fuhr er zur Arbeit, und die Sonne ging mitten in seiner Schicht unter oder war im tiefsten Winter längst untergegangen. Die Stadt erwachte zum zweiten Mal voll neuer Energie, das Abendrot spiegelte sich in den Glasfassaden, und auf den Brücken gingen die Straßenlaternen an.

Das war Chicago. Eine Stadt, in der es pro Jahr zu über viertausend Schießereien und über siebenhundert Morden kam, mehr als in Los Angeles und New York City zusammen.

Die schönste, abgefuckteste, herzzerreißendste Stadt der Welt.

Er sah zu, wie der behandschuhte Beweismittelspezialist Derrick Moss' Kleidung sortierte. Moss war der Hauptverdächtige im Fall der brutalen Vergewaltigung und Ermordung eines jungen Mädchens, doch als Sandoval ihn vorhin in seiner Wohnung hatte verhaften wollen, war er nirgends zu finden gewesen. Derrick war verschwunden, hatte jedoch seine Kleidung von der Nacht zuvor zurückgelassen: Jeans, weißes T-Shirt, weiße Sportsocken, weiße, nagelneue Air Jordans.

»Geld für die Jordans haben die immer, was?«

Der Kriminaltechniker grinste und wartete auf eine Reaktion auf diese im Plauderton vorgebrachte Bemerkung. Doch Sandoval starrte ihn nur an. Plötzlich ging ihm ein Licht auf.

Die Schuhe.

Moss trug sie nicht, weil er noch im Haus war.

Sandoval rannte hinaus zu seinem Wagen und rief auf dem Weg zurück zur Sixteenth Street seinen neuen Partner an. Tony Alonso, ein altgedienter Detective, zwanzig Jahre bei der Polizei, der sich besser anzog, besser aussah und besser quasseln konnte als alle anderen im Bezirk Mitte. Sandoval hatte allerdings seine Zweifel, ob er als Polizist auch nur halb so viel taugte, wie er selber glaubte. Oder auch nur ein Viertel so viel. Doch im Moment brauchte er einen Partner.

Erneut hielt er vor dem einstöckigen Haus auf einem handtuchschmalen innerstädtischen Grundstück, das es kaum fasste. Dann griff er zum Funkgerät und versuchte erneut, Alonso zu kontaktieren, hörte aber nichts als Stille. Rief bei der Einsatzzentrale an und bat um Verstärkung, nannte der Kollegin die Adresse.

Es gibt eine Hintertür zur Seitengasse, dachte er, sich das Hausinnere vor Augen führend. Eine parallel zur Straße verlaufende Gasse wie tausend andere in der ganzen Stadt.

Auf einmal sah er die Haustür ein Stück aufgehen. Ein junges männliches Gesicht spähte zu ihm herüber, bevor die Tür wieder zugeworfen wurde.

Verflucht noch mal.

Sandoval zog seine Glock 27, während er rasch die Straße überquerte. Die Tage, als er noch ein Funkgerät am Gürtel und ein Mikro an der Schulter getragen hatte, lagen lange hinter ihm, und er konnte nur hoffen, dass die anderen hierher unterwegs waren. Er rannte über den schmalen Stichweg zwischen Moss' Haus und dem Nachbarhaus, kletterte über zwei Mülleimer hinweg und lief weiter. In der Gasse angekommen, blickte er nach links, dann nach rechts, und sah dort gerade noch jemanden um die Ecke verschwinden.

Lass ihn laufen. So was macht man nicht allein. Die Stimme der Vernunft in seinem Hinterkopf. Er überhörte sie und lief weiter.

Am Ende der Gasse stieß er auf eine kleine Gruppe beieinanderstehender Männer. Alle schwarz. Keiner von ihnen Derrick Moss.

»Wo lang?«, fragte er.

Sie sahen ihn schweigend an. Die alte Regel in Chicago, noch zementiert durch die jüngsten Ereignisse und unumstößlicher denn je: *Nie einem Cop etwas verraten. Niemals.*

Als er sich an ihnen vorbeizwängte, gingen sie kein Stück beiseite.

Sandoval überquerte die Straße zu einer kleinen Kirche an der Ecke. Er holte sein Handy heraus und wählte die Nummer seines Partners.

»Wo bist du?«, fragte er, sobald Alonso ranging.

»Es ist eine Einheit unterwegs. Ich fahre ihnen hinterher.«

»Ich bin bei der Kirche an der Kreuzung Fifteenth und Austin. Verdächtiger ist wahrscheinlich dort drin.«

Und jetzt wartest du, sagte sich Sandoval. Er ging wachsam um die Kirche herum für den Fall, dass Moss wieder türmen wollte. Unter einem offenen Fenster im Erdgeschoss angekommen, hörte er die Stimme eines älteren Mannes. Es war nicht zu verstehen, was er sagte, aber er klang ängstlich.

Sandoval sah suchend die Straße entlang, fluchte in sich hinein und ging zum Hintereingang der Kirche. Die Tür war unverschlossen. Er zog sie auf.

Er stand in einem Abstellraum, nur schummerig beleuchtet von der Spätnachmittagssonne, die durch ein einzelnes Fenster hoch oben hereinfiel. Ein Haufen Stühle und eine Lautsprecheranlage. Auf der anderen Seite eine weitere Tür. Er ging hin und lauschte daran, hörte wieder denselben älteren Mann auf der anderen Seite.

»Du musst das nicht tun«, sagte der Mann in einem behutsamen, gemessenen Ton. Vermutlich der Pastor. »Lass dir von mir helfen.«

Sandoval öffnete die Tür einen Spaltbreit. Er erkannte die Rückseite eines Lesepults und die Holzbänke, auf denen der Chor während des Gottesdienstes saß. Die Stimme klang jetzt lauter, aber den Sprecher konnte er immer noch nicht sehen.

»Tu das nicht, Derrick. Du hast es in der Hand, das Ganze anders ausgehen zu lassen.«

Er kennt ihn. Er redet ihm gut zu.

Sandoval stieß die Tür auf und betrat den Altarraum. Er hielt die Glock gestreckt mit beiden Händen, bewegte sie vollkommen synchron mit seiner Blickachse. Von links nach rechts: leere Kirchenbänke, ein Mittelgang, noch mehr leere Bänke.

Wo sind sie? Er schwang die Pistole ganz nach rechts, und da waren sie. Ein älterer Mann mit schwarzem Hemd und weißem Priesterkragen und ein junger Mann, der auf der Kante der vordersten Bank hockte.

Derrick Moss.

»Hände hoch!«, brüllte Sandoval.

Moss sprang auf und rannte an der Wand entlang ans hintere Ende der Kirche. Sandoval lief durch den Mittelgang, die Waffe weiter auf ihn gerichtet, um ihm den Weg abzuschneiden.

»Auf den Boden, Derrick! Leg dich auf den Boden!«

Moss warf sich gegen die Eingangstür der Kirche und prallte zurück. Sie war abgeschlossen.

»Runter auf den Boden, sofort!«

Die nächsten Sekunden dehnten sich endlos, während der junge Mann sich zu ihm umdrehte, die Augen weit aufgerissen, eine Hand auf die Gesäßtasche seiner Hose zubewegend.

»Derrick!«

Zwei alternative Zukunftsvisionen schossen Sandoval durch den Kopf: seine beiden Kinder, die zusahen, wie eine schwarze Kiste in die Erde gesenkt wurde, während uniformierte Polizeibeamte Salutschüsse abgaben. Oder eine andere schwarze Kiste, die in ein anderes Grab auf der anderen Seite der Stadt gesenkt wurde, während die Straßen brannten, weil schon wieder ein Schwarzer von der Polizei erschossen worden war, diesmal in einer Kirche.

In einer Kirche.

Derricks rechte Hand kam hinter seiner Hose hervor. Während Sandoval langsam den Finger um den Abzug schloss, dachte er daran, was Moss' Mutter vor ein paar Stunden zu ihm gesagt hatte: *Er hat keine Waffe, bitte lassen Sie nicht zu, dass man meinen Jungen erschießt.* Und etwas in diesem Gesicht, diese abgrundtiefe Verzweiflung und Furcht …

»Es ist nur mein Handy!«, rief Moss. »Ist nur ein Handy!« Er ließ das Telefon auf den Boden fallen und ging langsam in die Knie.

Sandoval atmete auf. Er lief zu ihm hinüber, drückte ihn bäuchlings auf den Boden und legte ihm Handschellen an. So blieb er eine Weile knien, eine Hand auf den Rücken des jungen Mannes gepresst, und fühlte sein Herz in seiner Brust hämmern.

Du wärst tot, sagte er sich. *Wenn das eine Waffe gewesen wäre, wärst du jetzt tot.*

Er rührte sich nicht vom Fleck, während der Pfarrer herbeikam, um sich in die letzte Bankreihe zu setzen, und Derrick Moss die Stirn auf den Boden gedrückt hielt.

Endlich hörte er Schritte in der Vorhalle draußen, dann wurde die Tür gewaltsam aufgebrochen, Holz splitterte, und das Schloss gab nach. Ein halbes Dutzend Männer in Uniform kam mit gezogenen Waffen hereingestürmt. Eine weitere Schrecksekunde, als Sandoval in den dunklen Tunnel der Pistole eines anderen Cops aufblickte.

»Gesichert!«, sagte er, und der Cop senkte die Waffe. Zwei andere Polizisten hoben Moss auf und führten ihn ab.

Zwei weitere kümmerten sich um den Pfarrer, stellten ihm Fragen und boten ihm an, einen Krankenwagen zu rufen. Niemand sagte ein Wort zu Sandoval.

Kein einziges Wort.

Er ging hinaus, atmete tief die kalte Luft ein und sah Alonso die Treppe hinaufkommen. Sein Partner machte den Eindruck, als hätte er unterwegs hier und da angehalten, um seinen Anzug aufbügeln, sich die Schuhe putzen und die Haare schneiden zu lassen.

»Wieso hast du so lange gebraucht, verdammte Scheiße?« Sandoval musste dringend Dampf ablassen, das ganze Adrenalin abreagieren. »Weißt du, was da drin hätte passieren können?«

»Ja, weiß ich«, sagte Alonso, trat nahe an ihn heran und sah ihm in die Augen. »Du solltest vorsichtiger sein und nicht irgendwo allein reingehen. Diese Supercopnummer wird dich noch eines Tages ins Grab bringen.«

»Was redest du da für einen Mist?«

Alonso wandte sich kopfschüttelnd von ihm ab. Sandoval packte ihn am Kragen.

»Hey, ich rede mit dir.«

»Wir können keine Cowboys in diesem Team gebrauchen«, sagte Alonso.

»Was soll das heißen?«

»Es heißt, was es heißt.« Alonso sah ihm wieder ins Gesicht. »Unsere Sicherheit ist gefährdet, wenn du uns nicht den Rücken freihältst. Und deine ist gefährdet, wenn wir dir deinen nicht freihalten.«

Er drehte sich um und ging. Diesmal hielt Sandoval ihn nicht auf.

Er weiß Bescheid, sagte er sich. *Was bedeutet, dass alle Bescheid wissen.*

Es gibt zwölftausend Cops in Chicago. Die SIS war eine Schande für jeden Einzelnen, der je dieser Stadt gedient hat. Manche Cops werden mir die Hand schütteln. Manche werden mir einen Drink ausgeben. Manche werden mich schneiden. Und manche werden sich fragen, ob ich ihnen ein bisschen zu genau auf die Finger schaue.
Aber die Einzigen, um die ich mir Gedanken mache, sind die, die mir eine Kugel in den Rücken jagen wollen.
Als er zusah, wie Tony Alonso in seinen Wagen stieg, fiel ihm zum ersten Mal auf, wie schön gepflegt und poliert der war. Passend zu Alonsos maßgeschneidertem Anzug und dem schicken Haarschnitt.
Wie viele Cops waren kurz davor, selbst SIS-Rockstars zu werden, haben schon die Tage bis zu dem Anruf vom Homan Square gezählt?

Ein paar Stunden später, als die Sonne längst untergegangen und seine Schicht zu Ende war, saß Frank Sandoval auf der Veranda seines ererbten Elternhauses in Avondale. Hier war er aufgewachsen und hatte davon geträumt, eines Tages ein Cop zu werden wie sein alter Herr. Und hier war er wieder eingezogen, nachdem seine Ehe gescheitert war, wie jemand, der in der Zeit zurückreist.
Er hatte eine Flasche Dewar's auf dem kleinen Tisch neben seinem Verandastuhl aus Holz stehen und trank allein.
Später ging er hinein, legte sich aufs Bett und starrte an die Decke, wartete auf den Schlaf. Er spürte ihn immer noch in den Knochen, diesen Moment der Wahrheit, als er einen Menschen hätte töten oder selbst hätte sterben können …
Und da er nun als Verräter abgestempelt war, weil er die SIS zur Strecke gebracht hatte, musste er mit der Unge-

wissheit leben, ob nicht in der nächsten Sackgasse oder hinter der nächsten dunklen Ecke die Vergeltung auf ihn wartete.
Trotz alledem kreisten seine Gedanken in dieser Nacht vor allem um einen anderen Mann. Den Mann, der weniger als zehn Kilometer entfernt auf der Dachterrasse eines Town House am Lincoln Park saß und auf den Lake Michigan blickte. Den Mann, der in seinem Kopf herumspuken würde, solange er in Freiheit war: Nick Mason.

Auf der anderen Seite der Stadt saß Eddie in seinem Jeep und beobachtete ein Haus in einem Viertel, das »La Villita« genannt wurde, »Kleines Dorf«.
Ein schwarzer Escalade stand davor. Eddie war ihm von dem Schießplatz aus mit großem Abstand gefolgt, so dass er ihn gerade noch am Horizont sah, war dann aber näher herangerückt, als sie wieder die Nordseite von Chicago erreicht hatten.
Er hatte beobachtet, wie der Mann darin Nick bis zur Lincoln Park West gefolgt war, bis der Jaguar in die offene Garage unter dem Town House gefahren war, und den Escalade am Straßenrand geparkt hatte.
Eddie hatte ihn vier Stunden lang beschattet und sich gefragt, wie zur Hölle der Typ das aushielt. *Muss gut bezahlt werden.* Endlich, bei Sonnenuntergang, sah er eine graue Limousine an der anderen Straßenseite halten. Der Fahrer des Escalade stieg aus, wobei Eddie ihn zum ersten Mal richtig zu sehen bekam: mittelalt, Latino, nur im T-Shirt trotz der Kälte. Verblasste Tattoos an den Armen. Er ging zu dem grauen Pkw hinüber und sprach kurz mit dem Fahrer, setzte sich dann wieder ans Steuer. Er fuhr aus der

Parklücke, die er dem anderen überließ, und einmal um das Town House herum. Eddie folgte ihm.
Er blieb hinter ihm, als er den Fluss überquerte und auf die Südseite fuhr, die Lower West Side hinunter bis nach South Lawndale, wo immer mehr Spanisch auf den Ladenschildern auftauchte, und dann zu dieser Straße. Zu diesem bescheidenen kleinen Haus mit einer Kinderschaukel im Vorgarten.
Eddie schrieb sich die Adresse auf. Die erste der Informationen, die er für Nick Mason sammeln würde, um ihm zu helfen, einen Ausweg zu finden.

10

Während Mason darauf gewartet hatte, dass sich etwas Neues ergab, hatte er festgestellt, dass er eines sofort brauchte: eine eigene Wohnung. Wo er unerreichbar für Sandoval, Quintero, sogar Diana war. Einen Ort, an dem niemand an ihn herankam. Nicht einmal Darius Cole.

»Ich habe hier fünf Wohnungen für Sie zur Besichtigung«, sagte die Maklerin und griff nach einem Umschlag auf dem Sitzpolster neben ihr. Sie hieß Alexa und saß ihm in einer Nische für zwei im hinteren Teil des Restaurants gegenüber. Mit ihren weißblondierten Haaren und weißgebleichten Zähnen versuchte sie offensichtlich angestrengt, zwanzig Jahre jünger auszusehen. »Sie entsprechen sämtlich Ihren Anforderungen und fallen in die von Ihnen …«

»Sehr gut«, sagte Mason und drehte seine Flasche Goose Island Ale in den Händen herum. »Suchen Sie eine aus.«

»Aber Mr. …«

»Mir ist jede recht, die Sie auswählen. Die Baranzahlung wird noch heute Nachmittag an Ihr Büro zugestellt.«

»Gut, wie Sie möchten«, sagte Alexa und prostete ihm mit ihrem Dirty Martini zu. »Sie müssen nur noch die Unterlagen ausfüllen und …«

»Es wäre mir lieb, wenn Sie das auch übernehmen könnten. Und denken Sie daran, alles unter Ihrem Namen.«

Zum ersten Mal, seit die Frau sich gesetzt hatte, erstarb ihr aufgesetztes Dauerlächeln.

Mason belebte es wieder. »Es ist auch ein Bonus in bar für Sie drin.«

Als Alexa bei der Kellnerin per Handzeichen einen zweiten Martini bestellte, sah er Diana etwas weiter weg im Halbdunkeln stehen und ihn beäugen. Nicht zum ersten Mal beeindruckte ihn ihre Schönheit, die so natürlich und ungekünstelt war, wie er es noch kaum je gesehen hatte. Von ihrer ersten Begegnung im Town House an, einen Tag nachdem er aus dem Gefängnis gekommen war … Sie war von Anfang an der einzige Mensch gewesen, der das Leben, das ihn erwartete, verstand. Weil sie selbst ein ähnliches lebte.

Noch etwas anderes war ihm an ihr aufgefallen: Sie lächelte nie. Nicht richtig. Auch als sie jetzt dort stand und seinen Tisch im Auge behielt, wirkte sie genauso rätselhaft wie die Schatten, in die sie getaucht war.

Beim Essen, während Alexa immer betrunkener und flirtlustiger wurde, sich wahrscheinlich gerade den unerwarteten Geldsegen ausrechnete, den dieser Vertrag ihr einbringen würde – »Sind Sie sicher, dass Sie sich die Apartments nicht anschauen wollen? Wir könnten sie nacheinander testen. Ausprobieren, wie robust die Schlafzimmerböden sind« –, erhaschte er immer mal wieder einen Blick auf Diana. Manchmal hätte er schwören können, dass ihre Miene Eifersucht ausdrückte. *Merkwürdig,* dachte er, *diesen Ausdruck habe ich nie an ihr gesehen, wenn Lauren dabei war. Kein einziges Mal.*

»Ein bisschen alt für dich«, sagte Diana, als sie an seinen Tisch kam, nachdem Alexa gegangen war.

»War rein geschäftlich.«

»Was für ein Geschäft?«

»Meine Sache.«

Sie sah verletzt drein – auch das erlebte er zum ersten Mal. Ein ungewöhnlicher Tag.

»Wenn ich es nicht besser wüsste, würde ich sagen, du bist eifersüchtig.«
»Vielleicht bin ich das, wenn auch nicht auf diese Frau«, erwiderte Diana. »Höchstens auf deine Freiheit. Du kommst herum, kannst tun, was dir passt.«
»Bewegungsfreiheit und Freiheit sind zwei verschiedene Dinge.«
»Ich habe beides nicht. Ich bin an einer langen Leine, die es mir gerade mal erlaubt, mich zwischen dem Haus und diesem Restaurant hin- und herzubewegen. Das ist alles.«
»Hör zu«, sagte Mason und nahm ihre Hand. Er war nicht sicher, wie viel er ihr jetzt schon erzählen konnte. Die geheime Wohnung, das begonnene Projekt mit Eddie … Es war noch kein ausgegorener Plan mit klaren, aufeinanderfolgenden Schritten. Eher eine grob gezeichnete Karte mit einem Ausgangspunkt unten in einer Ecke und einem großen X, das eine Stelle jenseits der Berge markierte. Eine Stelle, die echte Freiheit für ihn bedeutete, und damit auch für Diana. Denn sein eigenes Leben zu retten bedeutete, auch ihres zu retten.
Aber er wollte ihr noch keine Hoffnungen machen. Sie lebte schon seit zwölf Jahren in diesem goldenen Käfig, viel länger als er, und hatte vermutlich mehr trügerische Hoffnungen hinter sich, als sie zählen konnte.
Diana blickte auf seine Hand. Die Geste war intimer, als er beabsichtigt hatte, aber sie hatte ihre Hand nicht weggezogen. Er spürte die Wärme ihrer Haut.
»Halt durch«, sagte er. »Das wird nicht ewig so weitergehen.«
»Ich muss wieder an die Arbeit.« Sie nahm die Hand weg, jedoch nicht brüsk, einfach nur die Bewegung einer Frau, die ihre Aufmerksamkeit wieder aufs Geschäft richtet.

Mason sah zu, wie sie am anderen Ende der Bar eine Flasche Wein dekantierte, mit dieser Sorgfalt und Genauigkeit, die sie auch der kleinsten Aufgabe widmete. Sah die charmante Maske, die sie nur für ihre Gäste aufsetzte und die nichts mit der Frau zu tun hatte, die er zu Hause erlebte. Wieder drängte sich ihm die Frage auf:
Wie gut kenne ich sie wirklich?

Eddie saß in seinem Jeep und wartete darauf, dass die Bank aufmachte, überlegte dabei, wie sich wohl jemand verhielt, der zehntausend Dollar in bar zu einem Bankschließfach brachte.
Der erste Kunde des Tages, ein Mann mittleren Alters in einem grauen Anzug, betrat die First Chicago Bank an der Western Avenue. Gleich darauf ging Eddie als Zweiter hinein. Er blieb einen Moment im Empfangsbereich stehen, sah den Mann an einem der Schalter seine Geldgeschäfte erledigen. Eine andere Kassiererin fing seinen Blick auf und fragte, ob sie ihm helfen könne.
»Ich denke daran, ein Bankschließfach zu eröffnen«, sagte Eddie. Die Kassiererin rief eine leitende Angestellte herbei, die ihm alles erklärte, unter anderem, dass ihm ein vollkommen ungestörter Zugang zu seinem Schließfach garantiert würde, und ihm auch gleich den betreffenden Raum zeigte. Eddie dankte ihr und sagte, er werde es sich überlegen.
Danach saß er gut zwei Stunden in seinem Jeep und verfolgte durch die breite Glasschiebetür der Bank, wer durch das Foyer zu dem Schreibtisch der für die Schließfächer zuständigen Angestellten ging. In dieser Zeit sah er drei Männer den Tresorraum aufsuchen. Einer ging mit leeren

Händen hinein und kam mit einem kleinen schwarzen Koffer wieder heraus. Ein anderer war mindestens neunzig und ging am Stock, kein wahrscheinlicher Kandidat. Der dritte sah vielversprechend aus, Lederjacke, kahl wie eine Billardkugel, Ohrring. Eddie folgte ihm hinein, doch sein Eindruck änderte sich bald, als der Typ sich der Bankangestellten gegenübersetzte und gut zehn Minuten lang mit ihr quatschte. Zwar hatte er eine Kuriertasche aus Textil dabei und blieb nur so lange im Tresorraum, wie es dauern würde, um etwas in einem der Schließfächer zu hinterlegen, aber seine Geschwätzigkeit passte nicht ins Bild.

Wie Nick gesagt hat, der Betreffende wird ein Profi sein. Durch und durch. Voll geschäftsmäßig.

Eddie wollte keinen Verdacht erregen, indem er sich zu lange im Kundenbereich herumdrückte, also ging er wieder hinaus zu seinem Jeep und wartete.

Eine halbe Stunde später wusste er, dass er den Richtigen hatte.

Eine graue Limousine hielt vor dem Bankeingang. Eddie war sicher, dass es sich um dieselbe handelte, die er am Abend zuvor vor Nicks Town House gesehen hatte. Er hatte kurz einen Weißen am Steuer erkennen können und glaubte nun, auch denselben Mann vor sich zu haben, als dieser ausstieg. Der Typ trug einen grauen, auf seinen massigen Leib geschneiderten Anzug und hatte so kurze Stoppelhaare, dass sein Kopf wie ein schmutziger Tennisball aussah. Eddie nahm die digitale Spiegelreflexkamera mit dem Dreihundert-Millimeter-Objektiv vom Beifahrersitz und begann, Fotos zu schießen.

Der Mann ging mit einer Ledertasche in die Bank. Kurz darauf stieg ein zweiter Mann auf der Beifahrerseite aus – schwarz, kahlköpfig, dunkle Sonnenbrille, Anzug in einem

helleren Grauton. Eddie machte weitere Fotos, während der Schwarze auf dem Bürgersteig wartete und aufmerksam die Straße hinauf- und hinunterblickte.
Acht Minuten später kam der Erste wieder heraus. Beide stiegen ins Auto und fuhren los. Eddie ordnete sich hinter ihnen in den spätmorgendlichen Verkehr ein und folgte ihnen durch die Stadt, von Nord nach Süd, bis sie vom Skyway herunter- und in westliche Richtung weiterfuhren.
Ein paar Minuten später hielt er vor dem Rangier- und Verladebahnhof Bedford Park, dem größten Güterbahnhof der Stadt und einem der größten im ganzen Land. Hier standen Tausende von Güterwaggons und Containerwagen von überall aus Nordamerika, hoch überragt von Kränen und einem riesigen, torförmigen Turm in der Mitte. Eddie war den beiden Männern zum nördlichen Ende gefolgt und schoss nun weitere Bilder, als sie in das Büro des Internationalen Messeplanungsservice gingen, wenig später wieder herauskamen und zum Ladedock eines Lagerhauses fuhren. Dort stand ein großer Lieferwagen mit eingebautem Belader. Der Fahrer stieg aus und lud mehrere große Kisten in den Wagen, während sein Beifahrer Wache hielt und mit seinem teuren Anzug inmitten all des Bahnhofslärms und -staubs ziemlich fehl am Platz wirkte. Als der Fahrer mit dem Beladen fertig war, setzte er sich in den Lieferwagen, während der andere das Steuer des Pkws übernahm. Hintereinander verließen sie das Gelände des Güterbahnhofs, und Eddie folgte ihnen wieder südwärts, bis sie schließlich hinter einem kleinen Betrieb in der 111th Street in eine Einfahrt einbogen. Er hielt einen Häuserblock entfernt, wartete ein paar Minuten und parkte dann gegenüber am Straßenrand, wo er weiter fotografierte, zu-

erst das Schild neben der Eingangstür: *Imperial Import/ Export, LLC.* Danach jedes Fahrzeug, das er auf dem angrenzenden Parkplatz sehen konnte. Neben dem Lieferwagen und dem Pkw stand dort ein silberfarbener Porsche Panamera. *Muss jemand mindestens achtzig Mille für gelöhnt haben,* dachte Eddie. *Nicht gerade das, was man neben einer nichtssagenden Klitsche in einem Betonklotz am Arsch der Stadt erwartet.*

Er beobachtete den Laden etwa eine Stunde lang. Niemand sonst kam oder ging, also beschloss er, ihn sich etwas genauer anzusehen. Die große Kamera samt dem langen Objektiv legte er im Fußraum seines Jeeps ab. Wenn er sich schnell davonmachen musste, würde sie nur stören. Sollten weitere Fotos nötig sein, konnte er die mit dem Handy machen.

Er stieg aus und ging um den Block herum, dann durch eine kleine Gasse neben einer Auspuffwerkstatt, so dass er sich dem Import-Export-Handel von hinten näherte und auf dessen Laderampe blickte. Eine der Ladebuchten stand offen, aber es war niemand zu sehen. Beim Heranschleichen hielt er nach Überwachungskameras Ausschau. Vor der Rampe blieb er stehen, fischte sein Handy heraus und fotografierte die Kisten, die gerade abgeladen worden waren. Vor allem versuchte er, die Versandetiketten abzulichten, kam aber nicht nahe genug dran, also kletterte er auf die Rampe.

Er ging um die Kisten herum und machte Fotos, bis er zu einer kam, die schon geöffnet war. Als er den Deckel abhob, sah er Schachteln mit selbstbeweglichen Luftfiltern. Bei alledem hatte er nicht darauf geachtet, wie weit er bereits in den Ladebereich vorgedrungen war. *Blöd von mir,* dachte er und hörte zugleich schon Stimmen.

Er duckte sich neben die Kiste, als die beiden Männer, denen er gefolgt war, lauthals über irgendeinen Witz lachend in die Ladebucht kamen. Der Weiße ging hinaus und sprang die Rampe hinunter, während der Schwarze das Rolltor laut scheppernd von innen schloss. Eddie saß in der Falle. Draußen wurde der Lieferwagen angelassen. Wenigstens hatte er es jetzt nur mit einem Gegner zu tun, wenn es hart auf hart kam. Er wartete lauschend, bis er sich entfernende Schritte hörte und einigermaßen sicher sein konnte, dass der Schwarze in das Innere des Gebäudes zurückgekehrt war.

Was nun?

Das Rolltor hochzuziehen war keine Option. Das laute Quietschen und Rattern würde von allen in der Firma, wie viele es auch sein mochten, gehört werden. Am sichersten wäre es vermutlich, an Ort und Stelle zu bleiben, bis alle nach Hause gegangen waren. Was Stunden dauern konnte.

Scheiß drauf.

Eddie stand auf, schlich durch den Flur ins Innere des Gebäudes und drückte sich mit dem Rücken an die Wand, als er eine Stimme hörte. Stockstill wartete er einen Augenblick und huschte dann weiter. Sein Hemd klebte schweißnass an seinem Rücken, als er zu einer Tür kam. Die Stimme wurde deutlicher. Er lugte um die Ecke und sah einen jungen Mann auf einem Bürostuhl, umgeben von einem Computerbildschirm und einer Reihe von Videomonitoren. Weiß, salopp gekleidet in Jeans und Sweatshirt. Er telefonierte und guckte dabei an die Decke, nicht auf die Monitore.

Eddie begutachtete die Winkel, um sicherzugehen, dass keine Spiegelung ihn verriet, wenn er an der offenen Tür des Kontrollraums vorbeieilte. Bevor er loslief, warf er noch einen letzten Blick auf den telefonierenden Mann und wurde von den Monitoren abgelenkt. Gebannt starrte er auf die Bilder, denn was sie zeigten, kam ihm bekannt vor. Tatsächlich, es war Nick Masons Town House. Die Dachterrasse hinten, die Küche, sein Schlafzimmer.

Eddie wusste, dass dort Kameras installiert waren. Sie waren nicht versteckt, und Nick hatte ihn sogar einmal gefragt, ob sie leicht zu deaktivieren wären, falls es einmal nötig sein sollte, und wie sie die Beobachter am anderen Ende ausfindig machen könnten.

Hier ist das also, sagte sich Eddie. *Hier ist das Kommandozentrum.*

Ich kann mich in ihr SSL-Verschlüsselungsprotokoll hacken, so wie man ein Telefon anzapft. Um zu sehen, was sie da machen.

Aber zuerst muss ich hier rauskommen.

Geduckt eilte er an der Tür vorbei und weiter den Gang hinunter. Erst nach fünfzehn Metern wagte er es, wieder zu atmen. Dann hörte er Schritte, stand still und lauschte. Sie kamen näher. Eddie drückte die nächstbeste Tür links von ihm auf. Es war eine Toilette mit altmodischen schwarz-weißen Fliesen, zwei Kabinen und einem großen Urinal aus Porzellan. Er stellte sich neben die Tür, spitzte die Ohren. Die Schritte wurden lauter, Männerschuhe klapperten über den Terrazzoboden. Vor der Toilettentür hielten sie inne.

Verdammt!

Die Tür wurde ein paar Zentimeter weit geöffnet. Eddie schob sich so leise wie möglich dahinter, damit sie ihn verdeckte, wenn der Mann hereinkam. Er spürte, wie seine Muskeln sich anspannten, wie Adrenalin ausgestoßen wurde. Sein Mund bestand aus Watte, sein Herz pochte.

Als die Tür ganz aufschwang, machte er sich zum Angriff bereit.
»Hey, Mann, Quintero ist am Apparat«, rief eine Stimme durch den Flur. »Er will mit dir reden. Sofort.« Das musste der Weiße aus dem Kontrollraum sein.
»Ich muss pissen.«
»Soll ich ihm das sagen?«
»Scheiße, nein.«
Die Toilettentür klappte wieder zu.
Eddie lauschte auf die sich in Richtung des Kontrollraums entfernenden Schritte und wartete noch einen Moment, ehe er die Tür vorsichtig aufmachte. Die Bahn war frei, und er gelangte zur Vorderseite des Gebäudes und zum Ausgang, ohne jemandem zu begegnen.
Draußen sprang er in seinen Jeep und fuhr los. Als er sicher war, dass ihm niemand folgte, lenkte er rechts ran und wählte Masons Handynummer.

Sechzehnhundert Kilometer weiter südlich blickte Bruce Harper dem Mann ins Gesicht, der einmal der zweite Boss einer der größten kriminellen Vereinigungen des Landes gewesen war, und las nur eines darin:
Reine animalische Furcht.
Er saß an einem kleinen Esstisch in einer Zweizimmerwohnung in einem Städtchen namens Liberty, am Stadtrand von Houston, Texas, gelegen. Neben ihm saß Rachel Greenwood und auf der anderen Seite Isaiah Wallace, der gealtert war wie ein Lineman der National Football League: einst groß und muskulös, doch nun dazu verurteilt, am Stock zu gehen – nach einem harten Leben, in dem er zuerst seine Spielzone verteidigt hatte, dann während Darius

Coles Aufstieg an die Macht hauptverantwortlich für dessen Schutz gewesen war und nun seine Tage als Untergetauchter fristen musste. Ständig damit rechnend, dass ein Klopfen an der Tür oder das Drehen seines Zündschlüssels im Schloss das Letzte war, was er hören würde. Er nannte sich nun Harold Douglas. Die meisten Klienten im WITSEC-Programm behielten entweder ihren Vornamen oder ihre Initialen bei, aber Isaiah Wallace war anders als die meisten Klienten.

»Ich habe immer gewusst, dass dieser Tag kommen würde«, sagte Wallace. Er klammerte sich an die Tischkante wie jemand, der schon dabei ist, in den Abgrund zu rutschen. Und das, obwohl seine Wohnung von sechs schwerbewaffneten US-Marshals bewacht wurde – ganz zu schweigen von dem stellvertretenden Chef dieser Marshals und der Bundesanwältin in seiner Küche.

»Ich weiß, ich sollte mir nichts anmerken lassen«, fuhr Wallace fort, »ich sollte einen auf hart machen und alles, aber ich bin zu alt für diesen Mist. Ich habe zu viele Nächte mit Warten verbracht.«

»Mr. Wallace«, sagte Greenwood, »Sie sind im Moment wahrscheinlich der sicherste Mann in Amerika. Gleich nach dem Präsidenten.«

Auf dem Weg hierher hatten Harper und Greenwood die Vor- und Nachteile abgewogen, die es mit sich bringen würde, Wallace zu sagen, dass Ken McLaren in Chicago erschossen worden war. Hatten das Risiko, den Mann zu verängstigen, gegen die Folgen abgewogen, falls er erfahren sollte, dass sie versucht hatten, ihm den Vorfall zu verheimlichen.

»Meinen Sie nicht, dass er in der Zeitung davon lesen wird?«, hatte Greenwood gefragt.

»Bei unserer letzten Begegnung kam er mir nicht wie ein Zeitungsleser vor.«

»Spielt keine Rolle, ob er Zeitung liest oder nicht. Wenn er Internetzugang hat, weiß er bereits Bescheid.«

Harper wusste, dass sie recht hatte. Das Internet war eines seiner größten und anhaltendsten Probleme, weil es die Abschottung von Zeugen gegenüber früher hundert Mal schwerer machte. Eine Gefahr, die sein alter Freund Director Shur bei der Gründung von WITSEC nicht annähernd hatte absehen können.

»Außerdem«, fuhr sie fort, »wird er sowieso merken, dass was im Busch ist, wenn er sechs Deputy Marshals samt Fahrzeugen vor seiner Tür stehen sieht.«

Auch damit sollte sie recht behalten. Harper sah es Wallace sofort an, als er ihnen die Tür aufmachte. Das erste Mal in den zwölf Jahren, dass er den Mann erschüttert erlebte.

Harper war an dem ursprünglichen Prozess gegen Cole nicht beteiligt gewesen – Wallace war zu der Zeit nur einer von Hunderten Kronzeugen, die jedes Jahr in das Programm aufgenommen wurden –, aber nach Greenwoods Erzählung wünschte er, er wäre damals in Chicago dabei gewesen, als Wallace umkippte. Sie hatten McLaren bereits als Zeugen gewonnen gehabt und setzten Wallace damit unter Druck. *Sie und Cole können zusammen untergehen, Mr. Wallace. Oder Cole allein. Es liegt bei Ihnen, uns ist das, offen gesagt, völlig egal.*

Die übliche Taktik von Staatsanwälten, die bei den meisten Leuten Erfolg hatte. Nicht jedoch bei Isaiah Wallace. Nicht bei dem Mann, der Coles engster Vertrauter war, seit sie als fünfzehnjährige Jungen an den Straßenecken von Englewood gedealt hatten. Cole hatte die Intelligenz und den Weitblick, um sich etwas sehr viel Größeres vorstellen

zu können. Wallace hatte die Muskelkraft – jedenfalls damals, in jungen Jahren – und die Bereitschaft, alles zur Verteidigung ihrer Interessen zu tun. Dazu den Glauben an seinen Freund Darius, dem er folgte, wohin er auch ging.
Diese Treue wurde in einer Weise belohnt, die er sich nie hätte träumen lassen. Er besaß so viel Macht, so viel Geld wie je ein Mafia-Underboss in einer der »Fünf Familien«.
Nachdem er festgenommen worden war und man ihm die Liste der Anklagepunkte gegen ihn vorgelesen hatte, die lang genug war, um ihn lebenslänglich hinter Gitter zu schicken – und zwar in ein Gefängnis, nur so als zusätzlicher Arschtritt, das am entgegengesetzten Ende des Landes von Coles liegen würde –, begann man, ihm die Greatest Hits der von der Polizei gesammelten Gesprächsmitschnitte vorzuspielen. Allesamt Gespräche, die Cole und Wallace für verschlüsselt gehalten hatten, mit genauen Einzelheiten über Drogenlieferungen, Geldwäsche, Morde an hochrangigen Mitgliedern rivalisierender Organisationen.
Wallace blieb ungerührt, bis jemand ihm versehentlich zehn Sekunden eines Gesprächs vorspielte, das gar nicht als Beweismittel klassifiziert worden war. Darius Cole redete bloß mit einer Frau, die er »Shortcake« nannte, über ein gemeinsames Stelldichein an einem Freitagabend und machte ein paar nicht sehr subtile Andeutungen darüber, was er mit ihr vorhatte.
Diese unbeabsichtigten zehn Sekunden bewirkten, dass Isaiah Wallace die Seiten wechselte. Denn Shortcake war Cheryl Wallace, Isaiahs Frau.
Wallace sagte in der Verhandlung gegen Cole aus und starrte ihn dabei vom Zeugenstand herab nieder. Cole bekam zweimal lebenslänglich in Terre Haute, und Wallace

willigte nach anfänglichem Zögern ein, sich in WITSEC aufnehmen zu lassen. So lernte Bruce Harper ihn kennen, als einen Zeugen mit hoher Priorität, und sein erster Akt war es, ihn nach den fünf bevorzugten Orten zu fragen, an denen er sein neues Leben beginnen wollte. Harper hörte sich die Auswahl an und strich sie sogleich von der Liste. Las Vegas, die Monterey-Halbinsel … Wenn man so gern an diesen Orten leben wollte, war die Wahrscheinlichkeit groß, dass man irgendwann irgendjemandem davon erzählt hatte. Harper wollte sichergehen, dass Wallace an einen Ort übersiedelte, auf den keiner kommen würde, der nach ihm suchte.

Und so hatte Wallace die letzten zwölf Jahre in diesem engen Dreckloch von einem Apartment in dem glühend heißen Ölschlick, der sich Südtexas nannte, verbracht. Längst von seiner Shortcake geschieden und kinderlos, lebte er ein einsames Leben und arbeitete in Nachtschichten als Regalebefüller im örtlichen Walmart. Kein tolles Leben, aber viel besser als ein Bundesgefängnis und wenigstens geringfügig besser, als tot zu sein. Außerdem war er gerade zum Schichtleiter befördert worden und bekam fünfzig Cent mehr pro Stunde.

»Ist egal, wie viele Leute Sie hier postieren«, sagte Wallace nun. »Draußen oder drinnen. Sie können zwei Marshals nachts in meinem Bett schlafen lassen – wenn er mich umlegen will …«

»Wenn er das wollte«, sagte Harper, »wäre es doch längst passiert, meinen Sie nicht?«

Wallace seufzte. »Bisher *brauchte* er mich nicht zu beseitigen. Jetzt schon.«

»Wir bringen Sie an unsere sicherste Adresse«, sagte Harper. »Dort sind Sie unauffindbar.«

»Wo soll das sein?«
»Das sagen wir noch nicht«, antwortete Harper. »Auch nicht, wann. Wir wollen nicht riskieren, dass auch nur irgendetwas durchsickert.«
»Ich muss trotzdem vor Gericht erscheinen.«
»Ich werde beantragen, dass Sie von fern aussagen dürfen«, sagte Greenwood. »Sie werden per Video zugeschaltet. Meilenweit weg von Chicago.«
»Ihnen ist klar, dass Sie nicht mehr hierher zurückkommen, oder?«, fügte Harper hinzu. »Zu Ihrer eigenen Sicherheit werden wir Sie nach dem Wiederaufnahmeverfahren woanders hinbringen.«
»Und jetzt, wenn Sie nichts dagegen haben«, sagte Greenwood und nahm einen Anwaltsblock aus ihrer Aktentasche, »würde ich gern ein paar Punkte mit Ihnen durchgehen, die möglicherweise im Gerichtssaal zur Sprache kommen …«
Wallace lächelte müde und schüttelte den Kopf.
»Hören Sie«, sagte Harper, »ich weiß, dass Sie sich hier ein neues Leben aufgebaut haben …«
»Ich stapele nachts um zwei Scheißkartons im Scheißwalmart auf«, unterbrach ihn Wallace, »dann gehe ich nach Hause in ein leeres Bett. Das ist kein Leben.«
»Dann ist das ja vielleicht genau das, was Sie brauchen«, sagte Greenwood. »Da, wo Sie hinterher hinziehen, können Sie …«
»Ihr Leute kapiert es immer noch nicht«, fiel Wallace ihr ins Wort. »Es wird kein ›Hinterher‹ geben, und es wird auch nichts ›im Gerichtssaal zur Sprache kommen‹, weil ich nicht mehr da sein werde. Auch nicht auf einem Bildschirm.«
»Mr. Wallace, ich versichere Ihnen …«

»Ich kenne Darius Cole seit vierzig Jahren.« Wallace hielt inne und schloss die Augen, als wollte er sich an alles erinnern. An jedes einzelne dieser Jahre. Greenwood legte ihren Block ab und wartete mit Harper darauf, dass er weitersprach.

»Wissen Sie, was er einmal zu mir gesagt hat? Er hatte gerade mit diesem verrückten kleinen Iren telefoniert, den er damals für sich arbeiten ließ, und meinte: ›Ich brauche nicht selbst der Todesengel zu sein, Isaiah. Ich brauche ihn nur auf meiner Gehaltsliste zu haben.‹«

Wallace machte die Augen wieder auf.

»Was bedeutet, dass nicht einmal Gott selbst mich retten kann.«

Als die Schatten in La Villita länger wurden, saß Marcos Quintero auf der Veranda seines Hauses und hielt seine Tochter Gabriela auf dem Schoß. Sie hatte ein buntgeblümtes Kleidchen an, rot, gelb, orange, und war gerade achtzehn Monate alt geworden.

Er sah zu, wie die Kleine einschlief, und wusste, dass seine Frau darüber nicht glücklich sein würde. *Wenn sie jetzt schläft, schläft sie zur Bettgehzeit nicht.* Doch das war es, wofür Quintero lebte, jeden Tag, seine Tochter im Arm zu halten, ihr winziges Gewicht spüren zu können. All seine *Hermanos* von La Raza, wie viele von ihnen waren schon tot? Wie hatte er es geschafft, als Einziger zu überleben, einen Ausweg aus dieser Existenz zu finden und nun hier auf dieser Veranda zu sitzen und mit dreiundvierzig noch mal die Chance zu bekommen, Familienvater zu sein?

El milagro. Das Wunder.

Er sah nicht auf, als ein Auto langsam die Straße herunterkam, aber es wurde von seinem Sensorium erfasst. Einer von vielen Gründen für sein wundersames Überleben, dieser wache, tierhafte Instinkt, dieses ständige Registrieren von allem, was um ihn herum geschah. Kurz darauf hob er den Blick vom Gesicht seiner Tochter und sah einen Lieferwagen vorbeirumpeln. Als er vorüber war, stand jemand auf der anderen Straßenseite und sah zu ihm her.

Nick Mason.

Quintero stand rasch auf, ging hinein und übergab Gabriela seiner Frau Rosa. Dann schnappte er sich seine Nighthawk Custom 1911 von der Ablage neben der Tür, eine halbautomatische Präzisionspistole ohne Schnickschnack, die er einmal einem Mitglied der Latin Kings abgenommen hatte – vor gottverdammten vielen Jahren, aber es war immer noch die einzige Waffe, auf die er sich wirklich verließ. Er steckte sie hinten in seinen Gürtel.

»*¿Lo que està mal?*«, fragte Rosa, aber er gab ihr keine Antwort, sondern ging hinaus, die Verandatreppe hinunter, und stellte sich in die Einfahrt. Mason stand immer noch auf der anderen Straßenseite.

Die beiden Männer maßen sich mit Blicken. Keiner rührte sich. Noch ein Lieferwagen fuhr vorbei. Dann überquerte Mason die Straße.

Quintero ging ihm bis zum Beginn der Einfahrt entgegen.

»Was hast du hier zu suchen, verdammt noch mal?«

»Ich halte dir einen Spiegel meines Lebens vor«, sagte Mason.

»Was soll das heißen?«

»Ich will, dass du weißt, wie ich mich jedes Mal fühle, wenn du dich meiner Familie näherst.«

»Du verschwindest. Sofort. Und wenn du dich je wieder hierherwagst …«

»Ich komme morgen wieder. Und übermorgen.«

»Ich bring dich um, ich schwör's bei Gott …«

»Ist nicht das erste Mal, dass du das sagst. Ich warte immer noch.«

Quintero baute sich so dicht vor ihm auf, dass nur wenige Zentimeter sein Gesicht von Masons trennten. »Du machst dich jetzt sofort vom Acker.«

Mason wich nicht von der Stelle, bohrte seinen Blick in Quinteros. »Ich tue alles, was man von mir verlangt«, sagte er. »Aber jetzt brauche ich einen Gegengefallen. Das Gleiche, was du hast. Zeit mit meiner Familie. Allein. Ohne dass du oder sonst jemand mich beschattet.«

»Es steht dir nicht zu, die Regeln zu ändern«, erwiderte Quintero und nahm die Nighthawk aus dem Gürtel. »Niemandem steht das zu.«

»Deine Frau und deine Tochter sehen uns zu«, sagte Mason, mit dem Kopf auf das Frontfenster des Hauses deutend. »Aber wenn du mich jetzt wirklich umnieten willst, nur zu.«

»Yo mierda en la leche de tu puta madre«, zischte Quintero.

»Du kannst mich nicht beleidigen, wenn ich keinen Schimmer habe, was du da sagst.«

Quintero steckte die Pistole wieder ein.

»Wir haben jetzt eine Abmachung«, sagte Mason. »Das ist dir klar, oder?«

Quintero schüttelte den Kopf, beinahe lächelnd. »Du denkst, ich weiß nicht, wie das ist, Mason? Meinst du, Cole weiß nicht, wo wir zu finden sind? Was glaubst du, was mit meiner Familie passiert, wenn ich nicht tue, was er sagt?«

»Dann sollten wir vielleicht beide aussteigen«, sagte Mason. *Eine ganz schlechte Idee, das laut zu sagen. Aber vielleicht ist es den Versuch wert.*

»Denkst du, das ist so einfach?«
»Ich rede nur so dahin.«
»Eine schlechte Angewohnheit.«
»Du hast dich schließlich auch aus La Raza davongemacht, oder?«
Quintero lachte. Es war ein freudloses Lachen. »Niemand macht sich aus La Raza davon. Cole hat mich freigekauft. Jetzt gehöre ich ihm, genauso wie du ihm gehörst.«
»Morgen gehöre ich ihm nicht«, sagte Mason. »Da besuche ich meine Tochter. Und du wirst nicht dabei sein. Abgemacht?«
Quintero blickte zurück zum Haus und bedeutete seiner Frau mit einer Geste, vom Fenster wegzugehen und sich keine Gedanken wegen des Fremden in der Einfahrt zu machen.
»Du kriegst einen Tag mit deiner Tochter«, sagte er, sich wieder zu Mason umdrehend. »*Einen.* Mehr nicht.«
Mason sah Quintero in die Augen, sah, dass er sein Wort hatte. Er nickte und ging zurück zu seinem Jaguar.
Als er davonfuhr, kam Rosa mit Gabriela auf dem Arm heraus, die immer noch schlief, den Kopf an ihre Schulter gelehnt.
»Quien era ese?«, fragte sie ihn. Wer war das?
»Nadie«, antwortete er. Niemand.
Doch im Stillen dachte er etwas anderes. *El Ángel de la Muerte.*
Der Todesengel.

11

Als Mason am Samstagmorgen aufwachte, wusste er, dass es ein Tag sein würde wie kein anderer, seit er draußen war.

Ein Tag, wie er ihn sich zigmal erträumt hatte in den fünfeinhalb Jahren, in jeder wachen Stunde, die er auf seine grauen Zellenwände gestarrt hatte. Ein Tag, wie er ihn nicht mehr für möglich gehalten hätte.

Er bemerkte keinen Verfolger, als er vor dem Haus in Elmhurst hielt. Nicht nur Gina hatte ihr Versprechen gehalten, sondern auch Quintero. Er wagte immer noch kaum zu glauben, dass das, wofür er seine Seele an den Teufel verkauft hatte, tatsächlich Wirklichkeit werden sollte: ein Tag allein mit seiner Tochter.

Er war ein paar Minuten zu früh dran, ging aber direkt zum Haus hinauf, klingelte und wartete. Gina machte ihm auf, dann stand sie einen langen Moment da und starrte ihn an, als würde sie nach einem Grund suchen, ihre Meinung zu ändern.

Mason versuchte, über ihre zwiespältigen Gefühle hinweg- und in der Zeit zurückzublicken, um das große, schlanke Mädchen vor sich zu sehen, in das er sich rettungslos verliebt hatte. Die Frau, mit der er für immer hatte zusammen sein wollen.

Gab es »seine« Gina noch in dieser hübschen Vorstadthausfrau? Konnte sie überlebt haben, was er ihr zugemutet hatte? Oder hatte das Land der großen Häuser und SUVs sie unwiderruflich verschlungen?

»Adriana ist bei mir sicher«, sagte er. »Ich bringe sie pünktlich um drei zurück.«
»Um eins.«
Er kannte diesen Ton und wusste, dass es zwecklos war, seiner Ex-Frau zu widersprechen. Sollte er auch nur den Versuch unternehmen, würde er Adriana um zwölf zurückbringen müssen.
»Wo ist Brad?«
»Schon in Denver. Wir fliegen in ein paar Tagen.«
»Ihr zieht wirklich dorthin?«
»Ja.«
»Sie ist immer noch meine Tochter«, sagte er, obwohl er wusste, dass das nicht das Geschickteste war. »Rein juristisch bin ich nicht mal vorbestraft.«
In dem Moment tauchte das Mädchen aus Canaryville, nach dem er gesucht hatte, wieder auf.
»Du wirst nicht dagegen klagen«, sagte sie in sanfterem Ton.
»Woher willst du das wissen?«
»Weil es das Beste für deine Tochter ist.« Dann streckte sie die Hand nach ihm aus und fuhr ihm durch die Haare. »Und weil ich weiß, dass du im Grunde immer noch ein guter Kerl bist.«
Diese Geste hatte etwas so Vertrautes, dass Mason in dem Augenblick alles andere vergaß. Sie ging weit über etwas Sexuelles hinaus, war ein kurzes Wiederzusammenfinden von zwei Menschen, die einander besser kannten als irgendwer sonst auf der Welt.
Plötzlich eine Stimme hinter ihr: »Ist er da?«
Adriana erschien, in Jeans und einem orangefarbenen T-Shirt. Ihre schulterlangen Haare trug sie offen, nicht wie sonst auf dem Fußballplatz zu einem Pferdeschwanz zu-

sammengebunden. Sie sah unglaublich erwachsen aus für eine Neunjährige. Für sein kleines Mädchen.
»Hallo«, begrüßte sie ihn, auf einmal verlegen und schüchtern, ganz anders als die clevere Detektivin, die den Cop auf ihrem Schulhof sofort entlarvt hatte.
Gina beugte sich zu ihr herunter und nahm sie in die Arme, sagte ihr, dass sie sich benehmen solle und dass sie sie um eins zurückerwarte.
»Kann ich nicht länger bleiben?«
»Beim nächsten Mal«, sagte Gina, »okay?«
»Falls es ein nächstes Mal gibt.«
»Jetzt geh schon«, erwiderte Gina. Sie richtete sich auf und sah Mason noch einmal mit einem schmerzlich zweifelnden Ausdruck an.
»Wir sind bald wieder zurück«, sagte er, um sie zu beruhigen. »Danke.«
Sie nickte und sah ihnen nach, als sie hinunter zur Einfahrt gingen, wo Masons Auto stand. Beim Wegfahren blickte er in den Rückspiegel, und da stand sie immer noch in der offenen Haustür und sah dem Wagen nach, bis sie außer Sicht waren.

Jetzt, da sein Traum Wirklichkeit wurde – Zeit allein mit seiner Tochter, die er verloren zu haben glaubte –, regten sich auch bei ihm wieder Zweifel.
Ist sie wirklich sicher bei mir?
Wem will ich hier was vormachen?
Nichts an mir ist sicher.
Das geht nicht gut. Kann nicht gutgehen.
»Das ist ein tolles Auto!«, riss Adriana ihn aus seinen Grübeleien. »Wann hast du es bekommen?«

»An dem Tag, als ich dich in der Schule besucht habe. Das war die Jungfernfahrt.«

»Echt? Was ist mit dem andern passiert, das du hattest? Dem alten?«

Mason war nicht sicher, welches Auto sie meinte, aber das spielte auch keine Rolle, denn die Antwort wäre sowieso dieselbe: Quintero hatte es von seinen Leuten so gründlich vernichten lassen, als hätte es nie existiert.

»Mir hat das hier halt besser gefallen«, sagte er, während er den Motor nach einem Stoppschild hochjagte.

Seine Tochter lachte.

Das ist alles, was ich im Moment vom Leben verlange, sagte er sich. *Das zu hören.*

»Wo möchtest du hin?«, fragte er. »Sollen wir ein Eis essen gehen?«

»Ich darf kein Eis vor dem Mittagessen essen.«

»Na, wie wär's dann mit Mittagessen und *dann* Eis?«

»Ich möchte sehen, wo du wohnst«, sagte sie. »Wir können dort zu Mittag essen.«

Mason stellte sie sich in dem Town House vor. Sie würde es dort toll finden, keine Frage, besonders den Swimmingpool, aber dann dachte er an die Überwachungskameras, an den Typ, der nach Eddies Beschreibung am anderen Ende der Stadt in einem Kontrollraum saß und Adriana auf seinen Monitoren sehen würde.

Das könnte er nicht ertragen.

»Das ist so ein klasse Wagen«, sagte er. »Wie wär's, wenn wir einfach nur ein bisschen herumfahren? Ich kann dich zum Strand bringen.«

»Mom sagt, du wohnst in der Nähe vom Zoo.«

Jetzt bin ich in der Klemme, dachte Mason. Doch dann fiel ihm die Lösung ein.

»Ich habe eine Idee«, sagte er. »Aber du musst mir etwas versprechen.«
»Was denn?«
»Wo ich jetzt mit dir hinfahre ... du darfst *niemandem* sagen, wo das ist.«
Sie überlegte. »Nicht einmal Mom?«
»Nicht einmal Mom«, sagte Mason. »Niemand darf davon wissen, außer uns beiden.«
»Okay, einverstanden!«, rief Adriana und lachte wieder, als er aufs Gas trat.

Das Apartmenthaus lag südlich des Loop, einen Häuserblock weit von der Michigan Avenue. Mason fuhr dreimal um den Block und beobachtete dabei wachsam den Verkehr, um sich zu vergewissern, dass er nicht verfolgt wurde. Dann parkte er den Wagen und fuhr mit seiner Tochter im Aufzug in den siebten Stock hinauf.
Er betrat seinen geheimen Unterschlupf selbst zum ersten Mal. Bislang hatte er noch nicht mal Eddie was davon erzählt. Alexa, die Immobilienmaklerin, hatte per Kurier einen Umschlag mit der Adresse und einem Satz Schlüssel ins Restaurant schicken lassen.
»Hier sind ja gar keine Möbel!«, sagte Adriana, sobald er aufgeschlossen hatte. Sie rannte durch das leere Wohnzimmer, den Flur und in die beiden ebenso leeren Schlafzimmer.
Mason ging zum Fenster und sah hinaus auf den See. Durch eine Lücke zwischen zwei anderen Gebäuden konnte er eine Ecke des Footballstadions Soldier Field erkennen.
»Dort spielen die ›Bears‹«, bemerkte Adriana, als sie zu ihm kam und ihre Nase ans Fenster drückte.

»Das stimmt.«
»Daddy sagt, sie sind total mies dieses Jahr.«
Mason musste schlucken.
»Tut mir leid«, sagte sie. »Ich bin's einfach gewohnt, ihn ›Daddy‹ zu nennen.«
»Ist schon gut. Ich bin froh, dass er sich gut um dich kümmert.«
Er streichelte ihr über die Haare, während sie weiter zusammen aus dem Fenster blickten. Sie umarmte ihn, und auf einmal verflogen all seine Bedenken, was diesen Tag betraf.
Adriana sah zu ihm auf. »Wenn du wirklich nahe beim Zoo wohnst, kannst du dann die Tiere hören?«
»Manchmal. Meistens nachts.«
»Das fände ich total super. Aber warum brauchst du dann noch die Wohnung hier?«
»Einfach, damit ich noch einen Ort für mich habe. Hast du dir das nicht auch schon mal gewünscht? So wie ein geheimes Zimmer im eigenen Haus?«
Sie ließ ihn los, machte einen Hüpfer und schlug ein Rad über die freie Teppichbodenfläche.
»Wie lange hast du die Wohnung hier schon?«
»Ich bin heute zum ersten Mal hier.«
Ihre Augen leuchteten auf. »Ehrlich?«
»Ja. Und denk daran, was ich dir gesagt habe: Das bleibt unser Geheimnis, ja?«
»Abgemacht.«
Mason setzte sich auf den Boden und sah zu, wie sie noch zweimal Rad schlug. Dann setzte sie sich zu ihm, ihm gegenüber, und blickte plötzlich wieder befangen drein.
»Wie findest du das, dass du von hier wegziehst?«, fragte er.
»Ich will nicht von meinen Freundinnen weg. Aber Mom sagt, es muss sein.«

Ich bin der Grund dafür, dachte er. *Ich habe diesen Handel geschlossen, damit ich sie wiedersehen kann, und jetzt vertreibe ich sie. Aber im Moment ist sie hier, mein Mädchen, sitzt direkt vor mir und spricht mit mir.*

»Denver liegt in den Rocky Mountains. Mom sagt, es schneit dort, so wie hier auch, aber der Schnee ist anders.«

»Das habe ich auch gehört.«

»Mir ist gerade eine Idee gekommen.«

»Ach ja?«

»Statt hier ein geheimes Zimmer zu haben«, sagte sie, »könntest du doch auch eins in Denver haben!«

Eine Wohnung in Denver – das schien unmöglich. Andererseits war heute so ein Tag, an dem er sich das tatsächlich vorstellen konnte.

In dem Moment klingelte sein Handy.

Scheiße, das ist jetzt nicht dein Ernst, dachte er und starrte auf den Bildschirm. Ein jäher Gewaltakt, der den ganzen Tag zerstörte und ihn in sein verhasstes Leben zurückkatapultierte, schlimmer als jeder Fausthieb, schlimmer als jeder Schuss. UNBEKANNTER ANRUFER.

Quintero.

Er strich über den Bildschirm und hielt das Telefon ans Ohr. »Was ist?«

»Ich bin vor deinem Town House«, sagte Quintero. »Wo bist du?«

Mason zögerte. »Woanders.«

»Dann sieh zu, dass du herkommst.«

»Wir hatten eine Abmachung, Quintero. Du hast mir dein Wort gegeben.«

»Aber mein Wort ist nicht das letzte Wort, Mason. Das weißt du. Ich bringe dich zum Flughafen, sei in einer halben Stunde hier.«

Mason überlegte fieberhaft und kam zu zwei Schlüssen: Erstens, er würde mindestens eine Stunde brauchen, um zurück nach Elmhurst und dann zum Town House zu fahren. Zweitens, egal wie er es anging, auf keinen Fall würde er Adriana und Quintero einander sehen lassen.
Also blieb nur eine Möglichkeit. Dianas Restaurant lag in der Rush Street, nur ein paar Blocks von dieser Wohnung entfernt und auf dem Weg zum Town House.
»Okay, ich komme«, sagte er und legte auf.
»Wer war das?«, fragte Adriana.
»Jemand von meiner Arbeit«, antwortete Mason. »Es tut mir sehr leid, mein Schatz, aber ich muss jetzt los.«
»Wir sind doch gerade erst hergekommen!«
»Ich weiß. Es tut mir wirklich leid.«
»Wo arbeitest du denn überhaupt?«
Mason stand auf. »Erzähl ich dir im Auto.«
Sie fuhren nach unten und stiegen in den Jaguar. »Ich arbeite in einem Restaurant«, sagte er, als er auf die Michigan Avenue fuhr. »Ich dachte, wir könnten da jetzt hinfahren.«
»Bist du da Koch?«
»Nein, ich helfe nur aus.«
»Bei was?«
Bei nichts. Ich erscheine nicht mal zur Arbeit. Trotzdem bekomme ich ein Gehalt, damit das Finanzamt sich nicht wundert, wie ich in einem Town House in Lincoln Park wohnen und mit aufgemotzten Oldtimern rumfahren kann.
»Was gerade so anfällt«, sagte er. »Ist ziemlich langweilig. Aber leider muss ich jetzt etwas Dringendes erledigen. Eine Krise im Restaurant. Deshalb muss ich dich für eine kleine Weile dort absetzen. Deine Mom kommt dann und holt dich ab.«

»Aber ich muss doch erst um eins zurück sein. Ich hab gehört, wie Mom das gesagt hat.«
»Ich weiß«, sagte Mason. »Wir machen wieder was zusammen, sobald ich …«
»Wir *können* nichts mehr zusammen machen«, sagte sie, verschränkte die Arme und sah aus dem Fenster. »Ich ziehe nach Denver.«
Danach herrschte Schweigen zwischen ihnen. Adriana hatte sich wieder in ihr Schneckenhaus zurückgezogen, mit einer zusätzlichen Schicht aus Enttäuschung obendrauf. Es brachte Mason fast um, sie anzusehen und zu wissen, dass diese Sache wahrscheinlich jeden kleinen Fortschritt, den sie seit seiner Freilassung miteinander gemacht hatten, zunichtemachen würde. Er nahm sein Handy und wählte Ginas Nummer, suchte dabei schon nach den richtigen Worten, um ihr alles zu erklären.
Es gab keine richtigen Worte, um es Adriana zu erklären.

Der mittägliche Hochbetrieb war gerade in vollem Gange, als Mason das Antonia's betrat. Gut hundert Gäste, die meisten davon in Geschäftskleidung, besetzten jeden verfügbaren Tisch, und ein Dutzend Kellnerinnen und Kellner schwirrten um sie herum. Mason fragte den Oberkellner nach Diana und bekam die Auskunft, dass sie zu beschäftigt sei, um sich auch nur für eine Minute frei zu machen.
»Sagen Sie ihr, Nick ist hier. Es geht um einen Notfall.«
Adriana stand neben ihm und beobachtete das hektische Treiben. »Arbeitest du wirklich hier?«
»Ich bin nicht jeden Tag da. Aber es ist ein schönes Lokal, oder? Wir essen mal hier zusammen.«

Noch ein Versprechen, das er womöglich nicht halten konnte. Er wartete darauf, dass sie ihm wieder ihren Wegzug nach Denver entgegenhielt, aber es kam nichts mehr.
»Was gibt's, Nick?« Diana war aus der Küche aufgetaucht und wischte sich die Hände an einem Geschirrtuch ab. Sie trug ihre übliche Arbeitsuniform, ein dunkles Kostüm mit einer Bluse in einer leuchtenden Farbe. Heute war sie korallenrosa.
»Ich möchte dir Adriana vorstellen«, sagte Mason. »Meine Tochter.«
Dianas Miene war schwer zu deuten. Mason las verschiedene Dinge darin – Verwirrung, Neid, Schmerz, Ärger –, doch das alles löste sich augenblicklich auf, als sie zu Adriana hinuntersah.
»Ich freue mich sehr, dich kennenzulernen«, sagte sie und gab ihr die Hand. »Ich habe schon viel von dir gehört.«
»Sind Sie die Chefin von meinem Vater?«
Sie lachte. »Nein, eigentlich nicht. Wir arbeiten nur zusammen. Und wir leben miteinander im selben Haus.«
Jetzt war Adrianas Miene schwer zu deuten. »Sie leben mit meinem Vater zusammen?«
»Oh, nein, nicht so«, sagte Diana errötend. »Ich meine, nicht *zusammen*.«
»Schade eigentlich«, sagte Adriana. »Sie sind sehr hübsch.«
»Oh, vielen Dank«, sagte Diana und wurde noch roter. Ihr schienen die Worte zu fehlen, der Frau, die diesen um sie herum brummenden Luxusladen managte, plötzlich verlegen gemacht von einem neunjährigen Mädchen.
Endlich sah sie Mason an. »Also, wo brennt's?«
»Ich muss dich um einen kleinen Gefallen bitten«, sagte er. »Ihre Mutter ist schon hierher unterwegs, aber ich muss sofort los.«

»Spinnst du, Nick? Wir sind mitten in der größten Mittagshektik.«

»Ich hab keine andere Wahl.«

»Was ist denn so verdammt wichtig, dass du …«

Sie stockte, als sie seinen Blick sah.

»Okay«, sagte sie. »Ich kümmere mich um sie.«

»Danke. Ich bin dir was schuldig.«

»Bist du sowieso, schon vergessen?«

Mason ging auf ein Knie und umarmte Adriana. Er hielt sie ganz fest und wollte, dass die Welt aufhörte, sich zu drehen, damit er hier auf dem Boden des Restaurants bleiben konnte. Doch er zwang sich, sie loszulassen.

»Komm«, sagte Diana zu Adriana. »Ich zeige dir die Küche, und wir überreden den Chefkoch, dir dein Lieblingsgericht zu machen. Was isst du am allerliebsten?«

»Chicken-Nuggets.«

»Dann sehen wir mal, was wir tun können.« Diana nahm sie bei der Hand und führte sie weg. Mason sah ihr nach. Sie verabschiedete sich nicht von ihm, winkte nur einmal kurz und wandte sich ab.

Ein paar Minuten später fuhr er den Wagen in die Garage und ging hinaus auf die Straße, wo Quintero auf ihn wartete.

»Du bist spät dran, Mason«, sagte Quintero, als er in den Escalade stieg. »Die Uhr tickt schon für das nächste Ziel. Du hast wahrscheinlich wertvolle …«

»Das ist mir scheißegal«, sagte Mason. »Du weißt, dass ich mit …« Er unterbrach sich, wollte nicht über sie reden. Wollte in Gegenwart dieses Mannes nicht einmal ihren Namen nennen.

»Flugtickets«, sagte Quintero und reichte ihm beim Losfahren einen Umschlag. »Außerdem Führerschein und Kreditkarte mit einem anderen Namen. Du landest in Atlanta, fährst zu diesem Motel, checkst unter diesem Namen ein.«

»Was ist in Atlanta?«

»Alles, was du brauchst, findest du im Hotelsafe. Die Kombination steht da drin.«

Mason schwieg, während Quintero sich durch den Verkehr schlängelte, um zum Kennedy Expressway zu gelangen, und dann die ganze Strecke bis zum O'-Hare-Flughafen Gas gab.

Erst als sie vor dem Delta-Terminal hielten, sagte Mason: »Glaubt Cole wirklich, dass er jeden Zeugen ausschalten kann, der eventuell gegen ihn aussagt?«

»Ist nicht deine Aufgabe, dir darüber den Kopf zu zerbrechen, Mason.«

»Du weißt, dass ich nie und nimmer bis auf dreißig Meter an diesen Typ herankomme, oder? Er wird jede verfluchte Minute von einem guten Dutzend Marshals umgeben sein.«

»Wenn das so ist«, sagte Quintero, »wirst du dir was einfallen lassen müssen. Jetzt steig aus. Dein Flieger geht gleich.«

Als Mason die Tür aufstieß, fühlte er sich auf einmal zurückgehalten.

»Lass dich nicht umbringen«, sagte Quintero und sah ihm in die Augen. »Das wäre für uns beide nicht gut.«

»Wusste gar nicht, dass du so an mir hängst«, sagte Mason.

»Vete a la mierda.«

Quintero sauste los, sobald Mason die Wagentür hinter sich zugeworfen hatte. Ihm schien, als hätte sich etwas verändert, irgendetwas Grundlegendes in seinem Verhältnis zu diesem Mann, der ihm seine Aufträge erteilte. Der den Befehl hatte, seine Ex-Frau und seine Tochter zu töten, falls er je versagen sollte.

Doch er hatte jetzt keine Zeit, darüber nachzudenken. Er musste einen Flug erreichen. Und eine weitere Zielperson töten.

12

Nick Mason stieg unter dem Namen James L. Wilson in Atlanta aus dem Flugzeug, mietete ein Full-Size-SUV, Modell Ford Exposition, und fuhr zu einem Hotel in der Nähe des ausgedehnten Flughafengeländes, um die Ausrüstung für seinen Auftrag zu holen.

Im Hotelzimmer angekommen, öffnete er den Kleiderschrank und den Wandsafe darin. Der erste Gegenstand, den er herauszog, sah aus wie ein flacher schwarzer Rucksack. Als er ihn auf das Bett legte und aufrollte, erkannte er die Bestandteile eines Remington-Defense-Scharfschützengewehrs mit Kammerverschluss und einem kohlenstofffaserverstärkten Lauf samt Schalldämpfer. Er baute es zusammen, klappte das Zielfernrohr auf und blickte hindurch. Die Waffe fühlte sich unglaublich leicht an, aber er wusste, dass Eddie damit eine der beiliegenden 7,62-mm-NATO-Patronen auf dreihundert Meter Entfernung durch einen Vierteldollar schießen konnte. Er selbst vielleicht auf zweihundert Meter.

Der nächste Gegenstand war ein kleiner Waffenkoffer mit einer HK USP Full-Size-Tactical-Halbautomatik, geladen mit Neun-Millimeter-Para. Dasselbe Modell, das er bei seiner letzten Mission im Aqua benutzt hatte. Mit dem er Ken McLaren umgebracht hatte.

Mason nahm die letzten beiden Gegenstände heraus, ein Leica-Fernglas mit tausendfünfhundert Meter Sichtweite sowie einen großen Umschlag voller Unterlagen, die er neben der Sniper-Rifle auf dem Bett ausbreitete.

Das erste Blatt war ein Polizeifoto von einem großen kräftigen Schwarzen mit einer Miene, die eine Mischung aus Widerwillen und Weltverdrossenheit zeigte. Er hielt ein Namensschild vor sich, weiße Buchstaben auf schwarzem Grund: Isaiah Jeremiah Wallace.
Dann eine Serie von ausgedruckten Fotos, grobkörnig und wahllos aufgenommen, vermutlich mit einem Handy. Als er sie nacheinander betrachtete, erkannte er, dass es sich um einen detaillierten Routenplan handelte, mit einer Liste von Zwischenstopps und Wegpunkten, alles minutengenau festgelegt.
Dazu eine Karte mit einer markierten Route, die fast ausschließlich auf Nebenstraßen verlief, von einer Kleinstadt bei Houston, Texas, zu einem Zielort in den Appalachian Mountains etwa hundert Kilometer nördlich von Atlanta.
Mason sah sich die Routenbeschreibung noch einmal genauer an und dann das Ziel auf der Karte.
Schließlich warf er die Karte aufs Bett und starrte zum Fenster hinaus.
»Verdammte Scheiße!«

Während er in nördliche Richtung losfuhr, nahm er sein Handy und wählte.
Quintero ging nach dem ersten Klingeln ran. »Was ist?«
»Sag, dass das ein Witz sein soll. Ein Lager der Army Rangers?«
»Am Telefon? Was ist los mit dir?«
»Los ist, dass ich nicht weiß, wie ich in ein Lager der Army Rangers reinkommen soll.«
»Brauchst du nicht«, sagte Quintero. »Du hast die Route, du erwischst ihn, bevor sie dort ankommen.«

»Woher habt ihr die Route?« Mason blätterte mit der freien Hand durch die Ausdrucke.
»Das fällt unter ›Kenntnis nur bei Bedarf‹, und du hast keinen Bedarf«, sagte Quintero. »Mach einfach deinen Job.«
»Wenn sie dieses Lager erreichen, bin ich im Arsch. Das weißt du.«
»Ja, weiß ich«, entgegnete Quintero. »Und du weißt: Wer nicht im Arsch sein will, kneift ihn zusammen.«
Das Gespräch endete, bevor Mason noch etwas erwidern konnte. Er warf das Handy auf den Beifahrersitz und fuhr weiter. Beim Blick auf seine Armbanduhr addierte er eine Stunde Zeitverschiebung hinzu. Er hatte noch fünf Stunden, und die Sekunden tickten laut in seinem Kopf.

Fünfhundert Kilometer weiter südwestlich durchquerte eine kleine Autokolonne den Staat Alabama. Bruce Harper saß auf dem Beifahrersitz eines unmarkierten Chevy-Express-Kleinbusses, der speziell für den US-Marshals Service mit einem Turbodiesel-V8-Motor und getönten schusssicheren Scheiben ausgestattet worden war.
Vier Deputy Marshals fuhren mit ihm im Wagen, und zwischen den beiden auf der mittleren Bank saß Isaiah Wallace. Sie wechselten sich alle vier Stunden beim Fahren ab, um frisch zu bleiben. Heute würden sie insgesamt fünfzehn Stunden unterwegs sein, ein Führungsfahrzeug, ein SUV mit zwei Deputy Marshals darin, bildete die Vorhut und ein weiteres SUV mit zwei weiteren Marshals die Nachhut.
Für den Fall, dass Cole Späher ausgeschickt hatte, hatte Harper die noch nie dagewesene Sicherheitsmaßnahme getroffen, einen Lockvogel – einen Marshal im Ruhestand,

der Isaiah Wallace ähnlich sah – an die Westküste fliegen zu lassen. Soweit die mit dem Einsatz beauftragten Marshals wussten, war der Mann, den sie beschützten, tatsächlich Isaiah Wallace. *Ob das funktionierte?* Harper war sich nicht sicher, aber er würde alles tun, um das Risiko zu minimieren, dass der echte Wallace das zweite Todesopfer im WITSEC-Programm innerhalb einer Woche wurde.

Sein Einfallsreichtum war nicht zum ersten Mal gefragt. Er wusste schon gar nicht mehr, wie oft er prominente Kronzeugen in Zeitungswagen, Cateringtrucks oder sonst irgendetwas, das nicht nach offiziellem Behördenfahrzeug aussah, zum Gericht und wieder zurück hatte transportieren lassen.

Jetzt aber stand mehr auf dem Spiel denn je. Als Harper seine Mitarbeiter in Arlington kontaktiert hatte, hatte er sie gebeten, nach der bestmöglichen Unterbringung für Wallace bis zum Abschluss des Wiederaufnahmeverfahrens zu suchen. Einer von seinen Verwaltungsleuten hatte eine Stunde später zurückgerufen und ihm einen Vorschlag unterbreitet.

Der Mann war ein Army Ranger gewesen, bevor er zu den Marshals kam, und er berichtete ihm von einem einundsechzigtägigen Intensivtraining, das er einmal absolviert hatte. Dabei war seine Einheit in Fort Benning, Georgia, Hindernisstrecken und Nachtpatrouillen gelaufen, hatte sich dann im Camp Merrill in den Appalachians von Berghängen abgeseilt und war schließlich mit dem Fallschirm nach Camp Rudder in Florida abgesprungen, um dort mit Alligatoren und Schlangen durch die Sümpfe zu schwimmen.

»Diese Zeit in den Bergen, in Camp Merrill …«, hatte der Verwaltungsbeamte gesagt. »Ich weiß noch, wie ich gedacht habe, das ist einer der abgelegensten Orte, die ich je gesehen habe, und niemand da außer Rangers in der Ausbildung. Abgesehen von zwei kleinen Gästehäusern für Zivilisten.«

Harper hatte schon öfter hochgefährdete Klienten auf Militärbasen untergebracht, aber noch nie an einem solch einsamen Standort. Sobald er von der Idee hörte, wusste er, wohin er Wallace bringen würde.

Er sah auf seine Uhr.

Noch fünf Stunden, dann konnte er sich entspannen.

Mason fuhr auf der Landstraße durch einen kleinen Ort namens Dahlonega, hinter dem er auf eine in die Berge führende Serpentinenstraße abbog. Er kam am Verkaufsstand einer Farm vorbei, an dem gekochte Erdnüsse angeboten wurden, und danach wurde der Wald immer dichter und bildete einen natürlichen Tunnel. Er schaltete das Licht ein und fuhr weiter gegen die Zeit an. Nach wie vor hatte er keinen blassen Schimmer, wie er einen aus drei Fahrzeugen bestehenden Konvoi angreifen sollte. Einen Konvoi, in dem, den Unterlagen zufolge, acht zum Schutz von Wallace abgestellte Marshals saßen, plus der stellvertretende Leiter von WITSEC persönlich, ein Mann namens Bruce Harper.

Die Straße stieg immer weiter an, bis er ein Hinweisschild sah, das die Entfernung zum Camp Merrill mit anderthalb Kilometern angab. Kurz davor kam er an eine Straßengabelung. Geradeaus lag der Eingang zum Camp, ein Tor mit einem grünen Transportlaster davor, neben dem rechts und links je ein Mann stand, während weitere Army Rangers hinten drin hockten. Manche davon sahen ihm nach, als er scharf rechts abbog und weiter den Berg hinauffuhr. Einen halben Kilometer später endete die Straße an einer Kehre, und Mason hielt an.

Er nahm das Fernglas mit und bahnte sich einen Weg zwischen Bäumen und Unterholz zu einem Aussichtspunkt mit Blick über das Lager, das auf ebenem Gelände halb verborgen unter ihm lag und auf der anderen Seite ebenfalls von einem steilen Berghang begrenzt wurde. Der Transportlaster befand sich jetzt innerhalb des Camps, und die beiden Wachposten standen wieder in ihrem Wachhäuschen. Er folgte dem Begrenzungszaun mit dem Blick und erkannte vier lange, parallel zueinander stehende Kasernengebäude, ein Dutzend weitere Gebäude darum herum, eine kleine Lichtung mit einem Helikopter auf dem Landeplatz sowie einen einzelnen Wasserturm hoch über dem Lager. Eine lange Schlange von Rangers in Wald-Tarnanzügen hatte sich vor einem Eingang gebildet, vermutlich der zur Kantine.

All das bestätigte nur, was er sich schon gedacht hatte. *Wenn Wallace dieses Camp erreicht, habe ich keine Chance mehr.*

Er ging zurück zum Ford und nahm die Karte und den Routenplan heraus. Die Zeit lief ihm davon, und er musste schleunigst eine Stelle finden, wo er dem Konvoi auflauern konnte. Er versuchte, sich in die Marshals hineinzudenken. Dann hatte er die zündende Idee.

Sie werden einen möglichen Hinterhalt zwischen sich und dem Stützpunkt erwarten.

Sie rechnen mit einem Angriff von vorn.

Sie denken nicht an einen Überfall von hinten.

Er studierte die Karte und entdeckte einen S-förmigen Straßenabschnitt, der ihm geeignet erschien. Dann sah er erneut auf die Uhr und fuhr zu der ausgewählten Stelle. Sie war nicht ideal – die Straße war ein bisschen zu breit, die Kurven waren nicht eng genug, der Rand fiel nicht steil genug ab –, aber es konnte funktionieren. Zu den Pluspunkten zählte, dass der Abschnitt baumbestanden war und zum Camp hin anstieg. Sie würden langsamer fahren müssen, und ihr Augenmerk würde auf die Straße vorn und den nahen Stützpunkt gerichtet sein – nicht auf das, was hinter ihnen war. So hoffte er jedenfalls.

Es wurde Zeit, den Konvoi ausfindig zu machen.

Die Sonne war schon lange untergegangen, als die Kolonne das Städtchen Dahlonega erreichte, den letzten Ort vor der langen gewundenen Straße zum Camp Merrill hinauf. Nach der Strecke von dreizehnhundert Kilometern ab Houston waren sie jetzt nur noch knapp dreißig Kilometer vom Ziel entfernt. Harper hätte erleichtert sein können.

Doch er war alles andere als das.

Seit sie an diesem Morgen losgefahren waren, kreisten seine Gedanken immer wieder um eine Frage: *Dieser Detective war sich verdammt sicher, dass es Nick Mason war, der McLaren in Chicago erschossen hat … Aber woher wusste Mason, wo er ihn antreffen würde?*

Harper ging immer noch von einem lokalen Sicherheitsverstoß aus. Ein Deputy Marshal in Chicago, der irgendwann das Falsche zur falschen Person gesagt hatte. Oder einfach nur saublödes Pech. Jemand aus McLarens früherem Leben, seiner Heimatstadt, der ihn zufällig beim Betreten des Aqua gesehen hatte. So erklärte Harper sich die erste und einzige Katastrophe dieser Art in der Geschichte des Marhals Service.

Aber was, wenn er sich irrte? Wenn es doch eine undichte Stelle im Innern gab, vielleicht sogar in seiner eigenen Dienststelle? Vor ein paar Tagen noch wäre das ein abwegiger Gedanke gewesen. Sonst hätte er nicht dieses aufwendige Theater mit dem Lockvogel inszeniert. Doch jetzt …

Er könnte hier in Georgia sein, dachte Harper. *Er könnte schon auf uns warten. Und wenn das so ist …*

Er sah wieder auf die Karte.

Hier würde er zuschlagen. Genau hier, auf dieser Bergstraße.

»Links kommt gleich eine Farm«, sagte er zu dem Fahrer. »Ich möchte, dass Sie dort reinfahren.«

»Ist das Ihr Ernst? Wir sind fast beim Camp.«

Er ist hier, dachte Harper. *Mason ist hier.*

Ich spüre es.

»Das ist ein Befehl«, sagte er knapp und griff zum Funkgerät, um das Führungsfahrzeug zu warnen. »Ich werde den Kommandanten anrufen und ihn um einen Gefallen bitten.«

Mason passierte den Konvoi, als er auf dem Highway 400 in südliche Richtung fuhr. Die drei Fahrzeuge wurden kurz von seinen Scheinwerfern beleuchtet: zwei SUVs und ein Minibus in der Mitte, genau wie in den Unterlagen beschrieben. Er fuhr noch einen knappen Kilometer weiter, bis sie außer Sicht waren, ging vom Gas und kehrte um.

Er machte Tempo, um den Abstand zu verringern, und blieb dann etwa einen halben Kilometer hinter ihnen. Dabei ging er den Ablauf im Kopf durch. *Das Nachhutfahrzeug von der Straße drängen, ehe der Bus Zeit zu reagieren hat.* Selbst wenn der Fahrer aufs Gas trat, würde das Führungsfahrzeug nicht so schnell mithalten können. Auf der schmalen Straße würde der Bus keinen Manövrierraum haben, so dass er ihn leicht angreifen konnte. Das Führungsfahrzeug würde wahrscheinlich anhalten, doch da wäre er schon ausgestiegen. Alles, was er von da an brauchte, waren Panik und Glück.

Das war seine einzige Chance.

Die Kolonne befand sich jetzt auf dem letzten Streckenabschnitt zum Camp und fuhr zügig, ohne waghalsig zu werden. Mason rückte näher heran und wartete darauf, dass sie das offene Grundstück der Farm hinter sich ließ und wieder in den dichten Wald eintauchte, ehe sie vor der Kurve abbremsen musste. Das war der Moment, in dem er zuschlagen musste.

Er trat aufs Gaspedal, verringerte den Abstand.

Vierhundert Meter bis zum Zielbereich.

Hundert Meter.

Dann sah er Bremslichter in der Dunkelheit aufleuchten.

Was machen die?

Er sah, wie alle drei Fahrzeuge von der Straße abbogen und in die lange Zufahrt zu der Farm einschwenkten. Eine Ansammlung von Gebäuden zeichnete sich am Ende ab, eine große Scheune, zwei Wellblechschuppen, ein Wohnhaus mit einem warmen Licht darin. Mason blieb nichts anderes übrig, als weiterzufahren. Er ließ die Farm hinter sich und folgte der Straße in den Wald hinein.

Das war nicht vorgesehen, dachte er. *Haben sie mich entdeckt?*

Er bretterte noch einen halben Kilometer weiter bergauf, kam schleudernd zum Stehen und schaffte es, in einer schmalen Lücke zwischen den Bäumen zu wenden. Dann fuhr er zurück; das Licht ausgeschaltet, ließ er den Wagen so lautlos wie möglich rollen. Kurz vor der Farm fuhr er rechts ran, zwei Räder auf dem unbefestigten Straßenrand. Er schnappte sich das Scharfschützengewehr und stieg aus, schloss leise die Tür. Geduckt arbeitete er sich zwischen Bäumen und Büschen voran, nun bei völliger Dunkelheit, zerkratzte sich das Gesicht an Ästen und dornigen Zweigen, bis er das Grundstück erreicht hatte und die Farm vor sich sah.

Alle drei Fahrzeuge standen dort mit abgestellten Motoren. Lichter aus, Türen geschlossen.

Dreihundert Meter, dachte er. *Vielleicht mehr, vielleicht weniger.* Es war schwer, die Distanz in der Dunkelheit zu schätzen.

Er wartete kniend am Waldrand ab, während die Luft sich um ihn herum abkühlte, Insekten um seine Ohren schwirrten und die Feuchtigkeit aus dem Boden sein Hosenbein durchnässte.

Dann hörte er ein Geräusch.

Schwach zuerst, ein fernes Gebrumm, dann lauter. Ein dumpfes rhythmisches Surren, das in das ohrenbetäubende Knattern von Rotorblättern überging. Erde, Kies und herabgefallene Zweige wurden aufgewirbelt.

Ein Hubschrauber.

Verdammter Mist.

Zwei Minuten später landete der Helikopter. Und es war nicht irgendeiner, sondern ein großer Black Hawk, der den Himmel erhellte und beim Landen einen Suchscheinwerfer auf den Boden richtete. Mason stützte den Lauf der Flinte auf einen Ast in der Nähe, um sie ruhig zu halten, atmete tief ein und blickte durch das Fernrohr. Er führte das Fadenkreuz über den langen Rumpf, vier Fenster, Gott weiß wie viele Sitze, jedenfalls genug Platz für die Insassen aller drei Fahrzeuge.

Er beobachtete, wie zwei Männer in schwarzen Windjacken aus einem der SUVs ausstiegen und auf den Heli zurannten, die Köpfe gebeugt gegen den Wirbelwind aus Staub von den Rotorblättern. Wieder ein langer Moment des Wartens, bis die Türen des Minibusses aufgingen und fünf Männer herauskamen. Sie wurden von dem Suchscheinwerfer des Hubschraubers beleuchtet, und er musterte sie nacheinander im Fadenkreuz. Windjacke, noch eine Windjacke.

Dann er. Das war Wallace. Der Größte und Massigste, aber auch derjenige, der sich nicht mit dem trainierten Selbstvertrauen eines US-Marshals bewegte, sondern wie ein gehetztes Tier, das sich huschend in Sicherheit bringt.

Mason richtete das Fadenkreuz auf das Zielobjekt, bewegte es von links nach rechts. Begann, den Abzug zu drücken.

Dann war das Ziel plötzlich weg. *Was zum …* Mason hob den Kopf, gerade als Wallace hinter dem Heli verschwand. Er stieg durch die offene Tür auf der anderen, von ihm abgewandten Seite ein.

Jetzt kamen zwei weitere Marshals von dem dritten Wagen herbeigerannt. Sobald sie an Bord waren, würde der Hubschrauber starten, und Wallace würde erst innerhalb des Camps wieder festen Boden betreten. Das würde Mason allerdings nicht zu sehen bekommen, denn bis er zurück zu seinem Wagen gelaufen und die Straße raufgefahren wäre, hätten die Marshals Wallace längst in einem der Gebäude in Sicherheit gebracht.

Hilflos sah er zu, wie der Helikopter langsam vor- und zurückschaukelte. Er war dabei abzuheben.

Als Mason auf das hintere Ende des Helis zielte – er konnte den Heckrotor nicht sehen, seine Position nur nach Augenmaß und Gedächtnis schätzen –, hörte er Eddies Stimme in seinem Kopf.

Rumpfmitte. Rumpfmitte.

Immer, wenn du versuchst, einen von diesen Hollywoodschüssen zu landen, setzt du dein eigenes Leben aufs Spiel. Und das war mehr als ein Hollywoodschuss. Das war eine Verzweiflungstat. Seine Wohlfühldistanz betrug zweihundert Meter, und das bei Tageslicht und beim Schießen auf unbewegliche Pappziele mit Eddies Gewehr. Der Heckrotor dagegen schwankte mindestens dreihundert Meter entfernt im Dunkeln hin und her.

Den Konturen des Hubschrauberrumpfs folgend, zielte er ein Stück darüber, dann noch etwas höher, um der Schwerkraft Rechnung zu tragen, und feuerte einmal, wobei der Knall nur halb vom Lauf gedämpft wurde. Waren die knatternden Rotorblätter laut genug, um den Rest zu übertönen?

Als er den Verschluss zurückzog und erneut schoss, glaubte er, einen Funken aufglimmen zu sehen. Kontakt mit dem Rotor? Er lud erneut durch und feuerte wieder. Und noch einmal. Die ausgeworfenen Patronenhülsen landeten irgendwo im Unterholz. Nicht nötig, sie aufzusammeln, sie waren nicht zurückverfolgbar. Der Helikopter, dessen Landekufen ein bis zwei Meter über dem Boden schwebten, stieg nicht weiter auf. Er wirkte plötzlich unstabil, das Heckrotorgehäuse schwang abrupt nach links, dann nach rechts. Mason hielt die Luft an, bis der Heli schließlich wieder zu Boden plumpste. Der Zweizylindermotor wurde ausgeschaltet, nur die Rotorblätter drehten sich noch.

Er wartete ab, sah keine Bewegung. *Schlaue Reaktion,* dachte Mason. *Im Hubschrauber warten, Verstärkung rufen. Sämtliche Rangers in diesem Camp werden gleich die*

Straße da runtergeschwärmt kommen. Sie finden meine Karre. Dann finden sie mich.
Er zielte erneut auf den Heli, knapp über die Fenster, und feuerte einen Schuss nach dem anderen ab, lud so schnell durch, wie es nur ging. Denen sollten die Ohren dröhnen in dem Ding, sie sollten keinen Zweifel haben, dass sie unter Beschuss standen, möglichst sogar von mehreren Schützen ausgehen.
Hauptsache, sie bewegten sich endlich.
Mason feuerte noch dreimal, dann ging die Außenbeleuchtung an dem Hubschrauber aus. Er hatte Mühe, im Dunkeln zu sehen, nur ein schmaler Streifen Mondlicht fiel durch eine Lücke in den Wolken. Zwei Schatten bewegten sich von dem Heli zu einem der SUVs. Die Innenbeleuchtung ging kurz an, dann gleich wieder aus. Er konnte nicht erkennen, wer dort drin war, aber darauf kam es nicht an. Vor allem sollte der Wagen nicht wegfahren, zumindest nicht mit Tempo, also visierte er den rechten Vorderreifen an. Ein Schuss, und er sah Gummifetzen durch die Luft fliegen.
Das Fahrzeug startete, rollte auf drei Reifen über das Gras. Jetzt hatte Mason freie Sicht auf den rechten Hinterreifen des zweiten SUV. Er nahm ihn ins Fadenkreuz und feuerte, sah eine weitere Explosion von Gummiteilen. Jetzt blieb nur noch der Kleinbus, aber da gab es keine gute Zielmöglichkeit auf einen der Reifen. Er wartete ab, was sie als Nächstes tun würden. Noch mehr Schatten schlüpften aus dem Hubschrauber. Unmöglich zu sehen, was ein Marshal, was ein Ranger, wer Isaiah Wallace war. Der Minibus setzte sich in Bewegung, und Mason nahm die der Straße zugewandte Seite der SUVs ins Visier, in der Annahme, dass er vorwärtsfahren würde. Stattdessen aber rollte er

auf den Hubschrauber zu. Mason brauchte einen Moment, um zu begreifen, dass sie den Bus dort heranfuhren, um Wallace einzuladen, der keine Sekunde lang eine Zielscheibe bieten sollte. *Das ist ein Fehler,* dachte Mason, denn nun konnte er auf die Reifen schießen. Er zielte und drückte ab, sah aber keinen Treffer. Er zog den Verschluss noch einmal zurück und schoss auf einen der Hinterreifen, kurz bevor der Bus hinter dem Helikopter verschwand.

Wieder verfehlt.

Mason war müde und hungrig und fror. Alles hatte sich gegen ihn verschworen, vor allem das geringe Licht. Er schüttelte sich und schloss für einen Moment die Augen. Dann wollte er erneut durchladen, fühlte und hörte jedoch nur das Klicken einer leeren Kammer.

Ihm blieb nicht einmal Zeit zum Fluchen, denn der Bus fuhr schon weiter. Er hörte die Reifen kreischend in der feuchten Wiese durchdrehen, sah sie dann Halt finden und das Fahrzeug die geteerte Einfahrt erreichen. Bevor es zur Straße kam, war er schon auf den Beinen. Es bog nach rechts ab, weg vom Camp. Der Fahrer fuhr offenbar den Weg zurück, den sie gekommen waren.

Mason kämpfte sich durch den dunklen Wald. Äste peitschten ihm ins Gesicht, sosehr er auch versuchte, sich mit den Armen abzuschirmen. Jede Sekunde kam ihm wie eine Ewigkeit vor, während er sich stolpernd und hangelnd zu seinem Wagen am Straßenrand durchschlug. Als er die Fahrertür aufriss und sich hinters Steuer schwang, sah er den Bus im Geiste schon meilenweit die Straße herunter.

Er gab Gas und nahm die Verfolgung auf.

Harper fuhr selbst, wollte das keinem anderen überlassen. Nicht jetzt, da die Sicherheit eines weiteren Zeugen auf dem Spiel stand.
Es war seine Entscheidung gewesen loszulaufen, als die Kugeln auf die Hubschrauberkabine eingeprasselt waren, auch wenn er keine Ahnung gehabt hatte, von wo sie kamen. Es hörte sich zwar an, als würde dort draußen die reinste Kriegshölle toben, aber sein Bauchgefühl sagte ihm, dass es wieder nur dieser eine Mann war. Nick Mason. Trotzdem konnte er einen Komplizen oder zwei oder Gott weiß wie viele nicht ausschließen. Genauso wenig, dass die Schüsse nur dazu dienten, sie im Hubschrauber festzuhalten, während der Rest der Killerbande näherrückte.
Er hatte nicht warten wollen, bis weitere Rangers es die Strecke vom Camp bis dort runter geschafft hatten. Also hatte er Wallace in den Minibus gesetzt, und nichts wie weg.
Jetzt donnerte er die lange, gewundene Straße hinunter und versuchte, sich zu erinnern, wie weit es bis zu dem Ort war, durch den sie gekommen waren. Er fuhr schnell in eine enge Kurve, fühlte die Fliehkraft an dem Bus zerren und trat im Reflex zu fest auf die Bremse. Bei einem Blick in den Rückspiegel sah er Isaiah Wallace' furchtsam aufgerissene Augen.
»Niemand wird Hand an Sie legen«, sagte Harper zu ihm, ohne sich umzudrehen. Wallace, wieder zwischen zwei Marshals, blieb stumm.
Als er auf einen geraden Abschnitt traf, trat Harper das Gaspedal durch. Der Van hatte einen leistungsstarken Motor, war aber toplastig, und er bereute es langsam, so viele Männer mitgenommen zu haben – vier von seinen Marshals und einen von den Ranger Captains.

Vor der nächsten Kurve blickte er prüfend in den Seitenspiegel. Kein Anzeichen von jemand hinter ihnen.
Wieder eine gerade Strecke.
Dann sah er die Scheinwerfer.

Mason holte alles aus dem SUV heraus, schnitt jede Kurve, streifte die Bäume. Er war einst den Bullen auf den Straßen von Chicago davongefahren, meist in einem gestohlenen Auto, aber das war vor vielen Jahren gewesen, als er noch jung und dumm genug war zu glauben, er könnte alles überleben. Heute wusste er es besser. Eine Kurve zu scharf genommen, eine Ölpfütze auf der Straße, und er würde mit hundertzwanzig Sachen gegen einen dieser Bäume knallen.
Aber er wusste auch, dass seine Chancen von eins zu einer Million auf null sinken würden, sobald sie den Ort unten erreichten. Er musste sie jetzt erwischen.
Er drückte noch mehr aufs Tempo und fühlte den Wagen für eine Schrecksekunde seitlich ausbrechen, als er um die nächste Kurve bretterte. Dann hatte er wieder Bodenhaftung, überkorrigierte und fuhr Schlangenlinien, bis er den Wagen endlich wieder unter Kontrolle hatte.
Nach der nächsten Biegung glaubte er, vorn etwas rot aufleuchten zu sehen, jagte ein gerades Straßenstück hinunter und schleuderte waghalsig um die nächste enge Kurve.
Dann sah er einen halben Kilometer weiter vorn die Rücklichter.
Mason fuhr noch schneller und warf jede restliche Vorsicht über Bord. Er schätzte, dass er circa drei Kilometer von dem letzten waldfreien Abschnitt entfernt war, bevor die Bergstraße an einer Kreuzung außerhalb des Städt-

chens endete. Die Bremslichter leuchteten wieder auf, als der Bus um die nächste Kurve bog. Mason tippte seine Bremse nur kurz an und hatte hinter der Kurve merklich aufgeholt. Jetzt war er nur noch zweihundert Meter hinter dem Bus und nutzte den nächsten geraden Straßenabschnitt, um die halbautomatische Pistole vom Beifahrersitz zu nehmen.

Wieder eine Kurve, wieder Boden gutgemacht. Noch eine, dann würde er nahe genug dran sein. Als er die beiden vorderen Seitenfenster herunterließ, strömte die Nachtluft herein und wirbelte um seinen Kopf wie ein Hurrikan.

Sie kamen zu einer breiten Rechtskurve, was bedeutete, dass der Minibus nach links schwenken würde, was wiederum bedeutete, dass Mason die Kurve enger nehmen und seine Schnauze dessen rechter Seite nähern konnte. Er hängte sich in die Kurve, Äste knallten gegen den Fensterrahmen und bespritzten ihn mit Zweigen und Blättern. Nach der Biegung packte er das Steuer fester, um den SUV auf der inneren Fahrbahn zu halten, und auf einmal war er direkt neben dem Bus.

Der Bus schwenkte wieder zur Straßenmitte ein und streifte Masons linken vorderen Kotflügel. Er hatte Mühe, das Steuer unter Kontrolle und den Wagen gerade zu halten, bis er die Pistole sicher mit der Linken greifen konnte. *Scheiß linkshändiger Schuss,* dachte er, als er auf einen Hinterreifen zielte und ihn verfehlte. Dann schwenkte der Van nach rechts und streifte ihn wieder, und er fühlte, wie ihm alles entglitt. Schnell riss er das Lenkrad herum und knallte mit grässlichem Blechknirschen gegen die Seite des Busses, aber der Zusammenprall warf seinen eigenen Wagen wieder in die Spur und verschaffte ihm noch eine Chance, auf die Reifen des anderen Fahrzeugs zu schießen. Wie in Zeitlupe zerfetzte die Kugel den Reifen, und im selben Augenblick verlor der Fahrer sowohl an Tempo als auch an Kontrolle und schnitt Mason. Es gab einen neuen Zusammenstoß, der diesmal heftig genug war, um ihm das Steuer zu entreißen, und dann sah er plötzlich die Unterseite des Vans, der sich überschlug und noch mal und noch mal, während er selbst voll auf die Bremse trat und dem Van in den Bergwald folgte.

Der Bus knallte zuerst gegen einen Baum, dann Mason. Der Airbag schoss heraus und in sein Gesicht wie die rechte Gerade eines Schwergewichtlers.

Dann kam alles zum Stillstand.

Eine Zeitlang war da gar nichts. Schwarze Stille. Dann eine Art Klingeln und zwei schmale Lichtstrahlen. Die Strahlen verschmolzen zu einem einzigen, und Mason fokussierte seinen Blick auf die Innenlampe neben der Sonnenblende. Er schüttelte seinen Kopf frei und wartete darauf, dass die Schmerzen ihn wie brutale Brecher überrollten. Doch als er an sich heruntersah, stellte er fest, dass alle vier Gliedmaßen noch dran waren. Sein Herz schlug. Er atmete. Der erste Versuch, die Tür zu öffnen, scheiterte, also drehte er sich, mühsam und schwindelig vor Anstrengung, so herum, dass er die richtige Position hatte, um sie aufzutreten.

Er kletterte aus dem Wagen und sah den Bus auf dem Dach liegen, eins der Räder drehte sich noch. Gebückt griff er in den Ford und angelte die Pistole heraus. Während er auf den Bus zuging, holte er die Sturmmaske aus der Gesäßtasche und zog sie übers Gesicht.

Er wusste nicht, wie lange er bewusstlos gewesen war und was er vorfinden würde. Er spähte durch das gesprungene

Fenster und sah mehrere Männer kreuz und quer übereinanderliegen. Auch Blut sah er, aber keine schweren äußeren Verletzungen. Keine Ahnung, ob sie lebten oder tot waren. Und keine Zeit nachzusehen.
Er zählte sechs Männer. Fünf Marshals in Windjacken. Einer in einem Tarnanzug der Armee.
Mason richtete sich auf und ging um das Fahrzeug herum. Auf der anderen Seite war ein Fenster vollständig herausgebrochen, die Öffnung groß genug, dass jemand hindurchklettern konnte. Er ging in die Hocke und sah einen Blutstropfen im Mondlicht schimmern.
Wallace ist raus.
Er ist fort.

Als Harper aufwachte, versuchte er vergeblich, sich aus seiner Lage zu befreien – er war in dem auf dem Kopf stehenden Wagen unterm Lenkrad eingeklemmt. Der Ranger lag neben ihm, die Augen geschlossen.
»Captain«, sprach er ihn an, aber es kam keine Antwort. Er betastete den Hals des Mannes. Ein Puls. Er lebte.
»Wer ist noch da?«, fragte er. »Wer kann mich hören?«
Nichts. Er drehte den Kopf, zählte die Männer. Einer fehlte. Wallace. *Verdammt.*
Harper stemmte sich wieder gegen das Lenkrad, um irgendwie dort rauszukommen. Dann hörte er Schritte. Er verhielt sich still, während jemand um den Transporter herumging. Kurz darauf sah er die Schuhe des Mannes, seine Hose. Dann einen Pistolenlauf, als er sich bückte, um durchs Fenster hereinzublicken. Harper hielt die Luft an und erhaschte einen kurzen Blick auf den Kopf, der jedoch von etwas Schwarzem verdeckt war.

Mason, dachte er. *Ich weiß es.*

Er wartete, bis der Mann sich wieder entfernte, und unternahm dann einen neuen Befreiungsversuch, jedoch mit geringem Erfolg. Die nächste Herausforderung war, an sein Handy zu gelangen. Es dauerte eine Ewigkeit, aber irgendwann schaffte er es, das Ding aus der Hosentasche zu ziehen, woraufhin es klappernd herunterfiel. Wieder eine Ewigkeit, bis er es heraufgeangelt hatte. Als er es endlich in den Händen hielt, rief er die Notrufnummer der Marshals an. Besser als neun-elf, denn die Kollegen würden nicht nur die Polizei und den Notarzt schicken, sondern auch Camp Merrill verständigen. Von dort hatte man schon einen Lastwagen voller Rangers zur Rettung des Helikopters entsandt. Jetzt würden auch alle anderen Soldaten im Camp geweckt und hinausgeschickt werden, um Mason zu suchen.

Ein paar hundert bestens ausgebildete Army Rangers, alle aus ihren wenigen, kostbaren Stunden Schlaf gerissen, alle miesester Laune, wenn sie gleich in den Wald stürmten. Keine Übung diesmal, sondern ein echter Feind.

Diesmal kann Mason nicht entkommen, sagte Harper sich. *Ich hoffe nur, sie finden ihn, bevor er Wallace findet.*

Als er weiter versuchte, sich aus dem Wagen herauszuarbeiten, schoss ihm ein neuer Gedanke durch den Kopf: *Die undichte Stelle war doch nicht in Chicago. Ich habe einen korrupten Marshal in meinem eigenen Haus.*

Mason nahm seine Taschenlampe und folgte der Blutspur. Er wusste nicht, wie schwer verletzt Wallace war und wie schnell er vorankam, hörte aber schon Sirenen in der Ferne. Die Zeit drängte.

Er folgte der Spur etwa hundert Meter tief in den Wald, der immer dunkler und unheilverkündender wurde. Dann blieb er einen Moment stehen und lauschte. Hörte irgendwo vorn etwas. Er ging weiter, sah Anzeichen, dass jemand sich kurz vor ihm hier durchs Unterholz gekämpft hatte. Noch mehr Blut auf dem Boden.

Er ist ganz nah. Ich muss vorsichtig …

Der Schlag traf ihn, bevor er den Gedanken zu Ende denken konnte. Etwas Schweres auf den Nacken, das ihn der Länge nach zu Boden warf. Die Pistole glitt ihm aus der Hand, als er sich gerade noch rechtzeitig auf den Rücken rollte, um etwas auf seine Brust niedergehen zu sehen. Er rollte sich weiter, fühlte das Ding seine Rippen streifen und sah eine mächtige Gestalt über sich aufragen, die das Mondlicht abhielt.

Mason packte den Mann am Bein, fühlte Stoff, die Masse von Muskeln und Knochen. Er zog daran, gerade als der Mann den Ast wieder schwang, woraufhin er rückwärts wegkippte und beim Auftreffen einen Schmerzensschrei ausstieß. Mason kam auf die Knie und schlug ihn ins Gesicht. Einmal, zweimal, ein drittes Mal zur Sicherheit. Dann fand er seine Taschenlampe neben ihm auf dem Boden und suchte damit nach der Pistole.

Als er sie gefunden hatte, wischte er sie sauber und richtete sie auf Isaiah Wallace, der sich inzwischen aufgesetzt hatte.

»Lass mich dein Gesicht sehen«, sagte Wallace.

Mason zog die Sturmmaske hoch.

»Warum muss der Todesengel immer ein weißer Junge sein?«

»Sie wissen, wer mich schickt«, sagte Mason.

Wallace nickte. »Ja, klar.«

Er klang beinahe erleichtert und atmete geräuschvoll aus. »Wenn du's tun willst, tu's, Weißer. Wenn nicht, kann ich mich woanders …«
Mason schoss ihn zweimal in die Brust und zweimal in den Kopf. Dann steckte er die Pistole in den Gürtel und ging los.
Ein paar hundert Meter weiter hörte er erste Bewegungen im Wald. Hinter sich. Links. Rechts. Plötzlich waren sie überall.
Er ging schneller und versuchte, den Weg zurück zur Straße zu finden.
Wenn du dich hier draußen verirrst, sagte er sich, *läufst du die ganze Nacht umher.*
Es sei denn, sie finden dich vorher.
Er suchte nach der Blutspur als Wegweiser, wollte aber nicht die Taschenlampe anmachen und so riskieren, sich zu verraten. Soweit er sich erinnerte, verlief die Straße grob von Südwesten nach Nordosten, und durch die Wolkenlücken konnte er hin und wieder den Polarstern sehen und sich an ihm orientieren. Während er sich in die hoffentlich richtige Richtung voranarbeitete, lauschte er ständig auf Schritte und versuchte, so leise wie möglich zu sein.
Irgendwann kam er zu einer Schlucht und verlor beinahe den Halt in dem lockeren Erdreich am Rand. Im selben Moment hörte er etwas, gefährlich nahe. Vorsichtig kletterte er ein Stück den Hang hinab und drückte sich in eine flache Mulde unter den freiliegenden Wurzeln eines Baums. Dort hockte er eine Weile, hörte zweifelsfrei jemanden über sich vorbeigehen.
Mason wartete, bis es wieder ruhig war, wartete sicherheitshalber noch eine Minute und stieg dann langsam zum

Grund der Schlucht hinab. Dort verlief ein Bach, den er behutsam, ohne zu platschen, überquerte. Auf der anderen Seite kletterte er wieder hinauf und lief weiter in die Richtung, in der er die Straße vermutete.
Erneut hörte er Schritte um sich herum. Männer, die sich, ohne zu sprechen, ohne künstliches Licht voranbewegten. Wie stumme Tiere, die ihre Beute jagten.
In dem Moment traf ihn eine Erkenntnis bis ins Mark:
Der erste Ranger, der ihn sah, würde ihn töten.
Polizeibeamte werden dazu ausgebildet, einen Verdächtigen zu entwaffnen, festzunehmen und lebend abzuführen, es sei denn, tödliche Gewalt ist absolut unvermeidbar. Doch das waren keine Polizeibeamten, die da im Wald um ihn herumwimmelten. Das waren stinksaure Soldaten aus einem Trainingscamp, die aus ihren Betten gerissen worden waren, um einen unbekannten Feind aufzuspüren. Es spielte keine Rolle, dass er sich in Georgia befand und nicht im Irak oder in Afghanistan. Er war schwarz gekleidet, nicht grün. Das reichte.
Er ging weiter und blieb alle drei bis vier Schritte stehen, um die Ohren zu spitzen. Einmal schwang er sich auf einen Baum und verschmolz mit einem dicken Ast, hielt eine lange Minute den Atem an, während ein Ranger direkt unter ihm vorbeiging, so dicht, dass er ihn im Dunkeln hätte berühren können.
Als er sich wieder auf den Erdboden herabgelassen hatte, musste er schnell in das dichte Unterholz abtauchen, um zwei weiteren Männern zu entgehen.
Er dachte an Adriana und wie es sich angefühlt hatte, sie zu umarmen, ehe er ins Flugzeug gestiegen und hierhergekommen war. Der Uhr nach lag das erst wenige Stunden zurück, aber es kam ihm vor wie ein anderes Leben.

Ich muss hier weg, sagte er sich. *So will ich nicht enden.* Er lief weiter, blieb stehen, lauschte, lief weiter. Bis er endlich die Straße erreichte. Scheinwerfer streiften ihn, und er duckte sich hinter einen Baum. Als der Lkw vorbei war, ging er die Straße hinunter, hielt sich dicht am Rand, ohne zu wissen, ob er oberhalb oder unterhalb des umgekippten Busses und seines SUV war. Wenige Minuten später erhielt er die Antwort, als er beide Wagen vor sich entdeckte. Zwei Krankenwagen standen am Unfallort. Einer fuhr kurz darauf weg, bald gefolgt von dem zweiten. Dann herrschte eine Weile Stille. Er wartete ab, nicht sicher, ob er wirklich allein war.

Gerade wollte er aus dem Wald heraustreten, als er das Brummen eines neuen Fahrzeugs hörte. Ein Armeejeep kam um die Kurve und hielt reifenknirschend. Ein einzelner Ranger stieg aus, stand da und besah sich die Bescherung.

Mason handelte schnell, bewegte sich, so leise es ging. Der Ranger wollte sich gerade umdrehen, als er ihm den Lauf der Pistole an den Hinterkopf drückte.

»Wenn du dich nicht rührst, brauche ich dich nicht zu töten.«

»Der Schlüssel steckt«, sagte der Ranger. »Aber Sie werden nicht weit kommen.«

Mason zog ihm die Waffe fest genug über den Kopf, dass er für mindestens ein, zwei Minuten ausgeschaltet war. Dann stieg er in den Jeep und jagte davon.

Er sauste an einer Gruppe von Männern vorbei, hörte, wie sie ihm hinterherbrüllten. Dann noch eine Gruppe, von der er einen Mann um Haaresbreite überfuhr, weil er ihm nicht schnell genug auswich. Er wusste, dass er den Jeep so bald wie möglich loswerden musste, und bog daher

kurz vor dem Ort in die erste private Einfahrt ein. Er fuhr bis hinters Haus zu einer freistehenden Garage.
Im Haus war es dunkel, nur das Verandalicht brannte. Mason ging zur Vordertür, die abgeschlossen war. Ein Tritt, und sie sprang auf, weshalb sein nächstes Hindernis möglicherweise der Besitzer war, der mit einem geladenen Gewehr die Treppe herunterkam. Doch das geschah nicht, und wie einem jeder erfahrene Autodieb sagen kann, hängt ein Satz Schlüssel meistens neben irgendeiner Tür. Mason schlich durch das stille Haus und sah den Autoschlüssel an einem Haken in der Küche. Er ging zur Hintertür hinaus und zu dem Auto in der Garage. Ein silberfarbener Toyota Camry, schön unauffällig und leicht zu vergessen. Rasch schloss er auf und fuhr davon, ließ den Jeep zurück.
Er blieb wachsam, während er langsam durch die dunklen Straßen von Dahlonega fuhr. Am Highway angekommen, fuhr er in nördliche Richtung, aber nicht zum Flughafen von Atlanta, weil dieses Auto bald als gestohlen gemeldet würde und man dort schon alarmiert sein könnte. Bis nach Chicago waren es elf Stunden Fahrt, das Letzte, was er jetzt gebrauchen konnte, aber die einzig vernünftige Alternative.
Als das Adrenalin abebbte und sein Herzschlag sich normalisierte, begann er, die blutigen Kratzer an seinen Armen und im Gesicht zu spüren, das Ziehen an Hals und Schulter, wo die Schusswunde noch verheilte. Obendrein klangen ihm die Ohren, und er fühlte sich immer noch benommen von der Kollision.
Er wartete darauf, dass sich noch etwas anderes einstellte. Dieses vertraute Gefühl nach einem Auftrag, nachdem er mit einer Waffe in der Hand vor einem anderen Menschen gestanden hatte und alles plötzlich ausgeschaltet war, jede

Empfindung, jede in seiner Menschlichkeit eingebaute Sicherung, gerade lange genug, um abzudrücken. Immer gab es danach diesen unvermeidlichen Moment, in dem sich alles zugleich wieder einschaltete und es ihn mit aller Wucht traf, das Bewusstsein dessen, was er gerade getan hatte.

Mason fuhr durch die Nacht. Er fuhr und wartete.

Das Gefühl stellte sich nicht ein.

13

Zum zweiten Mal in ihrer Laufbahn musste Rachel Greenwood sich ernstlich beherrschen, um einen Mann nicht ins Gesicht zu schlagen.
Der fragliche Mann war Jay Starr, ein Staranwalt aus New York, ein Typ, neben dem John Gottis Sprachrohr Bruce Cutler sich wie der aufrechte Clarence Darrow ausnahm.
»Euer Ehren«, sagte Starr, »die Staatsanwaltschaft möchte Ihnen weismachen, dass Darius Cole in irgendeiner Weise für die Morde an diesen beiden Zeugen verantwortlich sei, ungeachtet der Tatsache, dass er seit zwölf Jahren in einem Bundesgefängnis sitzt.«
Sie sprachen in geschlossener Sitzung, also unter sich im Richterzimmer, das sich im ersten Stock des Behördengebäudes befand, auf demselben Flur wie der Gerichtssaal. Um von ihrem Büro zum Gericht zu gelangen, brauchte Greenwood mit dem Fahrstuhl nur drei Etagen nach unten zu fahren, war aber trotzdem heute von zwei US-Marshals flankiert worden.
An sich war das nichts Neues – Mitglieder eines Bundesgerichts zu schützen gehörte zu den vorrangigen Aufgaben des Marshals Service. Zwei Marshals hatten sogar schon einmal nachts im Auto vor ihrem Haus gewacht. Das hier jedoch hatte eine andere Dimension. Ein Marshal wachte vor der Kanzlei ihres Mannes. Ein Marshal folgte ihrem Stiefsohn buchstäblich auf Schritt und Tritt, wenn er als Assistenzarzt seine Visitenrunden durchs Krankenhaus drehte. Ein Marshal saß vor den Seminarräumen ihrer

Stieftochter in der DePaul University. Und zum ersten Mal erschien Greenwood nichts davon als eine Formsache. Oder als eine übertriebene Vorsichtsmaßnahme. Sondern als etwas, das für sie und ihre Familie tatsächlich notwendig war.

»McLaren und Wallace hätten beide in Coles Wiederaufnahmeverfahren aussagen sollen«, sagte Richterin Oakley zu Starr. »Wenn Sie eine andere Erklärung haben, würde ich die furchtbar gern hören.«

Richterin Oakley war eine Schwarze, die in Chicago aufgewachsen war, eine Frau, die sich seit ihrem Abschluss als Beste ihres Jahrgangs an der Northwestern Law School gegen Getuschel über Vorzugsbehandlung und Quotenkarriere hatte wehren müssen.

Greenwood war überaus froh, sie als Richterin in dem Verfahren bekommen zu haben. Weniger, weil sie Befürchtungen hinsichtlich des Ausgangs hegte – sie war immer noch überzeugt, trotz der beiden ermordeten Zeugen, allein aufgrund der für den ursprünglichen Prozess gesammelten materiellen Beweise, gewinnen zu können –, sondern weil sie sich schon genüsslich die Szene im Gerichtssaal ausmalte, wenn das Verfahren abgeschlossen war und Oakley Gelegenheit hatte, sich direkt an Darius Cole zu wenden. Als gebürtige Chicagoerin, die inmitten von Gangs, Drogen und Straßengewalt aufgewachsen war, ließ die Richterin es sich nicht nehmen, jeden einzelnen Gangboss oder Dealer, der das Pech hatte, in ihrem Gerichtssaal zu landen, in der Luft zu zerfetzen. Dafür war sie mittlerweile berühmt. Und wenn sie schon ordentlich auf den Putz haute, während sie einen Latino-Boss mittleren Ranges zu zwanzig Jahren verurteilte, was würde sie erst mit einem Mann wie Darius Cole machen, bevor sie

ihn für den Rest seines Lebens zurück in ein Hochsicherheitsgefängnis schickte?
»McLaren und Wallace waren beide Berufsverbrecher«, sagte Starr nach einer kurzen Pause, in der er sich seine Antwort zurechtgelegt hatte. »Ihre Vergangenheit hat sie offenbar eingeholt.«
Starr war weit weg von seinem Büro in Manhattan, was statt einer Fahrt mit dem Aufzug eine Limousine zum Flughafen, einen Flug erster Klasse und eine weitere Limousine ins Zentrum von Chicago bedeutete.
Außerdem brauchte er keine US-Marshals, die auf ihn aufpassten.
»Beide. In derselben Woche«, entgegnete Greenwood. »Kurz vor Coles Wiederaufnahmeverfahren …«
»Schon ein verdammt großer Zufall«, bemerkte die Richterin.
»Wenn Mrs. Greenwood Informationen hätte, die diese Verbrechen mit meinem Mandanten in Verbindung bringen könnten, hätte sie diese schon vorgelegt«, sagte Starr. »Und wie ich sie und ihre etwas aggressiven Tendenzen kenne, hätte sie zusätzlich weitere Anklagepunkte gegen meinen Mandanten vorgebracht. Da sie beides nicht getan hat, schlage ich vor, dass sie entweder liefert oder klein beigibt. Das Nächste, was Sie von ihr hören werden, ist ein beredtes Schweigen.«
»Genug«, sagte die Richterin. »Wir sind hier in meinem Richterzimmer, Herr Anwalt, und nicht bei einer öffentlichen Sitzung.«
»Ich habe einfach das Gefühl, dass man sich hier gegen mich verbündet«, sagte Starr und rückte seine Krawatte zurecht. »Sie müssen bitte verzeihen.«
»Das passiert Ihnen sicher nicht zum ersten Mal«, erwi-

derte die Richterin. »Aber ich möchte Sie daran erinnern, Mr. Starr, dass auch Sie ein Organ der Rechtspflege sind. Falls Sie irgendwelche Kenntnisse über Beeinflussung von Zeugen, Einschüchterung von Zeugen, *Ermordung* von Zeugen haben …«
»Selbstverständlich nicht«, fiel er ihr ins Wort. »Und offen gestanden ist diese Andeutung für mich ein Anzeichen von Voreingenommenheit.«
»Sie haben die beiden Marshals vor meinem Büro gesehen«, sagte die Richterin. »Sie sind wegen Staatsanwältin Greenwood hier. Meiner ist gerade unterwegs und holt mir einen Kaffee. Das ist nett von ihm, wiegt aber meines Erachtens nicht das Gefühl auf, dass ich plötzlich in Mexiko lebe und mich auf den Vorsitz bei dem Prozess gegen irgendeinen Kartellboss vorbereite.«
»Ich verstehe Ihre Besorgnis«, sagte Starr. »Aber ich versichere Ihnen, mein Mandant hat nichts mit irgendeinem dieser Vorfälle zu tun.«
»So wie Al Capone nichts mit dem Massaker am Valentinstag zu tun hatte«, warf Greenwood ein.
»Euer Ehren!«
Greenwood sah Oakley ein Grinsen unterdrücken. »Ich werde einen Aufschub beantragen«, fuhr sie fort. »Um mindestens vier Wochen.«
Das angedeutete Lächeln der Richterin erstarb, und Greenwood wusste, warum. Ein Aufschub von vier Wochen bedeutete für sie beide, noch einen vollen Monat damit zu leben, dass US-Marshals jede ihrer Bewegungen verfolgten, sie zu ihrem Auto begleiteten, es für sie anließen.
Noch einen vollen Monat mit der Angst zu leben.
»Ich habe eine bessere Idee«, sagte Starr. »Ich werde beantragen, das Urteil vollständig aufzuheben.«

»Oh ja, machen Sie das«, sagte die Richterin. »Dieses Gericht könnte heute wirklich was zu lachen gebrauchen.«

»Hören Sie«, sagte Starr und nahm sich wieder einen Moment Zeit, um seine Krawatte zu richten, »ich weiß, dass dieses Wiederaufnahmeverfahren von einigen ungewöhnlichen Umständen begleitet wird ...«

»Liegt sonst noch etwas an?«, fragte die Richterin und blickte schon an ihm vorbei zu der Tür, durch die er gleich hinausgehen würde.

Starr räusperte sich und reichte ihr ein Blatt Papier. Anschließend gab er Greenwood eine Kopie.

»Wir haben der Liste mit den Zeugen der Verteidigung einen weiteren Namen hinzugefügt.«

Als Greenwood den Namen las, dauerte es einen Moment, bis sie ihn einordnen konnte. Es war dreizehn Jahre her, dass sie ihn zuletzt gehört hatte.

Auf einmal kam ihr der Ausgang des Verfahrens nicht mehr ganz so gewiss vor.

Rachel Greenwood war 2003 zur Bundesstaatsanwaltschaft für den Bezirk nördliches Illinois gekommen, nachdem sie acht Jahre bei der Bezirksstaatsanwaltschaft in Chicago gearbeitet hatte. Der Wechsel zur Bundesstaatsanwaltschaft bedeutete einen großen Schritt die Karriereleiter hinauf.

Sie war zweiunddreißig, noch nicht verheiratet und bereit, notfalls sechzehn Stunden am Tag zu arbeiten, um als stellvertretende Bundesanwältin Erfolg zu haben. Spät an einem Samstagabend war sie an der Reihe mit dem, was in der Behörde »Anklagesondierungsdienst« genannt wurde. Die unbeliebteste Aufgabe von allen, besonders an einem

Abend, an dem alle anderen Kollegen zu Hause waren oder irgendwo draußen das Wochenende feierten. Doch es war unerlässlich, zu allen Zeiten für die Polizei erreichbar zu sein, denn bundesgerichtliche Anklagen konnten rund um die Uhr und an jedem Tag der Woche eingereicht werden – und bei jeder Festnahme, die zu einer Anklage vor einem Bundesgericht führen konnte, mussten die zuständigen Polizeibeamten bei der Bundesstaatsanwaltschaft anrufen und die Anzeige bewilligen lassen, ehe sie weiter vorgehen durften. Ging die Anfrage nach Dienstschluss ein, konsultierte der diensthabende Staatsanwalt beziehungsweise die diensthabende Staatsanwältin die aktuellen Ablehnungsvorgaben und entschied danach, ob die Anzeige abgelehnt oder genehmigt wurde. Je höher die Fallbelastung der Behörde, desto strikter die Vorgaben – so konnte sich ein Verdächtiger wegen des Besitzes von zwanzig Gramm Marihuana in einem Monat eine Anklage wegen einer schweren, der Bundesgerichtsbarkeit unterliegenden Straftat einhandeln, und im nächsten mit einer Geldstrafe für ein geringfügiges Vergehen wieder auf die Straße gesetzt werden, je nachdem, wie viel Zeit die überarbeiteten Bundesstaatsanwälte übrig hatten.

Die Bundesbeamten in der Stadt – vom FBI, der Sicherheitsbehörde für Alkohol, Tabak, Schusswaffen und Sprengstoff ATF und der Drogenbehörde DEA – waren diese Prozedur gewohnt, aber auch die Stadtpolizei von Chicago musste sich ans Telefon hängen, wenn sie jemanden vor ein Bundesgericht bringen wollte. Weshalb nur wenige dort sich überhaupt die Mühe machten.

Und doch war es ein städtischer Polizist, der sie an jenem Samstagabend angerufen hatte, ein Detective aus Area five, wie der Bezirk damals noch hieß, bevor die Polizeibezirke in Nord, Mitte und Süd zusammengefasst wurden. Er hatte einen Neuimmigranten aus Nordirland namens Sean Burke festgenommen, nachdem Burke mutmaßlich drei Menschen in einem Restaurant auf der South Side angegriffen hatte.

»Klingt mir nicht nach einem Fall fürs Bundesgericht«, sagte Greenwood.

»Da steckt noch mehr hinter diesem Typen«, erwiderte der Detective. »Was Größeres. Ich kriege keins der Opfer dazu, mit uns zusammenzuarbeiten. Alle drei mussten ins Krankenhaus, aber keiner redet.«

»Zeugen?«

»Ein ganzes Restaurant voll. Und keiner sagt ein Wort.«

»Hören Sie, Detective, bei allem Verständnis für Ihre Arbeit ist mir immer noch nicht klar, warum Sie …«

»Ich habe ein Sturmgewehr in seinem Fahrzeug gefunden und will ihn deswegen anzeigen, damit ich einen Grund habe, ihn über Nacht festzuhalten.«

»Dazu brauchen Sie mich nicht.«

»Doch. Dieser Idiot von Sergeant, unter dem ich im Moment arbeite, will, dass ich Burke freilasse. Aber wenn ich eine Anklage vor einem Bundesgericht bekommen kann …«

Das war ein Jahr, bevor der Kongress das bundesweite Verbot von Angriffswaffen auslaufen ließ, als der Besitz bestimmter Typen von Sturmgewehren noch als schwere Straftat galt. Greenwood musste sich jedoch in dieser Nacht nach besonders strikten Ablehnungsvorgaben richten und wusste, was sie zu erwarten hatte, wenn sie diesem Detective erlaubte, wegen einer einzigen Waffe auf dem Rücksitz Anzeige nach Bundesrecht zu erstatten.

»Hat er diese Waffe beim Begehen einer Straftat benutzt?«, erkundigte sie sich.

»Soweit ich weiß, ist sie bislang noch nicht einmal abgefeuert worden. Aber ich bin schon lange in dem Geschäft, Ma'am. Ich habe gelernt, meinem Bauchgefühl zu vertrauen, und bei diesem Kerl krieg ich Bauchschmerzen.«

»Cimetidin soll gut dagegen sein.«

Greenwood hörte den Detective am anderen Ende lachen. Irgendwie brachte ihn ihr das näher, ließ ihn als das erscheinen, was er war: ein Mann, der seinen Beruf ernst nahm.

»Sie wissen, dass Ihr Sergeant Ihnen den Arsch aufreißen wird, wenn er herauskriegt, dass Sie hinter seinem Rücken gehandelt haben? Sie können Ihren Arsch dann auch gleich für mich hinhalten«, sagte Greenwood. »Also schön, machen Sie, und zeigen Sie ihn an.«

Schon am nächsten Tag erfuhr sie, was ihre Strafe dafür sein würde, dass sie im hektischsten Monat des Jahres eine Anzeige wegen einfachen Waffenbesitzes zugelassen hatte: Man brummte ihr den Fall allein auf, zusätzlich zu all dem anderen, was sie schon am Hals hatte. Doch ihr blieb keine Zeit, sich zu beklagen, denn die Uhr tickte unerbittlich, also rief sie den Detective in Area five an, um das weitere Vorgehen nach der Festnahme zu besprechen.

»Burke wird freigelassen«, sagte der Detective ohne auch nur eine Spur seines Engagements am Abend zuvor. »Tut mir leid, dass ich Sie damit behelligt habe.«

»Moment mal. Haben Sie nicht gesagt …«

»Vergessen Sie's, Frau Staatsanwältin. Es war ein Fehler.«

Dann legte er auf. Sie saß an ihrem Schreibtisch und dachte über den plötzlichen Sinneswandel und die möglichen Gründe dafür nach, bis sie schließlich aufstand und ihr Büro verließ. Eigentlich hatte sie keine Zeit, sich den halben Tag lang durch den Innenstadtverkehr bis hinunter zum Revier von Area five zu kämpfen, aber sie musste

diesen Detective von Angesicht zu Angesicht sehen. Und, wenn möglich, auch den Verdächtigen, diesen Sean Burke, ehe er auf freien Fuß gesetzt wurde.
Sie nannte dem Sergeant am Empfang den Namen des Detective und bekam die Auskunft, dass er sich den Rest des Tages freigenommen hatte. »Brauchte 'ne kleine Auszeit«, sagte der Sergeant. Damit schien die Sache erledigt.
Bis sie wieder hinaus auf den Bürgersteig trat und einen Mann dort stehen sah.
Mager, mit einem groben, pockennarbigen Gesicht und ungekämmten roten Haaren. Allem Anschein nach zu klein und schmächtig, um drei Leute ins Krankenhaus zu bringen. Er sah zu ihr hinüber, beobachtete, wie sie ihn beobachtete, und lächelte in sich hinein. Das musste Sean Burke sein.
Ein schwarzer Escalade hielt am Straßenrand, und Burke machte die Beifahrertür auf. Bevor er einstieg, drehte er sich noch einmal zu ihr um und nickte knapp. Dann war er verschwunden.
Am selben Abend ging sie mit einem FBI-Agent namens Tim Flaherty etwas trinken. Sie hatte sich schon öfter mehr oder weniger unverbindlich mit ihm getroffen, nichts Ernstes, nur auf ein paar Drinks nach der Arbeit, bis zu dem Abend, an dem er bei ihr übernachtete und früh am nächsten Morgen ging, ohne eine Nachricht zu hinterlassen. Deshalb war es gerade sehr unverbindlich zwischen ihnen, was ihr recht war, weil sie keine Zeit für etwas Festes hatte. Aber sie wollte ihn nach Sean Burke fragen.
Er versprach, sich nach ihm zu erkundigen und ihr Bescheid zu geben.
Am nächsten Tag rief Flaherty an. Er habe den ganzen Morgen damit zugebracht, alles über Burke herauszusu-

chen, was er finden konnte, sagte er. »Dabei bin ich mehrfach auf einen anderen Namen gestoßen. Fühlt sich an, als würde ich jedes Mal einen Stromstoß kriegen, wenn ich den lese.«

»Und wie lautet er?«

»Darius Cole. Schon mal gehört?«

»Nicht, dass ich wüsste.«

»Er hat ein paar Vorstrafen als Jugendlicher kassiert, vor ziemlich langer Zeit, aber danach ist Schluss. Einfach weg vom Fenster. Ich werde mal weiterforschen und dir heute Abend berichten. Beim Essen. Unser übliches Restaurant?«

Als sie abends in dem Restaurant eintraf, war er noch nicht da. Sie wartete eine halbe Stunde lang an der Bar, doch Flaherty kam nicht. Irgendwann tauchte ein Typ in einem Anzug auf und sprach sie an. Groß, dunkle Augen und ein dicker Schnauzer, der schon mit Burt Reynolds hätte in den Ruhestand gehen sollen.

»Sind Sie Greenwood?«

»Wer sind Sie?«

»Agent Flaherty lässt Ihnen sein Bedauern ausrichten. Er kann heute Abend nicht mit Ihnen essen.«

»Was soll das? Was ist passiert?«

»Er wurde zu einem wichtigen Fall gerufen. Er ist schon fort.«

»Fort? Wohin?«

»Diese Information kann ich leider nicht preisgeben.«

»Er würde nicht einfach so verschwinden, ohne mir Bescheid zu sagen«, erwiderte Greenwood.

Irgendetwas an diesem Mann reizte sie bis aufs Blut. Ähnlich wie Burke.

»Ich gebe Ihnen meine Karte«, sagte er und griff in sein Jackett. »Falls Sie weitere Fragen zu Sean Burke oder Darius

Cole haben, wäre ich Ihnen dankbar, wenn Sie sich direkt an mich wenden würden, okay?«

Greenwood nahm die Karte. *Stanley Horton, Federal Bureau of Investigations.* Darunter die Adresse und Telefonnummer der Außenstelle in der Roosevelt Street.

»Schönen Abend noch«, sagte Horton und verzog seinen Schnurrbart zu einer Art Lächeln.

Als sie dort an der Bar saß und ihr Glas austrank, blickte Rachel Greenwood immer wieder auf diese Karte. Und dachte nach.

Sie sah Tim Flaherty nie wieder. Der Agent kam nie zurück nach Chicago. Als sie eine Woche später bei der Außenstelle anrief, sagte man ihr, er habe das FBI verlassen.

Noch am selben Tag befestigte sie Agent Hortons Karte, die noch auf ihrem Schreibtisch gelegen hatte, an dem Whiteboard in ihrem Büro. Sie schrieb den Namen Sean Burke daneben. Und Darius Coles darüber.

Während der folgenden sechzehn Monate kamen weitere Namen hinzu. Burkes wanderte an die Seite, aber Coles blieb in der Mitte, die Sonne, um die sich ein ganzes Planetensystem drehte.

Greenwood dachte in jeder wachen Stunde an Darius Cole und genehmigte dem kleinen Team von DEA-Agents, das an dem Fall arbeitete, die nötigen Strafverfolgungsmaßnahmen: Telefonabhörung, Audio- und Videoüberwachung, Mülldurchsuchung – Cole war ein vorsichtiger Mann mit einem schon fast unheimlichen Talent, seinen Namen überall rauszuhalten. Greenwood war genauso vorsichtig und achtete darauf, die Ermittlungen sicher unter Verschluss zu halten, indem sie alle Beteiligten strikt anwies, bei jedem eventuellen Kontakt mit dem FBI besonders wachsam zu sein. Schon damals, während des mühsamen Zusammentragens von Beweisen, wurde klar, dass dies letztlich ein »Kronzeugenfall« werden würde – die Anklage würde sich fast ausschließlich auf die Aussagen von mindestens zwei, idealerweise drei Zeugen stützen, die man hatte überzeugen können, gegen Cole auszusagen.

Der erste, der die Seiten wechselte, war Ken McLaren. Der zweite Isaiah Wallace. Der eine kannte sich am besten mit Coles Finanzen aus, der andere kannte Cole selbst am besten. Sean Burke wurde vorübergehend als der dritte kooperierende Zeuge in Betracht gezogen, aber Greenwoods damaliger Chef, der Bundesstaatsanwalt, der die Anklage gegen Cole persönlich vertrat, war zuversichtlich, dass die Aussagen von McLaren und Wallace mehr als ausreichend sein würden. Und er behielt recht.

Im Herbst 2005 wurde Darius Cole unter dem Continuing Criminal Enterprise Statute, auch Kingpin Statute genannt – einem US-Bundesgesetz gegen den organisierten Drogenhandel –, des Drogenhandels in großem, internationalem Rahmen für schuldig befunden, außerdem der Verabredung zur Geldwäsche, zur Steuerhinterziehung und zum Mord. Der Richter verurteilte ihn zu zweimal lebenslänglich, und die Bundesgefängnisbehörde wies Cole ins Hochsicherheitsgefängnis Terre Haute ein, wo er seitdem saß.

Nun, zwölf Jahre später, stand Rachel Greenwood in Richterin Oakleys Büro, die Liste mit den Zeugen der Verteidigung in der Hand, und starrte auf den Namen, der gerade hinzugefügt worden war: Stan Horton, pensionierter FBI-Agent.

Ihre anfängliche Überraschung wurde schnell von Wut abgelöst. *Dass Cole Zeugen ermorden lässt, wundert einen nicht weiter,* sagte sie sich. *Aber was zum Teufel soll das hier?*

Dann wurde aus ihrer Wut wilde Entschlossenheit. *Was die können, können wir schon lange.* Sie fuhr direkt wieder hinauf in ihr Büro und griff zum Telefon. Nach zehn Minuten hatte sie herausgefunden, dass Sean Burke sich auf Rikers Island befand. Nach zwölf, dass Burke nicht nur seinen Zellengenossen in Dannemora umgebracht hatte, sondern vor kurzem noch fünf weitere Insassen auf Rikers, wo er auf die Verkündigung seines neuen Strafmaßes und die anschließende Verlegung nach Southport wartete.

Das wird ja immer besser, dachte sie, als sie die Nummer des Bundesanwalts für den südlichen Bezirk des Staates New York heraussuchte. *Immerhin haben wir ein Druckmittel gegen ihn in der Hand. Bei sechs Morden kann er keine Milde erwarten, aber wir können ihm einen sehr viel angenehmeren Aufenthaltsort als Southport anbieten.*

Wir müssen diesen Kerl beschützen, sagte sie sich, während sie darauf wartete, dass jemand abnahm. *Sollten ihn nicht in den allgemeinen Trakt stecken, sondern in eine Abteilung für Schutzgewahrsam.*

Sie stellte sich schon vor, wie Jay Starr seine selbstzufriedene Miene vergehen würde, wenn er ihre Ergänzung der Zeugenliste sah.

Genau, Herr Bundesanwalt. Sean Burke.

Ja, er ist ein Mörder. Ein Mörder, der gegen einen anderen Mörder aussagen soll. Damit ich dafür sorgen kann, dass Darius Cole für immer hinter Gittern bleibt.

14

Nach einer elfstündigen Nachtfahrt durch Appalachia und die endlosen weiten Ebenen von Indiana überquerte Nick Mason die Skyway Bridge und sah seine Heimatstadt Chicago in der Morgensonne dieses Sonntags glänzen. Unwillkürlich musste er daran denken, wie er nach fünfeinhalb Jahren im Gefängnis über dieselbe Brücke gefahren war. Damals hatte er keine Vorstellung davon gehabt, wie sein neues Leben aussehen würde. Jetzt, nicht mal ein halbes Jahr später, wusste er es nur allzu gut.

Würde ich es noch einmal machen?

Er hatte keine Antwort darauf. Und es spielte auch keine Rolle. Es gab kein Zurück.

Beim Campus der Chicago State University fand er einen gut besetzten Parkplatz und ließ den silbernen Camry dort stehen. Dann fuhr er mit der roten Linie der Chicago Elevated nach Uptown, stieg an der Haltestelle Clark/Division aus und ging zu Fuß die Lincoln Park West bis zum Town House hinauf. Er brauchte eine Dusche, ein Bett und ein kaltes Goose Island, die Reihenfolge war ihm egal.

Doch als er ins Haus kam und die glattpolierte Holztreppe hinaufstieg, wartete Diana schon oben auf ihn. Sie war für die Arbeit angezogen wie immer, aber etwas war anders, das merkte er sogar in seinem erschöpften Zustand. Der Ausdruck in ihren Augen ließ ihn stutzen.

»Wir müssen miteinander reden«, sagte sie.

Das war der Satz, den er in seinen acht Ehejahren mit Gina Sullivan Mason am meisten gefürchtet hatte.

»Wie wär's mit später?«
»Wie wär's mit jetzt?«
»Hör mal«, sagte er, »es tut mir leid wegen …«
»Du hast deine neunjährige Tochter bei mir im Restaurant abgeladen«, sagte sie. »Mitten im größten Mittagstrubel.«
»Ich hatte keine andere Wahl.«
»Das letzte Mal musste ich kommen und Lauren retten, sie Gott weiß wohin schicken. Hast du eine Ahnung, was du dieser Frau angetan hast? Sie kann nie mehr nach Hause zurückkommen, Nick. Nie mehr.«
»Es war ein Fehler, mich mit ihr einzulassen. Das weiß ich.«
»Warum hast du es dann getan?«
»Hör zu«, sagte Mason und atmete tief durch, »ich bin gerade elf Stunden am Stück gefahren. Du hast keine Vorstellung, was ich dort unten erlebt habe …«
»Ich will nicht wissen, wo du warst oder was du gemacht hast«, erwiderte sie.
»Du weißt ganz genau, was ich gemacht habe.«
»Halt den Mund«, sagte sie und drehte sich um. »Ich habe gesagt, ich will nichts davon wissen.«
»Das ist mein Job, Diana. Du weißt, was ich tue. Wir arbeiten beide für denselben Mann.«
»Wir *arbeiten* nicht für ihn, Nick.«
Er wartete darauf, dass sie weitersprach, aber sie hatte an Schwung verloren, zumindest vorläufig. Als sie sich von ihm abwandte, hörte er ihren Atem, hörte sogar ihr Herz schlagen.
Er machte einen Schritt auf sie zu und legte ihr die Hand auf die Schulter. Sie zuckte leicht zusammen, entzog sich ihm aber nicht.
»Was ist los?«, fragte er.

»Er ist hier.«
»Wer? Wovon redest du?«
»Darius ist hier. In Chicago. Er ist für sein Wiederaufnahmeverfahren hergebracht worden.«
»Woher weißt du das?«
»Jemand von der Gefängnisbehörde hat mich angerufen. In Darius' Auftrag, nehme ich an. Aber das ist egal. Ich glaube, ich wusste es ohnehin schon. Schon als ich heute Morgen aufgewacht bin.«
»Diana ...« Er legte ihr auch die andere Hand auf die Schulter und wollte ihr in die Augen sehen, aber sie hielt den Blick gesenkt.
»Ich kann ihn spüren«, sagte sie. »Hier in dieser Stadt.«
»Wo hat man ihn hingebracht?«
»Nach Downtown.«
Das bedeutete das Metropolitan Correctional Center, kurz MCC, die große innerstädtische Haftanstalt an der Van Buren Street. Verdammt, er war gerade mit der Hochbahn daran vorbeigefahren, an diesem merkwürdigen dreieckigen Klotz mit den schmalen Längsschlitzen in der sonst einheitlich grauen Fassade, der sich so auffallend von den anderen Hochhäusern der Gegend unterschied. 2012 hatten zwei Bankräuber doch tatsächlich ein langes Seil aus Bettlaken geknüpft, wie in einem alten Gangsterfilm, und sich siebzehn Stockwerke hinunter auf die Straße abgeseilt. Eine Überwachungskamera hatte aufgezeichnet, wie sie in ein Taxi gestiegen waren. Einer der beiden Männer war eine Woche später gefasst worden, der andere noch zwei Wochen länger auf freiem Fuß geblieben. Vor ihnen war es noch nie jemandem gelungen, aus diesem Gebäude zu entkommen, und nach ihnen auch nicht mehr. Darius Cole würde sich natürlich nie an einer Gebäude-

fassade abseilen. Das war nicht sein Stil. Darius Cole würde einen Weg finden, das Verfahren in seinem Sinne zu manipulieren, und das Gefängnis als freier Mann durch den Hauptausgang verlassen.

»Du hilfst ihm«, sagte Diana, als läse sie seine Gedanken. »Darum geht es bei deinen Aufträgen. Dieser Mann, der vor ein paar Tagen in Downtown erschossen wurde … Er hat früher für Darius gearbeitet.«

»Ich dachte, du willst nichts davon wissen.«

»Wie viele von den Marshals hast du getötet, Nick?«

»Keinen. Hast du nicht die Nachrichten gesehen?«

Mason merkte, wie nun auch in ihm die Wut hochkochte. Er hatte sich eine Kugel in der Schulter eingefangen, nur um wenige Zentimeter kein tödlicher Treffer, um nicht mehr Leben auszulöschen, als er unbedingt musste.

»Darius wird hier zur Tür hereinmarschieren«, sagte sie mit Blick zur Treppe. »Das habe ich immer gewusst, egal, was andere behaupteten. Und du bist es, der ihm das ermöglichen wird.«

»Das bin ja nicht nur ich …«

»Ich bin seit zwölf Jahren allein, Nick. Dieses Restaurant war bloß eine Geldwäscheklitsche für Darius, und jetzt ist es eines der besten in der Stadt. Das habe ich aus eigener Kraft erreicht, ich habe dem Laden mein Leben gewidmet. Und jetzt wird mir das alles wieder genommen.«

»Diana, er ist ja noch nicht draußen. Wir haben genug Zeit, uns was zu überlegen.«

»Ich habe mir schon was überlegt. Ich verschwinde.«

»Nein, das tust du nicht. Noch nicht.« Er packte ihre Schultern fester.

»Deine Tochter hat mir erzählt, dass deine Ex-Frau mit ihr nach Denver zieht. Stimmt das?«

»Ja.«
»Dann sind sie also weg. Lauren hast du schon weggeschickt. Du hast sogar diesen Hund weggeschickt. Wieso soll ich bleiben müssen?«
»Weil du dich für das hier entschieden hast«, antwortete er. »Du hast einen Pakt mit dem Teufel geschlossen, genau wie ich.«
»Nein, Nick. Das ist nicht das Gleiche. Dein Pakt sieht nicht vor, dass du im Bett des Teufels schlafen musst.«
Dem widersprach Mason nicht.
»Es gibt keinen Ausweg«, sagte Diana und wandte sich von ihm ab. »Nicht, wenn wir bleiben.«
»Weglaufen können wir nicht«, sagte er. »Oder fällt dir irgendein Ort ein, an dem er uns mit seinem langen Arm nicht erreichen kann?«
»Wer hat was von ›wir‹ gesagt?«
»Du kannst das nicht allein durchziehen«, sagte er und drehte sie an den Hüften zu sich herum. Noch nie war er ihr so nahe gewesen, hatte sie noch nie so gehalten. Bei all ihrer Panik und bei all seiner Erschöpfung war deutlich ein Prickeln zu spüren. »Diana, ich arbeite dran. Jeden Tag. An einem Ausweg für uns.«
»Ich habe schon meine Koffer gepackt.«
»Pack sie wieder aus. Jetzt gleich.«
»Warum? Was glaubst du, was du …«
»Du musst mir vertrauen«, sagte er. »Wir finden eine Lösung.«
»Warum sollte ich dir vertrauen? Du bist nichts als ein …« Sie stockte.
»… ein Auftragskiller.«
»Sag das nicht.«
»Ich werde nicht hier sitzen und warten«, sagte sie. »Ich

war zwölf Jahre lang allein. Eine Gefangene in Einzelhaft. Das hat er mir angetan, Nick. Das hat Darius mir angetan. Und jetzt ...«

Sie unterbrach sich, suchte nach den richtigen Worten.

»Ich kann nicht mehr das für ihn sein, was er verlangt. Nie mehr. Nie wieder. Bis er rauskommt, bin ich tausend Meilen weit weg.«

Sie befreite sich mit einem Ruck aus seinem Griff und stürzte zur Tür. Mason machte einen Schritt zur Seite, um ihr den Weg zu verstellen.

»Das wird nicht funktionieren«, sagte er. »Das weißt du genau.«

»Geh mir aus dem Weg, Nick.«

Mason wich nicht vom Fleck. Als er ihr in die Augen sah, dachte er daran, wie er ihr zum ersten Mal begegnet war, dort in seinem Badezimmer. Er hatte in der Dusche gestanden, und sie war wie aus dem Nichts aufgetaucht, ein Handtuch in der Hand. Damals ahnte er noch nicht, dass sie zu einem wichtigen Teil seines Alltags werden würde, ohne irgendeine Nähe zuzulassen. Eine vertraute Fremde. In manchen Nächten, wenn sie auf der anderen Seite des Hauses allein in ihrem Bett lag, konnte er nicht umhin, sich vorzustellen ...

Sein Handy klingelte und brach den Bann.

Er entfernte sich ein paar Schritte, um den Anruf anzunehmen, aber sie unternahm keinen Versuch mehr fortzulaufen.

»Was ist jetzt wieder?«, fragte er.

»Die Sache ist noch nicht zu Ende«, sagte Quintero. »Ich bin in fünf Minuten da und fahre dich zum Flughafen. Du fliegst nach New York.«

Zwölfhundert Kilometer weiter östlich befand sich Sean Burke auf einem Transport. Das war aber auch schon alles, was er wusste. Er hatte keine Ahnung, in was für einem Fahrzeug er saß und wie viele Männer mit ihm fuhren. Vor allem hatte er keinen blassen Schimmer, wohin es ging oder wie lange sie dorthin brauchen würden, weil er nämlich eine breite Augenbinde trug wie ein gottverdammter Guantánamo-Terrorist.

Schätzungsweise eine Dreiviertelstunde später hielten sie an. Ein ziemlich großer Radius um Rikers Island, selbst wenn man den Verkehr einkalkulierte. Burke hörte eine Schiebetür aufgehen, dann wurde er an den Armen gepackt und grob hinausgeschoben.

Seine Hände waren auf den Rücken gefesselt, aber er trug keine Fußeisen. Beim Aussteigen wusste er nicht, wie weit es zum Boden war, und verlor beinahe das Gleichgewicht.

»Immer schön langsam«, hörte er einen Wärter mit sarkastischem Unterton sagen. »Wir wollen doch nicht, dass unser kleiner Freund hier sich weh tut.«

Burke spürte kalte Luft im Gesicht und hörte Verkehrsrauschen in der Ferne. Er wurde über einen Asphaltplatz geführt, spürte Laub unter den Füßen. Ein Windstoß wirbelte die Blätter auf und jagte ihm einen Schauer über den Rücken.

Ich bin irgendwo fernab der Hauptstraßen, sagte er sich. *Aber noch irgendwo im Stadtgebiet oder nahe dran. Möchte wissen, ob sie mich hier rausgebracht haben, um mich umzulegen …*

Burke traute den Wärtern alles zu. Sie könnten ihm hier an Ort und Stelle eine Kugel in den Kopf jagen und ihren Vorgesetzten erzählen, dass er einen Fluchtversuch unternommen hätte. Er bekam keine Panik, denn Panik war

nicht nützlich. Er musste auf Zeit spielen, abwarten, wohin das Ganze führte. Hellwach sein, mit allen Sinnen.
Man führte ihn über ein weiteres Asphaltstück, dann einen Schritt über Gras, dann wieder über Asphalt. Er war auf einem angelegten Weg. Vielleicht in einem Park? Nicht im Central Park, sonst würde man Leute ringsherum hören.
Noch etwa hundert Meter weiter, dann stoppte ihn jemand mit der Hand vor der Brust. Er hörte, wie ein Schlüssel in ein Schloss gesteckt wurde, eine Tür aufging. Er wurde vorwärtsgeschoben und merkte, wie die Luft sich veränderte. Sie roch abgestanden und nach Desinfektionsmitteln, was ihn an irgendetwas von früher erinnerte. Eine Schule? Ein Museum?
Dann hörte er eine Aufzugtür aufgleiten, lauschte auf Schritte und zählte zwei Männer, die mit ihm einstiegen.
»Wenn du irgendeinen Quatsch machst«, sagte der links von ihm, »kriegst du den Taser.«
Burke lächelte und stellte sich vor, wie er dem Typ den Taser abnahm und ihm selbigen in den Arsch schob. *Zählt das als »Quatsch machen«?*
Er merkte, wie der Aufzug abwärtsfuhr. Es ging offenbar unter die Erde. Als die Tür sich öffnete, wurde er hinausgeführt, dann wieder angehalten, während eine weitere Tür aufging und er spürte, wie die Luft in einen abgeschlossenen Raum gesogen wurde. Er hörte Stimmen. Vielleicht ein halbes Dutzend Männer.
»Das ist er?«, hörte er einen sagen. »Ihr wollt mich wohl verarschen.«
Man führte ihn über einen harten, gefliesten Boden, bis er wieder zum Stehen gebracht wurde und man ihm endlich die Augenbinde abnahm.

»Bewegen Sie sich nicht«, sagte jemand. »Drehen Sie sich nicht um.«
Burke blinzelte in das grelle, künstliche Licht. Er stand vor einer stählernen Zellentür mit den standardmäßigen Schlitzen für die Mahlzeiten und das Anlegen und Abnehmen der Handschellen. Die Tür wurde geöffnet und er hineingeschoben. Es gab ein Bett mit einer dünnen Matratze und eine Ecke mit Waschbecken und Kloschüssel aus Edelstahl. Ein Entlüftungsgitter hoch oben in der Betonwand. Kein Fenster.
Er hatte schon Schlimmeres gesehen. Viel Schlimmeres.
Die Tür wurde hinter ihm zugeknallt und der schwere Riegel vorgeschoben. Als der Schlitz aufging, brauchte man ihm nicht zu sagen, dass er sich mit dem Rücken davorstellen und die Hände hinter sich ausstrecken solle, damit man ihm die Handfesseln abnehmen konnte.
»Willkommen im Bunker«, sagte jemand. Dann wurde der Schlitz wieder zugeschoben, und Burke war allein.

Als Mason vor dem Terminal der United Airlines auf dem LaGuardia-Flughafen wartete, sah er einen rostigen Subaru in der Autoschlange zum Abholen vorrücken. Er blieb, wo er war, und der Subaru hielt tatsächlich vor ihm. Der Mann am Steuer war um die fünfzig und hatte seine schütteren Haare quer über die Halbglatze gekämmt. Sein Gesicht war vom Wetter, dem Alter, dem Alkohol, weiß Gott was allem gerötet. Er trug einen hellbraunen Trenchcoat und starrte geradeaus, bis er sich schließlich herüberbeugte und die Beifahrertür aufstieß.
»Wartest du auf ’ne Einladung oder was?«
Mason warf einen Blick auf den Rücksitz und sah einen

Koffer dort. Er schlug die Beifahrertür zu und stieg hinten ein.

»Bin ich jetzt ein gottverdammter Chauffeur oder was?« Doch sobald Mason saß, legte er den Gang ein und fuhr ohne ein weiteres Wort los.

Das Auto stank nach Zigarettenqualm. Mason musterte den Mann von hinten, der stetig fuhr, ohne sich einmal umzudrehen.

Der Typ ist ein Deputy Marshal, hatte Quintero gesagt. *Zweiunddreißig Dienstjahre auf dem Buckel. Ist gerade von WITSEC wegversetzt worden und will am liebsten in Rente gehen, aber wegen gewisser Vorlieben kann er das nicht. Er ist motiviert, uns zu helfen.*

Mason wollte nicht wissen, was das für Vorlieben waren. Oder was ihn motivierte. Stattdessen wandte er sich dem Koffer zu, der an jeder Seite ein Kombinationsschloss hatte. Nachdem er die richtigen Ziffernfolgen eingegeben hatte, drückte er die Tasten, und die Schlösser sprangen auf. Er klappte den Deckel hoch.

»Leck mich«, sagte er laut, als er auf einen vollautomatischen M4A1-Karabiner mit drei Großraummagazinen starrte, neben dem eine schwarze kugelsichere Weste mit sechs Handgranaten daran lag – drei runde Splittergranaten auf der einen Seite und drei zylinderförmige Erschütterungsgranaten auf der anderen.

Für seinen letzten Auftrag hatte man ihm ein Scharfschützengewehr mit Zielfernrohr gegeben. Eine Präzisionswaffe, die Können erforderte.

Diesmal erhielt er die Ausrüstung für eine Ein-Mann-Armee.

»Wo bringen Sie mich hin?«, fragte Mason, bevor er den Koffer schloss.

»Unter die Erde«, sagte der Mann und drehte nun doch den Kopf, um einen Blick auf den Kofferinhalt zu riskieren. Er schnalzte mit der Zunge. »So oder so.«

Burke lauschte auf die Geräusche vor der Tür. Er konnte bereits die Stimmen unterscheiden und hatte fünf oder sechs gezählt. Diese Information fügte er dem Lageplan hinzu, den er in seinem Kopf angelegt hatte. Er war etwa zehn Schritte von dem Aufzug zu der inneren Tür gegangen und danach noch mal dreißig Schritte bis zu der Zellentür, mit einer Linkskehre nach ungefähr der Hälfte.

Etwa drei Stunden nach seiner Ankunft ging der Schlitz in der Tür auf, und ein Tablett mit Essen wurde hindurchgeschoben. Ein Jumbosandwich mit Truthahn von Subway, eine Tüte Kartoffelchips und eine Cola. Kein Gefängnisfraß, woraus er schloss, dass es nicht viele andere Gefangene hier gab. Möglicherweise war er sogar der einzige. Was das Rätsel, warum man ihn hierhergebracht hatte, nur noch größer machte.

Er pickte die Zwiebeln aus dem Sandwich und dachte, dass sie ihm auch ruhig ein Guinness statt dieser wässerigen Cola hätten mitbringen können, wenn sie schon irgendwo draußen Essen für ihn besorgen mussten. Der interessanteste Teil der Mahlzeit allerdings war das Tablett, auf dem sie gebracht worden war. So etwas war ihm in einem normalen Gefängnis noch nie untergekommen. Es bestand nämlich aus Metall, und als er Druck auf die Kante ausübte, verbog es sich.

Das ist doch schon mal recht nützlich.

Als der Schlitz ein paar Minuten später wieder aufging, schob Burke das Tablett zurück und kniete sich dabei auf

ein Bein, um durch die Öffnung zu spähen. Er sah den Gürtel des Mannes, der es entgegennahm, und hinter ihm eine Reihe von Wandspinden sowie eine Holzbank.
Burke hatte immer noch keine Ahnung, wo er sich befand.
Eine Stunde später ging der Schlitz wieder auf, und man wies ihn an, die Hände für die Handschellen hinauszustrecken. Er gehorchte, doch statt ihn aus der Zelle zu führen, befahl man ihm, sich mit dem Rücken zur Tür vor die hintere Wand zu stellen. Die Tür ging auf, und er hörte jemanden hereinkommen.
»Sie können sich jetzt umdrehen.« Diese Stimme hatte er noch nie gehört.
Als er der Aufforderung Folge leistete, sah er einen Mann mittleren Alters in einem dunklen Anorak mit dem Emblem der US-Marshals an der Brust. Er hatte einen Klappstuhl mitgebracht, den er in der linken Hand hielt, da sein rechter Arm in einer Schlinge war. Außerdem hatte er ein weißes Verbandspflaster über der linken Augenbraue.
»Ich nehme Ihnen die Handschellen ab«, sagte der Marshal und zeigte ihm den Schlüssel, »damit wir wie zwei Männer miteinander reden können.«
Burke kehrte ihm wieder den Rücken zu und ließ ihn die Fessel aufschließen. Durch den verbundenen Arm dauerte es etwas länger, aber er hatte das offenbar schon öfter gemacht.
»Bitte setzen Sie sich.« Der Marshal steckte die Handschellen und den Schlüssel ein.
Burke ließ sich auf seinem Bett nieder und sah zu, wie der andere den Stuhl aufklappte und sich mit etwa einem Meter Abstand vor ihn setzte.
»Ich bin Marshal Bruce Harper«, sagte er. »Ich leite das WITSEC-Programm. Wissen Sie, was das ist?«

»Zeugenschutz.«
Harper nickte. »Eigentlich kümmere ich mich nur um Klienten außerhalb des Strafvollzugssystems. Ein Fall wie Ihrer fällt in die Zuständigkeit der Bundesgefängnisbehörde.«
»Wo bin ich?«
Er beobachtete, wie Harper die Antwort abwog. »Sie sind in einer Schutzhafteinrichtung«, sagte er schließlich. »Der sichersten, die je gebaut wurde. Und Sie sind der Allererste hier.«
»Sollte ich mich geehrt fühlen?«
»Wie ich höre, haben Sie auf Rikers fünf Männer umgebracht.«
»Das war Notwehr. Die oder ich.«
»Außerdem habe ich gehört, dass Sie früher einmal für Darius Cole gearbeitet haben.«
Burke sah ihn wortlos an. Der Name loderte in seinem Bewusstsein, loderte dort, seit seine Mitgefangenen versucht hatten, ihn in dem Aufzug zu beseitigen.
»Coles Wiederaufnahmeverfahren beginnt in zwei Tagen«, sagte Harper.
Diese Eröffnung traf Burke härter als der Taser irgendeines Wärters. »Er bekommt ein Wiederaufnahmeverfahren?«
»Was glauben Sie, warum Sie hier sind?«
»Ich wette, Sie sagen's mir gleich.«
»Ich weiß nicht, ob Ihnen das bekannt ist«, fuhr Harper fort, »aber die Bundesanwaltschaft dachte damals daran, Ihnen vorzuschlagen, als Zeuge in seinem Prozess auszusagen.«
Eine noch größere Überraschung. »Davon hat mir nie jemand was gesagt. Aber wenn die mich gefragt hätten, hätte ich nein gesagt.«

»Die können ziemlich überzeugend sein.«
»Ich bin kein Verräter.«
»Tja, Cole ist sich da offenbar nicht so sicher.«
»Wissen Sie, was die beiden schlimmsten Beleidigungen für einen Iren sind?«, sagte Burke. »Erstens, ihn einen Engländer zu nennen, zweitens, einen Denunzianten.«
»Wie haben Sie Ihre Beziehung zu Cole beendet? Ich schätze mal, es gab keine Ruhestandsparty? Keine goldene Uhr?«
Er hat ein halbes Dutzend Männer auf mich gehetzt, dachte Burke. *Ich hab sie alle erledigt. Trotzdem hätte ich nicht gegen ihn ausgesagt. Mein Vater wär sonst aus seinem Grab gekrochen gekommen und hätt mir die Kehle durchgeschnitten.*
»Ich möchte Sie etwas fragen«, sagte Harper. »Denn die beiden Männer, die damals gegen ihn ausgesagt haben … sie sind beide inzwischen tot.«
Langsam kam Klarheit in die Sache. Burke beugte sich vor und sog jedes Wort seines Gegenübers in sich auf.
»Der zweite Mordanschlag passierte gestern Nacht«, erklärte Harper. »Ich war dabei.«
Burke deutete grinsend auf die Schlinge um Harpers Arm.
»Kennen Sie einen Mann namens Nick Mason?«
Burkes Lächeln schwand, während er sein Gedächtnis durchforstete. Sein Gefühl sagte ihm, dass dieser Name für Harper von Bedeutung war, und es gefiel ihm gar nicht, dass er ihn noch nie gehört hatte. »Nein«, sagte er, »kenne ich nicht.«
»Aber Sie kennen die Sorte von Mann, die Cole für so etwas anheuern würde.«
»Er ›heuert‹ keine Leute an«, erwiderte Burke. »Er kauft sie sich. Besitzt sie. Für immer. Zumindest sieht er das so.«

»Wäre es korrekt zu sagen, dass dieser Mann Ihren Platz als Coles persönlicher Auftragskiller eingenommen hat?«

»Ich weiß nicht, ob jemand meinen Platz einnehmen könnte«, antwortete Burke, »aber es hört sich an, als würde dieser Nick Mason sich bemühen.«

Harper sah ihn plötzlich mit einem gewissen Unbehagen an.

Vielleicht bereut er es gerade, dass er mir die Handschellen abgenommen hat, dachte Burke.

»Achten Sie nicht auf meine Angeberei«, sagte er. »Diese Zeiten liegen hinter mir.«

»Auf Rikers lagen sie nicht hinter Ihnen«, entgegnete Harper. »Aber ich möchte mehr über diesen neuen Mann, Mason, erfahren. Was denken Sie, was er als Nächstes tun wird?«

»Das ist leicht. Wenn ich der Nächste auf seiner Liste bin …«

»Hier kann er Ihnen nichts tun.«

»Das haben Sie bei den anderen beiden wahrscheinlich auch gedacht.«

»Ich glaube, Ihnen ist nicht ganz klar, wo Sie hier sind«, sagte Harper. »Niemand wird diesen Ort finden. Niemand. Und selbst wenn, kann er nicht bis hier heruntergelangen. Und selbst wenn er das schafft, stehen immer noch sechs bewaffnete Männer vor dieser Tür.«

Sechs bewaffnete Männer, dachte Burke. *Danke für die Information.*

»Napoleon wurde nach Sankt Helena verbannt«, fuhr Harper fort, »und verbrachte den Rest seiner Tage auf dieser kleinen Insel mitten im Atlantik, eine fünftägige Schiffsreise von der Küste Afrikas entfernt, unter der Bewachung von fünfhundert britischen Soldaten. Was ihn wohl zum bestbewachten Gefangenen der Weltgeschichte machte.« Harper lehnte sich auf seinem Stuhl zurück. »Bis jetzt.«

Burke wartete auf den Rest. Er wusste, dass noch etwas kommen würde.

»Was ich Sie daher fragen will …«, sagte Harper. »Da Sie nun wissen, dass Sie in Sicherheit sind … Was wollen Sie wegen Cole machen?«

Burke antwortete nicht.

»Wenn Sie in dem Wiederaufnahmeverfahren aussagen, sorgen wir weiterhin für Ihre Sicherheit. Für alle Zeit.«

»Was?«, sagte Burke und deutete mit dem Kinn auf die Betonwände ringsum. »Sie wollen mich hierbehalten?«

»Wenn wir Cole erst einmal endgültig weggesperrt haben, verlegen wir Sie in eine andere Schutzhafteinrichtung. Wo es sehr viel angenehmer ist als hier. Und verdammt viel angenehmer als bei den Normalgefangenen in Southport.«

»Aber ich sitze trotzdem für den Rest meines Lebens.«

»Besser, als tot zu sein.«

»Sie waren noch nie im Gefängnis«, erwiderte Burke. »Ich muss erst mal darüber nachdenken.«

»Aber nicht zu lange«, sagte Harper und stand auf. »Denken Sie daran, das Verfahren beginnt in zwei Tagen. Und man wird noch Zeit brauchen, um Sie darauf vorzubereiten.«

Burke stand ebenfalls auf und wartete gespannt auf Harpers Reaktion. Jeder Justizvollzugsbeamte würde ihn zwingen, sitzen zu bleiben, bis die Tür wieder verschlossen war. Doch Harper war kein Justizvollzugsbeamter.

»Ich bin noch den ganzen Tag hier«, sagte der Marshal. »Geben Sie den Wärtern Bescheid, wenn Sie bereit sind, dieses Gespräch fortzusetzen.«

Burke verfolgte, wie er zur Tür ging und dreimal daran klopfte. Als die Tür geöffnet wurde, erhaschte er diesmal einen besseren Blick auf den Raum vor der Zelle. Weitere Spinde. Und was wie ein Stück eines Hängeschranks aussah.

Ein Waffenschrank.

Ich weiß nicht, wo ich bin, sagte er sich, *aber als sie diesen Bunker gebaut haben, haben sie offensichtlich nur an eins gedacht: zu verhindern, dass jemand reinkommt.*

Nicht, zu verhindern, dass jemand rauskommt.

Zwei Stunden später hatte Burke einen Plan ausgearbeitet, ausgehend von zwei unumstößlichen Tatsachen.

Erstens: Wer auch immer dieser Nick Mason war, er hatte es auf ihn abgesehen. Er könnte in einem U-Boot auf dem Grund des Ozeans sitzen, Mason würde kommen.

Zweitens: Er würde nicht hier herumsitzen und auf ihn warten.

Als das Tablett mit dem Abendessen kam, aß er schnell alles auf. Im Moment hatte er zwar keinen Hunger, aber wer wusste, wann er wieder etwas zu essen bekommen würde, wenn der Stein erst mal ins Rollen gebracht war. Er brauchte Kraft und einen klaren Verstand, also nahm er seine Kalorien besser zu sich, solange er konnte. Als er fertig war, drückte er den Rand des Tabletts flach, indem er sich daraufstellte. Dann schliff er ihn an der Betonwand scharf, wobei er extra die Außenmauer nahm, damit das Geräusch sich möglichst nicht auf den Rest des Bunkers übertrug.

Anschließend klopfte er an die Tür. Er konnte nicht warten, sonst würden sie das Tablett zurückverlangen, es musste jetzt gleich passieren.

»Holen Sie Marshal Harper«, sagte er, als der Schlitz geöffnet wurde. »Ich will einen Deal mit ihm machen.«
Er frohlockte, als der Wärter ihm nicht befahl, sich für die Handschellen umzudrehen. Harper musste neue Vorschriften erlassen haben, was den Schließern sicherlich stank. Aber für ihn bedeutete es ein Hindernis weniger.
Burke hörte Schritte, hörte, wie die Tür entriegelt wurde. Es ging los.

15

Als Mason die Baupläne für den unterirdischen Bunker studierte, ging er dabei zig verschiedene Einzelheiten durch und versuchte, ihnen etwas anderes abzuringen als eine klare Selbstmordmission.

Das Auto war bei dem alten Vergnügungspark in Flushing Meadows geparkt, auf einem leeren Platz gegenüber der riesigen Unisphere. Hohl und grau erhob sie sich fünfunddreißig Meter über dem abgelassenen Rundbassin des dazugehörigen Brunnens. Dahinter lag der verlassene Weltausstellungspavillon, New Yorks Antwort auf das römische Kolosseum, und daneben standen die beiden Türme, so dicht beieinander, als müssten sie sich gegenseitig stützen. Der größere war gut achtzig Meter hoch, und beide schlossen sie mit einer runden Aussichtsplattform ab, die an eine fliegende Untertasse erinnerte, in der Luft ausgebremst und halb verfallen.

Mason legte die Pläne beiseite und betrachtete das Polizeifoto von Sean Burke. Der Typ war blass und mager, nicht gerade das, was man sich unter einer Killermaschine vorstellte. Andererseits wusste er selbst am besten, dass das Talent zum Töten in den überraschendsten Winkeln schlummerte.

Das ist der Mann, der früher meinen Job gemacht hat, dachte er. *Irgendwie ist er lebend da rausgekommen. Schade, dass ich keine Gelegenheit haben werde, ihn zu fragen, wie er das gemacht hat.*

Er schob Burkes Akte zusammen und tat sie zurück in

den Koffer. Dann sah er sich die Pläne noch einmal an und fuhr den Verlauf des Lüftungsschachts nach, der auf der entlegenen Seite des Bunkers anstieg, fünfzehn Meter vom Eingang entfernt. Angaben über die Größe des Schachtausgangs gab es nicht. Das würde er vor Ort herausfinden müssen.

Er zog seine schwarzen Handschuhe über und setzte die zu einer Mütze aufgerollte Sturmhaube auf. Danach nahm er die Schutzweste aus dem Koffer und legte sie an. Ein neues und unbehagliches Gefühl, Handgranaten am Körper zu tragen – als wäre er ein Selbstmordattentäter, der auf einen feindlichen Kontrollpunkt zugeht.

Aber im Grunde war er das ja auch.

Er schob ein Magazin in das M4 und steckte die beiden zusätzlichen in die schmalen Taschen der Weste, eines auf jede Seite.

Der Marshal saß nach wie vor auf dem Fahrersitz, rauchte eine Zigarette und blickte auf das über den leeren Parkplatz wehende Laub.

»Wie viele Männer?«, fragte Mason ihn.

»Weiß ich doch nicht.«

»Was wissen Sie überhaupt?«

»Die Lage dieses Orts hier, Arschloch.«

Mason versuchte, ihn niederzustarren, doch er weigerte sich, ihn anzusehen.

»War mal ein Luftschutzbunker«, lenkte er schließlich ein. »Ist jetzt eine hochgeheime Schutzhafteinrichtung. Nur ein paar wenige Leute in der Gefängnisbehörde wissen davon. Und noch weniger Marshals.«

Er zog mit bitterer Miene an seiner Zigarette.

»Nur die, denen man wirklich vertraut«, sagte er mit Blick aus dem Fenster. »So wie mir.«

Mason wartete auf den Rest, und musste den Impuls unterdrücken, ihm die Kippe aus dem Maul zu schlagen.
»Das ist das letzte Mal, dass ich so was mache«, sagte der Marshal. »Das kannst du deinem Boss ausrichten.«
Er ließ das Fenster herab, und die kalte Luft wehte herein, als er den Stummel gegen den Wind warf und sich selbst mit glimmender Asche bestreute. Fluchend wischte er sie von seinem Mantel.
»Vergiss es«, erwiderte Mason. »Aber wenn du es ihm selbst sagen möchtest, nur zu.«
Der Marshal drehte sich zu ihm um. »Du denkst, du bist was Besseres als ich, ja? Ich hab jedenfalls nicht vor, ein paar gute Männer in dem Bunker da umzulegen.«
»Halt's Maul und zeig mir, wo er ist.«
»Dort drüben.« Er zeigte durch die Windschutzscheibe auf den verfallenen Weg, der auf das Ausstellungsgelände führte. »Folg einfach dem gelben Ziegelsteinweg.«
»Der Lüftungsschacht liegt fünfzehn Meter vom Eingang weg. Wo ist der?«
»Weißt du was? Mir reicht's. Wie gesagt, ich hab schon genug Blut an den Händen.«
Mason überlegte. Wenn er den Mann jetzt aus dem Auto zerrte, wäre er nur ein Klotz am Bein. Ließ er ihn dagegen hier …
»Gib mir den Autoschlüssel«, sagte er.
»Warum?«
»Damit du noch hier bist, wenn ich fertig bin.«
»Ich denk nicht dran, dir meinen Autoschlüssel zu geben.«
Mason schüttelte seufzend den Kopf und stieß ihm den Lauf des M4 in die Rippen. Der Marshal fummelte in seiner Manteltasche herum und gab ihm den Schlüssel.

»So«, sagte Mason, »der Eingang …?«
»In einem von den beiden Türmen dort.«
»Das sehe ich auf den Bauplänen. In welchem?«
»Keine Ahnung. Rat einfach. Die Chancen stehen fünfzig zu fünfzig.«
Fluchend stieg Mason aus. »Zieh deinen Mantel aus«, sagte er und öffnete die Fahrertür von außen. Als der Marshal zögerte, packte er ihn am Kragen und zerrte ihn heraus.
»Das ist mein guter Mantel«, jammerte der Mann, als er seinen langen Trench auszog. »Sieh zu, dass du keine Kugeln reinkriegst.«
»Du bleibst schön im Auto sitzen, bis ich zurückkomme«, sagte Mason, während er den Mantel über die taktische Weste zog. »Wenn du abhaust, finde ich dich.«
Der Marshal fröstelte in der Kälte, stieg wieder ein und schlug die Tür zu. *Er baut darauf, dass ich es nicht zurückschaffe,* dachte Mason, während er über den Parkplatz ging. *Bestimmt denkt er sich schon eine Geschichte aus, wie ich ihn gezwungen habe, mich hierherzufahren.*
Er verbannte den Marshal aus seinen Gedanken, steckte das Sturmgewehr unter den Mantel und konzentrierte sich auf seine Umgebung. Es war niemand sonst zu sehen. Dieser Teil des Parks war mehr oder weniger aufgegeben, und wer würde schon an einem grauen, windigen Tag hier herauskommen? Dennoch fühlte er sich exponiert, als er über die offene Fläche ging und der Wind kleine Tornados aus Blättern und Staub um ihn herumwirbelte.
Was auch passiert, dachte er, *das kann nur ein Albtraum werden.*
Bisher hatte er bei jedem Auftrag alles dafür getan, niemand anderen töten zu müssen als das vorgesehene Opfer. Doch als er nun auf die hochragenden Türme zuging, beschwert

von einem Waffenarsenal, wie es nicht einmal ein Soldat für Spezialoperationen mit sich führte, wurde ihm klar, dass dieser persönliche Moralkodex hier und heute seine Geltung verlieren würde. Falls er lebend aus diesem Bunker herauskam, dann als ein anderer Mensch.

Sonst kann ich das nicht überleben. Entweder bringe ich alle um, oder sie bringen mich um.

Bei der mächtigen Unisphere blieb er kurz stehen, starrte von dem trockenen Brunnenbecken aus in die Weltkugel hinauf. Die sie noch überragenden Türme standen etwa zweihundert Meter weiter. Ein einzelnes Warnblinklicht für Flugzeuge leuchtete oben auf dem größeren, ansonsten wirkten sie vollkommen verlassen.

Mason wusste, dass er sich den Türmen nicht nähern konnte, ohne von den Überwachungskameras erfasst zu werden, die es mit Sicherheit gab. Er fragte sich, ob er sich nicht eine bessere Verkleidung hätte zulegen sollen, irgendetwas, mit dem er wie ein vorbeistreifender Obdachloser wirkte. Einen Einkaufswagen zum Beispiel, in dem die Waffen versteckt wären.

Er blickte zum Auto zurück und beschloss, es darauf ankommen zu lassen. Mit schnellen Schritten und weit offenen Augen, auf eventuelle Bewegungen, Geräusche oder sonst etwas achtend, das auf eine Reaktion der Männer im Bunker hindeutete, lief er auf die Türme zu.

Fünfzehn Meter vom Eingang entfernt. Ich weiß nicht mal, wie der Ausgang dieses Lüftungskanals aussieht oder wie groß die Öffnung ist.

Um die Türme herumgehend, suchte er den Boden ab und fand das Lüftungsrohr schließlich auf der anderen Seite. Es war etwa einen Meter zwanzig hoch, zwanzig Zentimeter im Durchmesser, mit einer Sicherungsklappe gegen

Regen und Schmutz versehen und in einer Metallplatte verankert, die nur wenig breiter war.

Da passe ich nicht durch. Und wenn ich versuche, die Öffnung größer zu sprengen, kann ich auch gleich an der Tür läuten.

Blieb also Plan B. Als Mason auf den höheren der beiden Türme zuging, entdeckte er eine Doppeltür aus Glas und erkannte beim Hindurchsehen einen Aufzug und die unteren Stufen einer langen Wendeltreppe, die vermutlich bis hinauf auf den Turm führte. Eine Kamera sah er nicht, doch als er an dem Griff zog, bewegte sich die Tür nicht.

Er ging zu dem anderen Turm hinüber und blieb bei dem Mülleimer neben dem Eingang stehen. Darin sah er einen Haufen Fast-Food-Tüten und Einwegkaffeebecher. Er griff hinein und holte den obersten Becher heraus. Sogar durch seine Handschuhe spürte er, dass er noch warm war. Das war der richtige Turm.

Er hielt sich so lange wie möglich außer Sichtweite, den Rücken an die Wand gedrückt, und wartete ab, hörte aber nichts als Wind und Laubrascheln. Dann zog er die Sturmmaske übers Gesicht und setzte sich in Bewegung.

Auch hier gab es eine Doppelglastür wie bei dem ersten Turm. Einen ähnlichen Aufzug und eine Treppe. Diesmal jedoch sah er eine Überwachungskamera über der Aufzugtür. Das rote Lämpchen leuchtete. Falls jemand dort unten vor einem Monitor saß, blickte er jetzt direkt auf ihn.

Ist egal, sagte sich Mason. *Es gibt nur einen Weg hinein, einen Weg hinaus. Was auch kommt, ich werde mich Stück für Stück vorankämpfen müssen.*

Er drückte gegen die Tür. Verschlossen. Da er nicht die zwei bis drei Minuten hier herumstehen wollte, die es dauern würde, das Schloss zu knacken, schlug er die Scheibe

mit dem Schaft des M4 ein. Dann griff er hinein und öffnete die Tür von innen. Als er unterhalb der Kamerareichweite hindurchging, warf er den Mantel des Marshals ab. Nicht nötig, noch irgendetwas zu verbergen, außerdem würde das Ding ihn nur behindern. Er hielt einen Moment inne und horchte auf eine Reaktion auf sein Eindringen.
Nichts.
Er rief sich den Bauplan ins Gedächtnis. Der Aufzug, mit dem normalerweise nur hinauf zur Aussichtsplattform gefahren wurde, hatte eine geheime Abwärtsfunktion, die man nur mit einem speziellen Schlüssel aktivieren konnte. Der bestochene Marshal hatte ihm kein Doppel besorgen können, aber selbst wenn er eins hätte, würde er garantiert nicht mit dem Aufzug in den Bunker fahren, damit man ihn dort unten in Empfang nehmen konnte. Der Bauplan wies eine Treppe als Alternative auf, die wohl noch aus der Zeit der Anlage als Luftschutzkeller stammte.
Mason sah die Zugangstür, gestrichen in demselben aus der Mitte des vergangenen Jahrhunderts stammenden Behördengrün wie die Wand. Er zog am Griff und fühlte das Schloss blockieren, machte einen Schritt zurück und trat die Tür auf.
Als seine Augen sich an die Dunkelheit gewöhnt hatten, erkannte er Sicherungskästen, Schutzschalter, ein Bedienfeld für den Aufzug.
Keine Treppe.
Er hatte nirgends eine andere Tür im Vorraum gesehen. Diese Schalterkammer war die einzige Möglichkeit. Es sei denn …
Langsam ging er zurück zum Eingang. Beim dritten Schritt fühlte er den Fußboden ganz leicht nachgeben. Er kniete sich hin und untersuchte ihn, fand einen eingelassenen

Ring und zog die Falltür auf. Das musste der geheime Notausgang des Bunkers sein.
Mason stieg eine dunkle Betontreppe hinunter, das Sturmgewehr im Anschlag. Unten bemerkte er ein schwaches Licht, das allmählich heller wurde. Als er um die letzte Kehre bog, sah er eine kleine Nische. Dort befand sich die untere Aufzugtür und ihr gegenüber eine Stahltür, die vermutlich in den eigentlichen Bunker führte. In der Wand gab es ein Fenster aus dickem Sicherheitsglas.
Über der Tür hing eine weitere Überwachungskamera mit rot blinkender Kontrollleuchte, eine weitere Möglichkeit für die drinnen, ihn zu sehen.
Wenn sie mich schon ausgemacht haben, fragte er sich, *warum haben sie mich so weit reinkommen lassen?*
Sofort fiel ihm die Antwort ein.
Weil diese Nische die Tötungskammer ist. Sobald ich einen Schritt hineinmache, wird diese Tür aufgehen, und sie werden mich niederschießen.
Nun hieß es Angriff oder Flucht: entweder wild drauflosstürmen oder nichts wie raus hier und die Konsequenzen für seine erste gescheiterte Mission tragen.
Mason schaltete seinen Verstand aus und sperrte jedes Restchen Menschlichkeit in eine feste schwarze Box.
Dann nahm er eine der Splittergranaten aus der Weste, zog den Stift und ließ sie zur Tür rollen, während er sich in den Treppenschacht duckte und sich die Ohren zuhielt.
Die Explosion war stärker als alles, was er je erlebt hatte, sogar noch heftiger als die im Aqua. Der Knall und die Hitzeentwicklung warfen ihn fast um, der enge Raum wurde von einem grellen Blitz erhellt, und tausend Nadeln stachen in sein Trommelfell. Metallsplitter flogen überall herum, manche davon sirrten durch die Ecke, in

der er hockte, und bohrten sich nur wenige Zentimeter hinter ihm in den Beton. Dann sprang er mit der M4 im Anschlag in die Nische, bereit zu feuern.

Dicker Qualm hing in der Luft. Er eilte durch ihn hindurch auf die Öffnung zu, wo die Stahltür gewesen war. Sie war in den Raum dahinter gedrückt worden, und als er über sie hinwegstieg, sah er den ersten Mann dort liegen. Er richtete den Gewehrlauf auf seine Brust, aber das war nicht mehr nötig. Sein Körper war vom Bauch bis zum Hals aufgerissen worden, der Kopf hing unnatürlich nach hinten, und das Blut sammelte sich schon in einer Pfütze um ihn herum. Die mitmenschlichen Empfindungen, die Mason weggesperrt hatte, hämmerten gegen den Deckel der Box. Er hielt ihn fest verschlossen.

In geduckter Haltung wartete er auf ein Anzeichen von Bewegung, nicht sicher, ob sein Gehör schon wieder richtig funktionierte. Als er ein paar Schritte in den Gang hinein machte, lichtete sich der Rauch, und er sah eine zweite Leiche, doppelt so weit von der Explosion entfernt, aber genauso aufgerissen wie die erste. Mit genauso viel Blut am Boden.

Hier stimmte etwas nicht. Das konnte nicht sein.

Nach zwei weiteren Schritten kam er links zu einer Tür. Er lugte um die Ecke und sah den Kontrollraum des Bunkers mit den zwei Monitoren für die beiden Kameras oben und dem Sichtfenster zu der Nische. Noch ein Mann lag dort in seinem Blut, eine Pistole neben der rechten Hand.

Die Explosion hat diesen Raum gar nicht erreicht …

Er ging weiter, bis der Gang sich zu dem größten Raum des Bunkers öffnete. Vier Klappstühle lagen umgekippt um einen Tisch in der Mitte, drei weitere Tote dazwischen. Mason sah sich um und bemerkte mehrere Spinde an der einen Wand und einen Waffenschrank mit offenen Glastüren an der anderen. Der Schrank hatte Fächer für acht Waffen, eine stattliche Reihe an Flinten und Sturmgewehren. Ein Fach war leer.

Dann fiel ihm noch etwas Merkwürdiges auf: ein Blechtablett auf dem Boden, dessen einer Rand glitschig von Blut war.

Auf einmal hörte er ein Geräusch irgendwo links von sich, fuhr mit dem M4 herum und sah hinter einer halboffenen Stahltür ein Paar ausgestreckte Beine auf dem Boden. Vorsichtig ging er hin und machte die Tür mit dem Fuß ganz auf, bereit, auf alles zu schießen, was sich bewegte.

Es war eine behelfsmäßige Zelle mit einem Bett und einer Toiletteneinheit aus Edelstahl. Der Mann lag auf dem Rücken und hatte die Augen geschlossen. Mason näherte sich ihm, achtete dabei vor allem auf seine Hände. Er trug einen schwarzen Anorak mit dem Emblem der US-Marshals an der Brust. Ein Arm war in einer Schlinge, und er hatte auch einen Verband am Kopf gehabt, der jetzt nur noch an einem Stück Klebeband hing. Eine frische Schramme verlief quer über seine Stirn.

Mason bückte sich und legte ihm die behandschuhte Hand an den Hals. Der Mann lebte noch.

Er richtete sich wieder auf und rekonstruierte rasch den Ablauf der Ereignisse. Der Marshal war mit Burke hier drin allein gewesen. Als die Tür geöffnet wurde, hatte Burke ihn blitzschnell überrascht und kampfunfähig gemacht, indem er seinen Kopf gegen die Wand rammte. Oder er hatte den Marshal zuerst niedergeschlagen und dann an die Tür geklopft. Jedenfalls hatte er danach den Mann auf der anderen Seite der Zellentür überwältigt – der zusammen mit seinen fünf Wärterkollegen so fixiert

auf die Gefahr von außen gewesen war, dass er die von innen unterschätzt hatte.
Burke hatte dem Wärter mit der Tablettkante die Kehle durchgeschnitten und war zum Waffenschrank gelaufen, hatte unterwegs wahrscheinlich noch ein, zwei andere Wachen aufgeschlitzt. Sobald er eines der Gewehre in der Hand gehalten hatte, war der Kampf sowieso entschieden gewesen. Auf seinem Weg nach draußen hatte er auch alle übrigen umgebracht. Nur diesen Marshal hier hatte er leben lassen.
Als Mason wieder hinsah, hatte der die Augen offen. Mason wich einen Schritt zurück und richtete das M4 auf seine Brust.
»Wo ist er?«, fragte der Mann heiser.
Mason schüttelte den Kopf.
»Die anderen …« Der Marshal versuchte, sich aufzusetzen, fasste sich mit der unverbundenen Hand an den Kopf und musste sich wieder hinlegen.
»Bitte …«, krächzte er. »Helfen Sie ihnen.«
Mason verzichtete darauf, ihm zu sagen, dass ihnen nicht mehr geholfen werden konnte. Das würde er bald genug selbst herausfinden.
»Bewegen Sie sich nicht«, sagte Mason. »Ich rufe Hilfe, wenn ich weg bin.«
Als er sich abwandte, hielt der Marshal ihn am Fußknöchel fest. Er drehte sich noch einmal um und sah ihn an.
»Sie sind Mason«, sagte er.
Mason antwortete nicht. Er verließ die Zelle, stieg über all die Toten hinweg und die Treppe hinauf.
Sobald er wieder oben und aus dem Turm heraus war, atmete er tief die frische Luft ein, um einen klaren Kopf zu bekommen.

Diese Männer waren noch nicht lange tot, sagte er sich, *und der Marshal hat eben erst das Bewusstsein wiedererlangt. Was bedeutet, dass ich Burke knapp verpasst habe. Um fünf Minuten? Zehn?*
Ein Schauer überlief ihn, als er sich fragte, was wohl passiert wäre, wenn er ihm noch begegnet wäre.
Auf dem Weg zurück zum Auto nahm er den Schlüssel aus der Hosentasche. Hundert Meter vor dem Parkplatz sah er, dass die Fahrertür offen stand. Zehn Meter davor sah er, dass der Marshal zusammengesackt am Steuer saß, ein Einschussloch im Kopf.
Burke wollte das Auto, dachte er und suchte den Horizont in alle Richtungen ab. Doch da war nichts zu sehen als der verlassene Park. Mason zog den Marshal heraus und legte ihn auf den Betonplatz, wo er mit starren Augen zum Himmel aufblickte, während der Wind totes Laub über sein Gesicht wehte.
Als er sich ins Auto setzte und die Tür zumachte, sah er die Akte auf dem Beifahrersitz liegen, Burkes Polizeifoto obendrauf. Jetzt wusste Burke mit absoluter Sicherheit, dass jemand auf ihn angesetzt war.
Ich hab keine Ahnung, was er über mich weiß, dachte Mason, als er den Motor anließ und den Gang einlegte. *Aber er weiß, wer mich geschickt hat, und er weiß, woher ich komme. Was nur eins bedeuten kann.*
Er ist auf dem Weg nach Chicago.

16

Eddie war wieder im Einsatz, stand vor dem Laden in der 111th Street und beobachtete Coles Geschäfte, um mehr Informationen für Nicks Ausstiegsstrategie zu sammeln. Die graue Limousine fuhr vom Parkplatz, und Eddie folgte ihr durch die Stadt in den von Iren dominierten Stadtteil Beverly im Südwesten. Er sah die beiden Männer den Wagen abstellen und eine von diesen Eckkneipen betreten, die nicht mal ein Schild brauchen – nur ein neongrünes Kleeblatt leuchtete im Fenster –, weil die Stammgäste sie ohnehin kennen und andere dort nichts verloren haben. Er wartete ein Weilchen und ging dann ebenfalls hinein. Es war ein Lokal aus einer anderen Zeit, schummerig beleuchtet, eine unbenutzte Jukebox in der Ecke und ein unbenutzter Billardtisch in der Mitte. Eine Handvoll Gewohnheitstrinker hockte an den Tischen, während die beiden aus dem Auto am Tresen standen und in ihren schicken Anzügen wie Außerirdische wirkten. Der Barkeeper, ein Mann um die sechzig mit wirren weißen Haaren und roten Augen, lehnte am anderen Ende, seine tätowierten Unterarme auf die Theke gestützt.

Eddie ging direkt zu ihm hin. Er schien geistesabwesend und verdrießlich, während er ihm ein Pint zapfte, wie jemand, der sich den Ablauf einer Routinearbeit in Erinnerung rufen muss, die er schon Tausende Male erledigt hat. Als er das Glas vor ihm abstellte, gab Eddie ihm einen Zwanziger und sagte, das stimme so. Der Mann zuckte nicht mit der Wimper.

Die beiden Anzugtypen musterten ihn mit kühlem, gelassenem Blick. Eddie nickte ihnen zu und setzte sich an einen der Tische. Er konnte nicht viel von ihrem Gespräch verstehen, doch nach ein paar Minuten führte einer der beiden den Barmann nach hinten in die Küche. Der zweite blieb am Tresen und verkündete, dass die Bar jetzt zumache.

Eddie verließ sie mit allen anderen, hing aber weiter bei seinem Jeep herum und beobachtete das Lokal. Eine halbe Stunde verging. Nachdem die beiden Männer endlich herausgekommen, in ihren Wagen gestiegen und davongefahren waren, wartete er noch ein, zwei Minuten, bevor er hineinging. Die Eingangstür war nach wie vor offen.

Er ging durch die leere Bar und stieß die Küchentür mit der Schulter auf, sah zuerst eine Blutpfütze auf dem Boden, dann einen roten See um den Barmann, dessen leblose Augen zu ihm hinaufstarrten. Er hatte Brandmale im Gesicht. Sämtliche Finger waren abgeschnitten. Eddie hatte schon in der Armee Tote gesehen, hatte noch mehr durch sein Zielfernrohr gesehen, als er Nick in diesem Steinbruch geholfen hatte, aber das hier …

Er schloss die Tür wieder halb, nahm sich ein Geschirrtuch vom Tresen, ging zu dem Tisch und wischte sein Glas ab. Dann griff er mit dem Tuch zu dem Telefon hinter der Theke und wählte neun-elf, nannte der Telefonistin die Adresse der Bar und sagte ihr, dass es dort einen Mord gegeben habe. Als sie ihn nach seinem Namen fragte, legte er auf.

Er eilte hinaus zu seinem Jeep und fuhr los, um möglichst schnell möglichst viel Abstand zwischen sich und den toten Barkeeper zu bringen.

Kaum war er auf dem Skyway, sah er Blaulichter hinter sich.

Ein paar Stunden nachdem Mason den Subaru des Marshals auf dem Langzeitparkplatz von LaGuardia abgestellt hatte, ging er durch die Ankunftshalle des O'Hare-Flughafens. Das erste Mal, dass er von einem Auftrag nach Hause kam, ohne Blut an den Händen zu haben. Er hätte froh sein sollen, doch stattdessen fühlte er sich als Versager.

Und da war noch etwas anderes. Als wäre er als ein anderer Mann aus dem Flieger gestiegen. Ein Mann, der das Undenkbare getan hätte, wenn er die Gelegenheit dazu gehabt hätte. Dass er die nicht gehabt hatte, war nicht gut angekommen bei Quintero, den er noch von New York aus angerufen hatte. Doch er hatte eins klargemacht: Man kann niemanden umbringen, der nicht da ist, um umgebracht zu werden.

Während er zwischen all den anderen Reisenden mit normalen Leben durch die lange Halle ging, versuchte er mehrfach, Eddie anzurufen, aber die Anrufe wurden stets auf die Mailbox geleitet.

Du gehst doch sonst immer ans Handy, dachte Mason. *Wo zum Teufel steckst du?*

Er legte auf und ging weiter, bis er zu einer Sicherheitskontrolle kam. Dahinter standen mehrere Chauffeure in einer Reihe und hielten Namensschilder in die Höhe. Am Ende der Reihe stand Detective Frank Sandoval. Er hielt keinen Namen hoch, aber Mason wusste, auf wen er wartete.

Mason und Sandoval saßen an einem kleinen Tisch in der Flughafenbar. Keiner von beiden trank etwas.

»Falls Sie versuchen, Ihren Freund Eddie zu erreichen …«, begann Sandoval. »Ich habe ihn vor etwa zwei Stunden wegen Mordverdachts festgenommen.«

Das erwischte Mason so kalt wie ein Eimer Eiswasser. »Was soll der Scheiß? Wovon reden Sie?«

»Dem Opfer gehörte eine kleine Nachbarschaftskneipe unten in Beverly. Eddie war der Letzte, der dort rausging, und als ich reinkam, fand ich den Inhaber tot in seiner Küche vor.«

Mason starrte ihn an und wusste nicht, was er sagen sollte.

»Er hieß Eamon Burke. War der Vetter von Sean Burke, der vor rund fünf Stunden aus einer Schutzhafteinrichtung in New York geflohen ist. Aber das wissen Sie ja schon.«

»Eddie hat nichts damit zu tun.«

»Das sagt seine Frau auch. Wird hart für sie und die Kinder. Die Anklage, der Prozess … Aber ich kann Eddie mit Ihnen in Verbindung bringen und Sie endlich mit Cole.«

Mason funkelte ihn an. »Warum machen Sie das, Sie Arschloch?«

»Helfen Sie mir, und ich sorge dafür, dass Ihr Freund noch heute Abend zu Hause ist.«

»Wie?«

»Kommen Sie mit aufs Revier und liefern Sie mir eine eidliche Aussage über alles, was Sie für Cole gemacht haben.«

»Warum machen Sie nicht Ihren verdammten Job und kriegen Cole selber dran? Wer Ihr Opfer auch umgebracht hat, es war nicht Eddie.«

Sandoval beugte sich zu ihm vor.

»Das ist mir egal«, sagte er. »Cole wird rauskommen, weil Sie zwei der wichtigsten Zeugen gegen ihn getötet haben und der dritte gerade getürmt ist, wobei er sechs Vollzugsbeamte niedergemetzelt hat. Was glauben Sie, weshalb er gerade heute ausgebrochen ist? Er weiß von den anderen beiden Zeugen, er weiß, dass er der Nächste auf der Liste ist und dass Sie hinter ihm her sind. Aber statt brav abzuwarten, ist er jetzt hinter *Ihnen* her. Und mir scheint, Cole ist inzwischen auch ziemlich nervös – das würde den Mord an Burkes Vetter erklären.«

»Warum erzählen Sie mir das?«

»Weil das alles über Sie hereinbrechen wird und ich Ihre einzige Rettung bin«, antwortete Sandoval. »Sie haben jetzt nicht mal mehr Eddie.«

Mason schüttelte den Kopf, musste sich beherrschen.

»Dieser Typ wird alles zerstören, was Ihnen wichtig ist«, sagte Sandoval. »Er wird sich auf Ihre Fersen setzen, Ihnen überallhin folgen. Zum Haus Ihrer Ex-Frau, zum Beispiel. Oder zum nächsten Fußballspiel Ihrer Tochter.«

Mason ballte die Fäuste bei der Vorstellung und sah in Gedanken Adriana dort am Zaun auf ihrem Schulhof stehen, wo jeder an sie herankam.

Jeder.

»Auch die Frau, mit der Sie zusammenleben«, fuhr Sandoval fort. »Alle sind in Gefahr. Und Sie haben den Killer angelockt.«

Mason ging nicht darauf ein.

»Wenn wir Burke lebend fassen, können wir ihn vielleicht dazu bringen, gegen Cole auszusagen. Deswegen war er ja überhaupt in diesem Bunker.«

»Er hat gerade sechs Wärter umgebracht«, sagte Mason. »Und Sie wollen einen Handel mit ihm machen?«

»Sammy the Bull hatte neunzehn Menschen auf dem Gewissen, und das FBI hat ihm trotzdem Straffreiheit garantiert. Weil sie John Gotti unbedingt drankriegen wollten. Und ich will Cole unbedingt drankriegen. Persönlich denke ich ja, dass Sie einen besseren Zeugen abgeben würden, aber ich kann Ihnen nicht helfen, wenn Sie sich nicht helfen lassen.«

Mason atmete tief durch und dachte an die toten Wärter, die lange Reihe von ihnen auf dem Boden, ihre von einem Sturmgewehr zerfetzten Körper, ihre mit dem geschärften Rand eines Metalltabletts aufgeschlitzten Kehlen.

Das Werk des Mannes, der auf dem Weg hierher nach Chicago war.

»Volle Straffreiheit im Gegenzug für Ihre Aussage vor Gericht«, sagte Sandoval. »Voller Schutz für Ihre Familie und …«

»WITSEC?«

»Wir haben unser eigenes Programm in Illinois. Kein bundesstaatliches. Ich werde jeden Tag nach Ihrer Familie sehen und dafür sorgen, dass sie in Sicherheit ist. Ich lebe nur noch für meinen Job, Mason, und wenn es zu diesem Job gehört, Ihre Ex-Frau und Ihre Tochter zu beschützen …«

Sandoval ließ den Satz in der Schwebe.

Noch etwas, worüber Mason nun nachzudenken hatte, eine echte Chance, Gina und Adriana aus der Schusslinie zu bringen.

Ich kann sie nicht mehr beschützen, dachte er, *wenn ich tot bin.*

Sandoval nahm eine Visitenkarte aus der Brusttasche seines Jacketts und legte sie auf den Tisch.

»Ihnen läuft die Zeit davon«, sagte er und stand auf. »Wenn Burke mit dem Auto fährt, ist er in sieben Stunden hier.«

17

Rachel Greenwood ließ sich mit US-Marshals zu beiden Seiten durch die Stadt chauffieren, um etwas zu tun, das sie streng genommen ihre Zulassung als Anwältin kosten konnte. Doch ihr blieb nichts anderes übrig. Sie musste versuchen, den Mann aufzuhalten, der das Verfahren *Die Vereinigten Staaten gegen Darius Cole* torpedieren wollte.

Sie fand sein Büro im ersten Stock eines anonymen Bürogebäudes in der Roosevelt Street, nur ein paar Häuser weiter vom FBI-Gebäude. An der Tür stand: »Stanley Horton, Private Sicherheitsdienstleistungen«. Die Empfangssekretärin bat sie, Platz zu nehmen und zu warten, es werde nur einen Moment dauern. Eine halbe Stunde verging.

Als Horton endlich in den Wartebereich herauskam, erkannte sie den Mann kaum wieder, der sie vor dreizehn Jahren in dem Restaurant angesprochen hatte. Er hatte seine Haare verloren, einschließlich des Burt-Reynolds-Schnurrbarts, und sein Sakko spannte sich über mindestens dreißig Kilo mehr. Geblieben waren seine Größe und dieses herablassende Lächeln, das sie ihm immer noch aus dem Gesicht schlagen wollte.

»Assistant Attorney Greenwood«, sagte der pensionierte FBI-Mann. »Was für eine Überraschung.«

»So wie das hier«, erwiderte sie und hielt seine vorprozessuale eidliche Aussage in die Höhe.

Sie hatte die Aussage vor einer Stunde erhalten, die dem Gericht von Jay Starr persönlich überbracht worden war, zusammen mit dem offiziellen Antrag, sämtliche Anklagepunkte gegen Darius Cole fallenzulassen und das Urteil aufzuheben.

Coles juristische Strategie war nun klar zutage getreten: Zuerst die rückwirkende Behauptung einer Beeinflussung der Geschworenen, um ein Wiederaufnahmeverfahren bewilligt zu bekommen.

Dann die Ermordung aller Kronzeugen.

Und jetzt das.

»Was ist das für ein Schwachsinn?«, fragte sie, mit dem Dokument wedelnd. »McLaren und Wallace sollen beide Informanten gewesen sein?«

In seiner Aussage behauptete Horton verblüffenderweise, dass das FBI bereits im Jahr 2004 gegen Darius Cole ermittelt habe, lange bevor Greenwood und die Drogenbehörde die Ermittlungen aufgenommen hatten. Darauf folgte eine noch unglaublichere Behauptung: Ken McLaren und Isaiah Wallace hätten nicht nur als einfache Informanten für das FBI gearbeitet, sondern seien als Topinformanten klassifiziert gewesen, weshalb ihre Identität durch die striktesten Geheimhaltungsvorschriften des FBI geschützt gewesen sei. Nur der die Ermittlung leitende Beamte, nämlich Stan Horton, und sein direkter Vorgesetzter, Jonathan Lancer, hätten Kenntnis von McLarens und Wallace' Mitarbeit bei dem Fall gehabt.

»Sie haben all die Jahre gewartet«, sagte Greenwood, »um jetzt damit anzukommen?«

»Lancer hatte damals Angst, dass die Anklage gegen Cole nicht zustande kommen könnte. Deshalb hat er geschwiegen, obwohl er wusste, dass es falsch war. Aber jetzt, da er tot ist, musste ich mich als Zeuge melden. Das ist meine letzte Chance, die Wahrheit zu sagen.«

Sie starrte ihn fassungslos an. »Erinnern Sie sich eigentlich noch an den Eid, den Sie mal geleistet haben? An die Stelle mit ›in aufrichtigem Glauben und Treue‹?«

Horton rückte seine Krawatte zurecht. »Ich denke, Sie sollten jetzt gehen, Frau Staatsanwältin.«

»Sie wissen genau, wie sich das auf das Verfahren auswirken wird«, sagte sie. »Das ist der Scarpa-Einspruch, neu aufgelegt.«

Eine Einspruchsmöglichkeit der Verteidigung, benannt nach Greg Scarpa, dem »Gevatter Tod« der alten Colombo-Mafiafamilie, der dreißig Jahre lang als FBI-Informant Kontakt zu einem einzigen Agent gehabt hatte – ein Kontakt, der die fünfzehn mit hieb- und stichfesten Beweisen belegten Anklagen gegen andere Mitglieder der Organisation auf einen Schlag null und nichtig gemacht hatte. Hunderte Jahre von Gefängnisstrafen in die Tonne getreten wegen des schlichten Grundsatzes, dass ein für den Staat arbeitender Informant in den Augen des Gesetzes zu einem Vertreter dieses Staates wird und damit den entsprechenden Vorschriften für die Beweisaufnahme unterliegt.

Mit anderen Worten, wenn ein Informant weitere Straftaten begeht – wie zum Beispiel Geld zum Zweck der Steuerhinterziehung nach Übersee zu schleusen oder die Lieferung verbotener Betäubungsmittel zu koordinieren –, *nachdem* er die Vereinbarung für kooperierende Zeugen unterschrieben hat, ist jede Information, die dieser Informant für die Ermittlungsbehörden gesammelt hat, vor Gericht wertlos.

Ein ganzer Berg von Beweisen wird plötzlich zu einem Haufen Scheißdreck.

Das Ganze hatte sich ereignet, noch bevor Greenwood

überhaupt mit dem Jurastudium angefangen hatte, aber der »Scarpa-Einspruch« galt bis heute als der Schrecken der Bundesanwälte. Und jetzt wollte dieser ehemalige FBI-Agent mit seiner Hilfe erreichen, dass ihnen das Wiederaufnahmeverfahren um die Ohren flog.

»Sie haben schon damals vor dreizehn Jahren versucht, mich von Cole abzubringen«, sagte sie. »Verraten Sie mir eins: Wie lange stehen Sie schon auf seiner Gehaltsliste?«

Endlich verging ihm sein herablassendes Lächeln.

»Viel Glück bei Gericht«, sagte er.

»Ich kann Ihnen helfen«, bot sie an. »Was hat er gegen Sie in der Hand?«

Er schüttelte nur den Kopf und wollte ohne ein weiteres Wort gehen.

»Horton«, sagte sie, ihm zur Tür folgend. »Ich werfe Ihnen hier einen Rettungsanker zu. Ergreifen Sie ihn, ehe Sie so tief sinken, dass Sie es nie mehr hinaufschaffen.«

»Sie kommen zu spät.« Horton machte die Tür hinter sich zu und war weg.

Greenwood blieb noch eine volle Minute dort stehen, um sich zu sammeln. Auf dem Weg hinaus stellte sie ihr stumm geschaltetes Handy wieder an und sah, dass Marshal Harper versucht hatte, sie zu erreichen.

Sie rief ihn zurück, während sie auf die beiden vor ihrem Auto wartenden Marshals zuging. »Wir brauchen Burke«, sagte sie. »Er ist unsere letzte Chance.«

Dann hörte sie Harper aufmerksam zu. Als das Gespräch beendet war und sie wieder im Wagen saß, traf sie die schreckliche Erkenntnis wie ein Schlag.

Darius Cole wird freikommen.

Es war schon dunkel, als Mason nach einer langen Taxifahrt quer durch die Stadt, auf der er zum Fenster hinausgestarrt und über Sandovals Worte nachgedacht hatte, zurück zum Town House kam.
Dort ging er in sein Zimmer und zog den Waffenkoffer unter dem Bett hervor. Er nahm die Browning Black Label 1911 heraus, die Eddie ihm geschenkt hatte, lud sie mit Kaliber .45 ACP-Patronen und steckte sie sich in den Gürtel.
Dann holte er sich ein kaltes Goose Island aus dem Kühlschrank und schob die Terrassentür auf. Der beleuchtete Pool erstrahlte aquamarinblau, eine Dampfschicht schwebte in der kühlen Nachtluft über dem warmen Wasser. Mason trat ans Geländer und blickte südwärts auf die Lichter der Stadt und ostwärts zum dunklen Horizont des Lake Michigan. Über ihm blinkten die beiden roten Lämpchen der Überwachungskameras.
Er sah hinunter auf die Straße, fühlte das Gewicht der Waffe in seinem Gürtel. *Zwölf Stunden Fahrzeit von New York nach Chicago, wenn er erst mal einen fahrbaren Untersatz gefunden hat.*
Sandoval hat recht. Er wird bald hier sein.
Schutz vor dem Wind suchend, setzte Mason sich auf einen der Terrassenstühle.
Ein paar Minuten später ging die Tür auf, und Diana kam heraus. Sie trug noch ihr dunkles Kostüm, hatte ebenfalls einen langen Arbeitstag hinter sich. Wie er ging auch sie zuerst zum Geländer und blickte hinaus auf den See, fröstelte dabei in der Kälte.
In das Schweigen hinein sagte Mason: »Ich muss dich etwas fragen.«
»Was?«
»Kennst du einen Mann namens Sean Burke?«

Als sie sich zu ihm umdrehte, erkannte er sogar im schwachen Widerschein der Poolstrahler ihre Panik, zuerst in ihren Augen, dann am ganzen Körper. »Wo hast du diesen Namen gehört?« Ihre Stimme klang brüchig.
Er antwortete nicht.
»Er hat früher für Darius gearbeitet«, sagte sie. »Dann ist er irgendwann verschwunden. Warum?«
»Er kommt zurück.«
Sie stand ganz still. Dann trat etwas anderes an die Stelle ihrer Panik, etwas, das eher einer plötzlichen, festen Entschlossenheit glich. Sie wandte sich ab und ging hinein.
Mason folgte ihr. Erst an ihrer Schlafzimmertür holte er sie ein.
»Diana, warte!«
»Nein«, sagte sie, die Hand am Türgriff. »Ich haue ab.«
»Wir müssen zusammenbleiben«, sagte er und packte sie am Handgelenk. »Nur so bist du sicher.«
»Ich *war* sicher, ehe du hierherkamst, Nick. Jetzt bin ich's nicht mehr.«
Sie standen so dicht beieinander, dass er ihren warmen Atem an seiner Wange und ihr klopfendes Herz spürte.
»Ich arbeite an einem Ausweg«, sagte er. »Für uns beide.«
»*Uns beide?* Ich brauche deine Hilfe nicht, Nick. Oder deinen Schutz. Ich brauche gar nichts von dir.«
Sie riss sich los und ging in ihr Zimmer. Mason fasste sie an beiden Armen und drehte sie zu sich um.
»Du tust mir weh.«
Er ließ sie los, blieb aber, wo er war. Zum ersten Mal sah er ihr Schlafzimmer. Ein Doppelbett, ein Toilettentisch, ein Sessel mit einer Leselampe. Alles elegant und funktional. Schön auf eine unaufdringliche Art.
So wie sie.

»Ich habe Angst, Nick.«
»Ich weiß …« Er zögerte, bevor er sagte, was er sich selbst kaum eingestehen wollte. »Ich auch.«
»Ich muss hier weg. Ich halte das nicht mehr aus. Keine Minute mehr.«
Er sah sie noch einmal an und sagte: »Gehen wir.«

Mason schloss das Apartment auf, erst zum zweiten Mal. Diana ging an ihm vorbei in die Leere, ließ den Blick über die kahlen Wände schweifen und dann hinaus zu den Lichtern und dem vorbeiströmenden nächtlichen Verkehr unten.
»Was ist das hier?«
»Ein Rückzugsort. Um von allem wegzukommen.«
Als sie sich zu ihm umdrehte, sah er, dass sie zitterte.
»Was hast du?«
»Du willst mich umbringen«, sagte sie, »deshalb hast du mich hierhergebracht. Du trägst eine Pistole im Gürtel. Sonst hast du nie eine Waffe dabei.«
»Sonst habe ich auch nicht Sean Burke im Nacken, der mich erledigen will.«
Er machte einen Schritt auf sie zu und sah ihr in die Augen. »Ich würde dir nie etwas antun«, sagte er. »Und ich würde jeden töten, der das versucht.«
Er flüsterte ihr ins Ohr: »Wir wissen beide, was ich tue. Aber nur ich weiß, was ich *nie* tun würde. Sollte er mir je befehlen, dich zu töten … Ich würde stattdessen alle anderen umbringen, wenn es sein muss. Einschließlich mich selbst.«
Sie hörte auf zu zittern und lehnte sich an ihn. Er merkte, wie sie sich entspannte. Nur einen Moment, dann wollte

sie ihn von sich stoßen. Er hielt sie weiter fest im Arm. Von draußen fiel gerade genug Licht herein, dass er die Tränen auf ihren Wangen schimmern sah.

»Ich will nicht, dass er mich anfasst«, flüsterte sie kaum hörbar.

»Das werde ich nicht zulassen.«

»Was willst du denn tun, Nick? Du kannst ihn nicht aufhalten.«

Der Gedanke war ihm zum ersten Mal gekommen, als er durch diesen Flur im Aqua gerannt war, nachdem er McLaren getötet hatte. Hatte Form angenommen, als er sich durch diesen Wald gekämpft hatte, gejagt von einem ganzen Zug von Army Rangers. Hatte sich verfestigt, als er durch den Bunker gegangen war, ein halbes Dutzend tote Männer dort liegen gesehen und erkannt hatte, dass das Blut auf dem Boden eigentlich sein eigenes hätte sein sollen.

Die Idee war so simpel wie naheliegend und so klar wie das Glockengeläut von St. Gabriel.

Sobald Darius Cole aus dem Gefängnis kommt.

Innerhalb von vierundzwanzig Stunden.

Selbst wenn ich dafür selbst wieder ins Gefängnis muss …

»Ich bringe ihn um«, sagte er.

Dianas Mienenspiel zeigte in rascher Abfolge Schock, Entsetzen, und ein kurzes, verzweifeltes Aufblitzen von Hoffnung, das jedoch gleich wieder erlosch und neuem Entsetzen Platz machte. Sie schüttelte den Kopf und wollte sich von ihm losmachen.

Doch sie waren schon zu weit zusammen gegangen, waren sich schon zu nahe, um noch auseinandergerissen zu werden. Es gab kein Zurück mehr, und als Mason sie wieder an sich zog, widersetzte sie sich nicht. Ihr Mund war seinem so nahe, dass er ihren Atem einatmete, ihre Brust lag an seiner Brust, ihre Herzen schlugen kontrapunktisch. Sie presste die flache Hand gegen ihn, nicht, um ihn wegzustoßen, sondern um ihn sanft auf den Boden zu drücken. Er legte die Arme um sie und zog sie mit sich herunter.

Endlich küssten sie sich, vorsichtig zuerst, dann mit immer mehr Leidenschaft, bis sie sich gegenseitig die Kleider vom Leib rissen. Diana grub ihre Fingernägel in seinen Rücken, als sie gleichzeitig kamen. Alle Angst und Anspannung verschwand, denn sie brachten einander dazu, etwas anderes zu empfinden, etwas, das echt und unmittelbar und gut war, zumindest für diese wenigen Augenblicke dort im Halbdunkel.

Hinterher lagen sie zusammen, und Diana fuhr mit den Fingern die Ränder seines Verbands um Hals und Schulter nach.

Mason sah zur Decke hinauf und kostete diesen Moment der Stille aus, von dem er nie erwartet hätte, ihn an diesem Tag zu erleben.

»Es muss eine andere Möglichkeit geben«, sagte Diana schließlich. »Was ist, wenn du …« Sie stützte sich seitlich auf den Ellbogen, damit sie ihn ansehen konnte. »Was ist, wenn du es nicht schaffst? Was passiert dann mit dir? Und mit mir?«

»Ich werde nicht versagen.«

»Lass dir von mir helfen«, sagte sie.

»Nein. Ich muss das allein machen.«

Sie legte sich wieder hin, bettete den Kopf auf seine Schulter, während Chicago, schön und schrecklich zugleich, dort draußen auf sie beide wartete. Er wusste, dass sie sich nur noch wenige Stunden hier verstecken konnten.

Niemand kann mir helfen.

Der Gedanke kreiste ständig in seinem Kopf. Die Worte rotierten und prallten aufeinander, bis sie sich schließlich mit anderen verbanden und er auf einmal, zum ersten Mal, seit er aus dem Gefängnis gekommen war, eine Möglichkeit sah, sich zu befreien.

Niemand kann mir helfen.

Außer einem.

Sean Burke.

18

Es gibt nicht viele Menschen, die eine ganze Stadt auf den Kopf stellen können.

Der Präsident. Der Papst. Wenn sie kommen, steht alles still, alle wissen davon. Die ganze Atmosphäre ist anders in diesen paar Stunden. Dann reist der berühmte Mann wieder ab, und alles kehrt zum Normalzustand zurück.

Als Sean Burke zurück nach Chicago kam, kannte nur noch eine Handvoll Bewohner überhaupt seinen Namen. Noch weniger hatten eine Vorstellung davon, was für ein Chaos er mit sich bringen würde.

Doch für diese wenigen Leute sollte er die Stadt für immer verändern.

Sean Burke interessierte sich einen feuchten Dreck für Chicago, seine alte Heimatstadt, es war ihm egal, wie sehr sie sich an diesem Tag veränderte oder nicht. Er wollte nur eins: diesen Mann namens Nick Mason.

In La Villita schloss Marcos Quintero gerade den Koffer mit den Sachen seiner Tochter Gabriela. Seine Frau Rosa hatte eine alte Freundin, die sie aus ihrer Kirche an der Twenty-eighth Street kannte und die jetzt jenseits der Staatsgrenze in Hammond, Indiana, wohnte. Dorthin würde er die beiden bringen und sie erst wieder zurückholen, wenn er absolute Gewissheit hatte, dass ihnen keine Gefahr drohte.

Als er half, die Koffer ins Auto zu laden, sah er sich nach

beiden Seiten um. Seit Mason hier aufgetaucht war, wusste er, wie verwundbar seine Familie war, wie leicht sie zu finden sein würde.

Besonders für den Mann, dem er einst Darius Coles Befehle übermittelt hatte. Den Vorgänger von Nick Mason. Den Mann, der die Maßstäbe für jeden Killer gesetzt hatte, den Cole nach ihm anheuern sollte.

Sean Burke, den ersten *Ángel de la Muerte*.

Im Stadtviertel Lincoln Park fädelte sich Detective Frank Sandoval hinter Mason in den Verkehr ein und folgte ihm die Straße hinunter. Sean Burke war mittlerweile seit sechzehn Stunden auf freiem Fuß, und Chicago lag etwa zwölf Autostunden von New York City entfernt. Diese Rechnung hatte Sandoval zu der Schlussfolgerung gebracht, dass dies ein guter Tag war, um sich ein wenig freizunehmen. Der Sergeant, der sein aus sechs Leuten bestehendes Team leitete, war nicht glücklich darüber gewesen. Der Sergeant war in letzter Zeit über vieles nicht glücklich.

Sandoval ebenso wenig. Er wusste ehrlich nicht, wie lange er diesen Job noch machen konnte.

Doch heute trat das alles hinter seine oberste Priorität zurück: Nick Mason nie aus den Augen lassen.

Marshal Bruce Harper entließ sich selbst aus dem Forest Hills Hospital, mit dem Vermerk »gegen ausdrücklichen ärztlichen Rat« in seiner Patientenkartei. Er hatte einen frisch verbundenen Kopf und eine Gehirnerschütterung dritten Grades, die ihm abwechselnd Übelkeit und Sehtrübungen verursachte. Trotzdem ging es ihm immer noch verdammt viel besser als den sechs Vollzugsbeamten, die unten im Keller auf ihren Obduktionstischen lagen.

Travis Clairborne. So hieß der Marshal, den man mit einem Kopfschuss auf dem Parkplatz vor dem Bunker gefunden hatte.

Travis Arschloch Clairborne, den er vor einigen Monaten aus WITSEC in die Gefangenenverwaltung abgeschoben hatte. Was die Integrität des Mannes betraf, hatte ihn sein Gefühl nicht getrogen, wohl aber, was dessen Fähigkeit betraf, in seine alten Büroräume einzubrechen.

Beim Anziehen fluchte Harper zum hundertsten Mal vor sich hin. Er musste sich eine geschlagene Minute am Bettgestell festhalten, ehe er das Zimmer verlassen konnte. Dann fuhr er hinunter, stieg in ein Taxi und ließ sich zum Flughafen bringen, um den Flug um elf Uhr dreiundvierzig nach Chicago zu erwischen.

Bundesanwältin Rachel Greenwood starrte auf die Kartons, die im größten Besprechungsraum ihrer Dienststelle aufgestapelt waren. Für den nächsten Morgen war eine Anhörung angesetzt, bei der Richterin Oakley den Antrag der Verteidigung prüfen würde, sämtliche Anklagen gegen Darius Cole fallenzulassen und seine Verurteilung aufzuheben. Somit hatte sie einen Tag Zeit, um das ganze Beweismaterial aus dem ursprünglichen Prozess durchzusehen.

Falls Starrs Scarpa-Einspruch stattgegeben und das meiste von dem hier ausgeschlossen wird, was bleibt mir dann noch?

Sie nahm sich den ersten Karton vor. Verhaftungsprotokolle. Polizeiberichte. Sie zog ein Polizeifoto heraus. Ein

schmales, pockennarbiges Gesicht. Das Gesicht eines ausgehungerten Tieres.
Sean Burke. Ihre letzte Chance, einen Zeugen gegen Cole aufzubieten.
Ich habe nichts, sagte sie sich. *Das wird das reinste Gemetzel.*

Darius Cole erwachte siebzehn Stockwerke über der Straße, wo ein paar wenige Sonnenstrahlen durch den schmalen Fensterspalt in der Mauer fielen. Zwölf Jahre nach dem langen Transport nach Terre Haute war er zurück in Chicago. Zurück in der Stadt, die ihm immer noch gehörte.
Eigentlich hätte er sich gut fühlen müssen an diesem Morgen. Er konnte auf die erfolgreiche Umsetzung seines Plans zurückblicken, Stufe für Stufe, angefangen vom Tag seiner Entstehung in der Gefängnisbibliothek, wo er juristische Fachzeitschriften gewälzt und schließlich diesen einen Schwachpunkt in Prozessen mit anonymen Geschworenen gefunden hatte. Garantiert hatte einer der zwölf Geschworenen bei seinem eigenen Prozess irgendwo in Chicago gegenüber der falschen Person am falschen Ort und zur falschen Zeit mit dem Fall geprahlt, darauf wettete er.
Das war die zündende Idee gewesen, die alles ins Rollen gebracht hatte, und jetzt würde einer der besten Rechtsanwälte des Landes ihn morgen bei dieser Anhörung vertreten, bestens gerüstet für den Kampf … Cole stellte eine schnelle Berechnung an: Wenn alles so lief wie gedacht, unter Berücksichtigung der Bearbeitungszeit, bestand durchaus die Möglichkeit, dass er in rund dreißig Stunden auf freiem Fuß sein würde. Keine sichere Sache, das nicht,

aber er hatte noch andere Züge in petto, falls dieser nicht gleich zu einem Schachmatt führte.
Denn wenn man Darius Cole heißt, hat man immer alternative Schachzüge in petto. Nützliche Figuren auf dem Brett.
Die einzige Figur, die ihm an diesem Morgen Kopfzerbrechen bereitete, war Sean Burke. Es war ein Fehler gewesen, ihn nicht entschlossener zu jagen, als er damals aus Chicago abgehauen war. Er hätte eine Armee auf ihn hetzen sollen. Keine Kosten und Mühen scheuen.
Cole lugte durch den Fensterspalt, konnte aber nur das Gebäude auf der anderen Straßenseite erkennen und ein Stückchen vom Pflaster unten, wenn er sich auf die Zehenspitzen stellte. Sean Burke war aus dem Bunker geflüchtet, die abtrünnige Figur, die sich unberechenbar über das Schachbrett bewegte. Und Cole hatte keinen Zweifel, wohin ihr Weg sie führen würde.

Sean Burke sah die Teufelshörner des Sears Tower in der Ferne, als er über die Skyway Bridge fuhr. Das letzte Mal hatte er die Brücke in die entgegengesetzte Richtung überquert, war aus Chicago hinaus und ostwärts gefahren, um das einzige Zuhause, das er seit seiner Ankunft in Amerika gekannt hatte, hinter sich zu lassen und ein neues Leben in New York City zu beginnen.
Er hätte nie gedacht, dass er einmal Grund haben würde, hierher zurückzukommen. Als man ihn nach Dannemora geschickt hatte, war es sowieso zu einem Ding der Unmöglichkeit geworden, Chicago würde er garantiert nie wiedersehen. Und doch fuhr er nun hier über den Calumet River, in einem Ram-1500-Pick-up, der einmal dem Mann

an der Kasse einer Tankstelle in Flushing Meadows gehört hatte, und in Kleidern, die demselben Mann gehört hatten. Hinter der Stadtgrenze lenkte er den Wagen in westliche Richtung auf sein altes irisches Viertel zu. Die meisten der alten Gebäude in Beverly kannte er noch, was ihn aber kaum wunderte. In dieser Gegend hatte man mit Veränderung nicht viel am Hut.

Einen halben Block von der Eckkneipe entfernt hielt er, stieg aus und ging über den alten Gehweg bis zu dem Haus, sah die dunklen Fenster und das Polizeiabsperrband vor dem Eingang. Das war die Bar seines Vetters Eamon, der ihn aufgenommen hatte, als er aus Crossmaglen hatte fliehen müssen, der ihm das Gästezimmer oben gegeben und ihn mit gewissen Leuten in der Nachbarschaft bekannt gemacht hatte. Da es Morgen war, hätte Eamon gerade Eier für die Anstreicher und Klempner braten und die ersten alkoholischen Getränke des Tages an die anderen, die nicht arbeiten konnten oder wollten, ausschenken sollen. Doch das Lokal war anscheinend geschlossen. Burke wollte gerade über die Querstraße darauf zugehen, als ein Streifenwagen der Chicagoer Polizei sich näherte und auf den Parkplatz fuhr.

Mehr brauchte er nicht zu sehen, um zu wissen, dass Eamon tot war.

Burke stieg wieder in den Pick-up und fuhr mit knirschenden Zähnen und weiß hervortretenden Fingerknöcheln am Lenkrad durch die Stadt. Das Sturmgewehr, das er aus dem Bunker mitgenommen hatte, lag neben ihm auf dem Beifahrersitz, und er versuchte zu überschlagen, wie viel Schuss er noch im Magazin hatte.

Aber eigentlich will ich keine Schusswaffe benutzen, dachte er. *Es soll nicht schnell gehen.*

Ihm fiel die Firma in der Canal Street ein, nicht weit vom Chicago River entfernt. Sie hatte in einem Gewerbegebiet zwischen kleinen Fertigungsbetrieben mit geringem Verkehrsaufkommen gelegen. Burke erinnerte sich an Kisten, die an der Rampe entladen, ausgepackt oder umgepackt wurden, manche wurden auch weggeworfen, andere an Lieferadressen geschickt, über die er nichts wusste. Das gehörte nicht zu seinem Verantwortungsbereich, und er hatte den Eindruck gehabt, dass er nicht einmal etwas von diesem Standort hätte wissen sollen. Doch das spielte jetzt keine Rolle mehr, denn als er durch das Tor fuhr, sah er einen neuen Kältetechnikbetrieb in dem alten Gebäude. Er machte sich gar nicht erst die Mühe, auszusteigen und zu fragen, wohin die ehemals dort sitzende Import-Export-Firma gezogen war. Mit Sicherheit war sie gut getarnt in einer anderen vergessenen Ecke der Stadt untergebracht worden.

Cole ist zu schlau, um sein Hauptquartier zu lange an einer Stelle zu belassen, sagte sich Burke. *Ich frage mich nur, wie viele von der alten Crew noch leben und immer noch für ihn arbeiten. Und wer von ihnen mich zu diesem Mason führen kann.*

Burke durchquerte die Stadt westwärts und fuhr nach La Villita. Er bog auf die Trumbull Avenue ab und passierte das alte Haus in der Mitte des Blocks. Dann parkte er und wartete darauf, dass Quintero sich blicken ließ. So manche Nacht in seiner Zelle hatte er damit zugebracht, sich vorzustellen, wie er mit diesem Wichser abrechnen würde, der ihn oft mitten in der Nacht angerufen und herumkommandiert hatte wie einen Sklaven. Er wusste nicht, was alles nötig sein würde, damit Quintero Mason ans Messer lieferte, hoffte aber, dass der Mann sich als stur erwies.

Dass er ihn dazu veranlasste, ihn zu foltern, vielleicht sogar seine ganze Familie, bis er die Informationen hatte, die er brauchte.
Er wartete noch eine ganze Weile, aber es gab nirgends ein Lebenszeichen, und er dachte nicht daran, hinzugehen und die Nachbarn zu fragen, ob Marcos Quintero noch hier wohnte. In einem Viertel wie diesem würden sie einem rothaarigen Fremden wie ihm einen Scheißdreck erzählen.
Als er zu dem Restaurant in der Rush Street fuhr, schien jeder Häuserblock Erinnerungen an die verschiedenen Aufträge wachzurufen, die er zuerst für den alten Mann mit dem Buchmachergeschäft und danach für Cole ausgeführt hatte. Cole hatte zwar viel besser bezahlt, dann aber ein Problem damit gehabt, dass er gegen seine Anweisung einen rivalisierenden Dealer umgebracht hatte. Er hatte sich in dem Glauben gewogen, dass der Krieg vorbei wäre, bis Cole ihm nach all den Jahren diese Typen im Aufzug auf den Hals gehetzt hatte.
Hast du wirklich geglaubt, sagte er in Gedanken zu seinem ehemaligen Boss, *ich könnte zu einem Verräter werden?*
Er versuchte, sich den Namen des Restaurants ins Gedächtnis zu rufen, in dem Cole einen Großteil seines Gelds gewaschen hatte. Irgendwas mit A …
Antonia's. Das ist es.
Das Lokal sah besser aus, als er es in Erinnerung hatte. Die Fenster hatten jetzt rote Markisen, und es gab einen Baldachin über der Tür. Burke parkte auf dem restauranteigenen Parkplatz und ging zum Vordereingang hinein. Dabei fragte er sich, ob Cole den Laden immer noch zur Geldwäsche benutzte und um besondere Angestellte mit Jobs ohne Anwesenheitspflicht zu versorgen. Gab nur einen Weg, das herauszufinden.

»Guten Tag, Sir«, sagte der Empfangschef in einem Ton, der eher das Gegenteil wünschte. »Haben Sie eine Reservierung zum Mittagessen?«

Burke sah an sich herunter und stellte fest, dass er immer noch das Arbeitshemd und die Jeans des Tankstellenkassierers trug. Typischer amerikanischer Snob, der glaubte, dass ihn ein teurer Anzug zu was Besserem machte.

»Habe ich nicht, zu dumm.«

»Bedauerlicherweise sind wir heute komplett ausgebucht.«

Burke spähte an ihm vorbei in die offene Küche und erhaschte einen Blick auf die Chefin. *Diana. Coles Geliebte.* Sie sah genauso toll aus wie früher. Besser als alles, was ihm seit langem begegnet war.

»Haben Sie was dagegen, wenn ich hier mal auf'n Topf gehe?«, fragte Burke.

»Wie bitte?«

»Aufs Klo. Die Toilette.«

Der Oberkellner wirkte nicht begeistert, wies ihm aber den Weg. Burke dankte ihm und ging durch einen Korridor auf die Toiletten zu, wobei er darauf achtete, sich außerhalb von Dianas Blickfeld zu halten. Als er die Tür zum Büro gefunden hatte, sah er sich kurz um und schlüpfte hinein.

Er stellte sich darauf ein, den Aktenschrank aufbrechen zu müssen, doch der war unverschlossen – sein erster Glückstreffer, seit dieses Blechtablett den Weg in seine Bunkerzelle gefunden hatte. Unter »M« blätternd, suchte er die für Nicholas Mason angegebene Adresse heraus.

Und traute seinen Augen nicht.

Seine hoffentlich letzte Station lag nicht weit entfernt. Er befand sich schon nördlich des Loop und fuhr nun am Seeufer entlang. Der North Avenue Beach war so gut wie verlassen; ein Wind blies vom Wasser her, der den Wellen Schaumkronen aufsetzte. Burke fuhr die Lincoln Park West hinauf und verlangsamte, als er sich dem Town House näherte. Er kurvte einmal um den Block und hielt beim zweiten Mal in der Nähe des Eingangs zum Zoo, gerade noch nahe genug am Haus, um es im Blick zu behalten.

Der Anblick dieses Town House rief die Erinnerung an das erste und einzige Mal wach, als er hineingedurft hatte, als er die moderne, elegante Holztreppe in die Wohnung des großen Darius Cole hinaufgestiegen war. Die schicke Küche mit den Arbeitsplatten aus grünem Granit und einer Kochinsel in der Mitte, die größer war als das Zimmer, das er sich zu Hause mit seinem Bruder geteilt hatte. Die luxuriösen Sitzmöbel aus Leder und der riesige Fernseher, der Poolbereich draußen auf der Terrasse. *Leck mich, wer baut denn einen Pool so hoch über der Straße?* In dieser Hütte hätte er sich gern noch ein bisschen länger aufgehalten.

Burke war selbst überrascht über den rasenden Neid, der plötzlich in ihm aufstieg. Als er für Cole gearbeitet hatte, war er ordentlich bezahlt worden, keine Frage. Aber er war verdammt noch mal nicht eingeladen worden, zusammen mit der Königin im Palast des Königs zu leben, so wie Mason offenbar. Er hatte in diesem kleinen beschissenen Loch über der Bar in Beverly gehaust, ohne schicke Küche, ohne Dachterrassenpool, ohne Seeblick. Und statt jeden Abend zu einer Frau wie Diana nach Hause zu kommen, war da nur sein betrunkener Cousin Eamon gewesen.

Der Gedanke an seinen Vetter brachte ihn in die Gegenwart zurück und fachte das ohnehin schon in ihm lodernde Feuer noch mehr an. Er blieb im Truck sitzen und be-

obachtete das Town House, bis er endlich ein Gesicht über dem Geländer der Dachterrasse auftauchen sah.
Das muss er sein, sagte Burke sich.
Das ist Nick Mason.

Mason hatte das Warten satt. Es war bereits dunkel und Zeit, etwas zu unternehmen. Er ging hinunter in die Garage, setzte sich ans Steuer des Jaguar und öffnete die automatische Garagentür. Zentimeterknapp stieß er rückwärts darunter hervor auf die Straße, schloss die Tür wieder per Knopfdruck und riss die Reifen auf dem Asphalt herum. Überall leuchteten die Straßenlaternen gegen die kalte Nacht an.
Als er durch die Rush Street fuhr, machte er die dunkle Limousine hinter sich aus. Sandoval. Falls ihnen beiden noch jemand anders folgte, konnte er jedenfalls nichts davon sehen. Er parkte den Wagen an der Straße, in dem Valet-Parkservicebereich direkt vor dem Restaurant, und ging hinein. Diana war gerade dabei, die Küche abzuschließen. Sie sah verängstigt aus.
»Es wird alles gut«, sagte er und gab ihr die Schlüssel zu seiner Geheimwohnung. »Pass auf, dass dir niemand folgt.«
Sie sah nicht aus, als glaubte sie Ersteres, verstand aber Letzteres und küsste ihn kurz auf den Mund, als sie die Schlüssel entgegennahm. Das Restaurant war leer, niemand hier außer ihnen, und Mason verspürte den plötzlichen Drang, sie hochzuheben und auf den Vorbereitungstisch zu setzen.
»Wir feiern später«, sagte sie, ihm ansehend, was er vorhatte. »Pass auf dich auf.«

Mit einem Nicken nahm er seine Pistole aus dem Gürtel und führte Diana zur Hintertür. Er ging als Erster hinaus und ließ die Tür hinter sich zufallen, wartete auf Schritte, einen Schuss, irgendetwas. Die Seitenstraße war still. Er hielt ihr die Tür auf, und sie kam heraus, eilte zu ihrem schwarzen BMW und fuhr davon.

Mason ging wieder hinein. Als er zum Vorderfenster hinaussah, war er froh, Sandovals dunklen Wagen nicht am Straßenrand zu sehen. Auch Quinteros Escalade oder den grauen Pkw, der ihm manchmal stattdessen folgte, sah er nicht.

Und immer noch keine Spur von Burke.

»Verdammt, wo steckst du?«, sagte Mason. »Ich bin hier. Die Tür ist offen.«

Er hatte den ganzen Tag versucht, wie Burke zu denken, sich in ihn hineinzuversetzen. *Was würde ich an seiner Stelle tun?* Deshalb wollte er sichtbar bleiben, ohne es zu auffällig zu machen. Wenn Burke für Cole gearbeitet hatte, wusste er von dem Town House und höchstwahrscheinlich auch von dem Restaurant.

Das Haus war aus Burkes Sicht kein guter Ort für einen Angriff. Dieser Mann mochte gerade aus einem unterirdischen, mit sechs bewaffneten Wachen besetzten Bunker entkommen sein, aber die taktischen Nachteile waren einfach zu groß. Es gab keinen vernünftigen Grund, in eine zwei Etagen über dem Straßenniveau liegende Wohnung einzudringen, die mit Überwachungskameras und Gott weiß was für anderen Sicherheitsvorkehrungen ausgestattet war, wenn man wusste, dass der Bewohner irgendwann zwangsläufig herauskommen und einem die Sache sehr erleichtern würde.

Blieb also das Restaurant. Masons Wagen stand direkt davor, nur eine Plakatwand könnte deutlicher verkünden, dass er hier zu finden war. Sobald Burke sich zeigte, wäre das nächste Problem, ihn zu isolieren, ihn von allen anderen fernzuhalten, einschließlich Sandoval, und zugleich den Spieß umzudrehen, so dass Burke der taktisch Unterlegene wäre.

Wäre jetzt ein super Zeitpunkt, um Eddie zur Rückendeckung hier zu haben, dachte Mason.

Er spähte wieder hinaus auf die Straße. Eine dunkle Limousine fuhr einen halben Block weiter rechts ran, mit der Schnauze zum Restaurant. Er brauchte nicht erst durch die Windschutzscheibe zu spähen, um zu wissen, wer dort drin saß.

Sandoval.

Als er sein Handy herausnahm und Sandovals Nummer wählte, spielte er im Kopf durch, was passieren würde. Sandoval war hier genauso ungeschützt wie er selbst. Eher noch mehr, wie er dort in seinem Zivilfahrzeug saß, das trotzdem unverkennbar nach Polizei aussah. Burke würde ihm, ohne mit der Wimper zu zucken, eine Kugel in den Hinterkopf jagen. Das war der letzte Gedanke, den er jetzt gebrauchen konnte – wie ein betretener Cop mit dem Hut in der Hand an der Tür von Sandovals Ex-Frau und seinen Kindern läutete.

»Hören Sie«, sagte er, sobald Sandoval ranging. »Sie müssen hier weg.«

»Ich denke nicht dran.«

»Sandoval, Sie haben keine Ahnung, was Sie da tun. Ich kann es Ihnen jetzt nicht erklären. Hauen Sie einfach ab!«

Er beendete den Anruf und sah noch einmal aus dem Fenster. Es wurde Zeit, die Reset-Taste zu drücken und sich schleunigst davonzumachen. Er zog die Vordertür auf und trat hinaus. Es war kälter jetzt, da es auf Mitternacht zuging, aber er spürte es kaum. Als er in den Jaguar steigen wollte, bemerkte er einen Draht, der vom Türgriff nach unten führte. Er hatte schon fast die Hand daran, wich einen Schritt zurück und kniete sich auf ein Bein, um unter den Wagen zu sehen. Der Draht verlief bis unters Fahrgestell. Er würde den Teufel tun und ihn abtasten, um herauszufinden, mit was er verbunden war.

Sein Handy klingelte. Er wusste, dass es Sandoval war, sah gar nicht erst hin. Mit einem Blick nach beiden Seiten ging er los. Bei jedem Schritt vermutete er Sean Burke irgendwo hinter sich, der seinen Rücken im Fadenkreuz hatte. Doch nein, sein Gefühl sagte ihm, dass Burke kein Killer war, der auf Distanz tötete. Zumindest nicht in seinem Fall.

Das ist etwas Persönliches für ihn. Er wird mein Gesicht sehen wollen. Wird wollen, dass ich seines sehe.

Während er die Rush Street in südliche Richtung hinunterging, hörte er hinter sich ein Auto näher kommen. An der Illinois schwenkte er ab und ging entgegen der Fahrtrichtung durch die Einbahnstraße. Es war an sich schon ziemlich schwer, einen Fußgänger mit dem Auto zu verfolgen, aber in Chicago war es geradezu unmöglich.

Er zählte bereits die Blocks bis zu dem Apartmentgebäude, zu dem es nicht mehr weit sein würde, wenn er erst einmal den Fluss überquert hatte. Doch dann blieb er abrupt stehen. Er war beim Kaufhaus Nordstrom, das um diese Zeit geschlossen hatte, nur die Schaufenster waren beleuchtet und zeigten herbstliche Dekorationen mit Kürbissen und buntem Laub und einer gutgekleideten Schaufensterpuppe, die ihn durch die Scheibe anstarrte. Eine Gestalt kam auf ihn zu, ein einsamer Schemen, der mit jedem

Schritt größer wurde. Sandoval war es nicht. Der würde die Cop-Nummer machen und in seinem Wagen bleiben, vielleicht zum Funkgerät greifen. Burke dagegen würde sein gestohlenes Auto ohne weiteres stehenlassen und die Verfolgung zu Fuß fortsetzen. Das wusste Mason, weil er es genauso machen würde.

Er griff unter seine Jacke und packte den Griff der Browning. Die Gestalt kam näher, ging jedoch zögerlicher, als sie den Kopf hob und ihn dort mit der Hand am Gürtel stehen sah. Eine unmissverständliche Körpersprache in einer Stadt, in der jeden Tag jemand erschossen wurde. Der Mann ging auf die andere Straßenseite und eilte weiter, wobei er ihn die ganze Zeit im Blick behielt.

In dem Moment fiel ihm eine weitere Gestalt auf. Ein weiterer einsamer Schatten, dort hinten an der Kreuzung, der sich nicht vom Fleck rührte.

Mason dachte an das Schießtraining mit Eddie und überlegte, wie nahe der Mann herankommen müsste, um ihn mit der Browning zu treffen. Er musterte ihn eingehend, und als der Wind auffrischte, sah er einen der Schöße seines langen Mantels sich bewegen. Erinnerte sich an das leere Fach des Waffenschranks im Bunker, an das Massaker auf dem Boden.

Er hat ein Sturmfeuergewehr unter seinem Mantel. Wenn wir eine Wildwest-Nummer hier auf der Straße abziehen, bin ich ein toter Mann.

Mason drehte sich um und ging weiter bis zur Wabash Avenue, wo er abbog und den Fluss ansteuerte. Die Zwillingstürme von Marina City ragten auf der einen Seite auf, der protzige Trump Tower auf der anderen, und als er über seine Schulter blickte, sah er den Schatten einen Häuserblock weit hinter sich. Er ging über die Wabash Avenue

Bridge, wo sich unter ihm glitzernd die Lichter des spätnächtlichen Chicago widerspiegelten.

Ich brauche einen Trumpf. Ich brauche irgendeinen Vorteil.

Am Ende der Brücke beschleunigte er seine Schritte und stieg vom Wacker Drive zur Uferpromenade hinunter. Gleich darauf merkte er jedoch, wie exponiert er dort war. Sein Verfolger konnte auf der Brücke anhalten, das Geländer als Stütze für sein Gewehr benutzen und ihn einfach niedermähen. Die Frage wäre nur noch, ob seine Leiche auf den Uferweg oder in den Fluss fallen würde. Er ging noch schneller und bog in südliche Richtung auf die State Street ein. Nach einem weiteren Block kam er zur Kreuzung Lake Street, wo sich noch ein paar versprengte Leute auf Kneipentour in der kalten Nacht herumtrieben. Sie sammelten sich an dieser Ecke, da hier sowohl Hochbahn als auch U-Bahn fuhren, die eine in ostwestliche Richtung, die andere in nordsüdliche.

Mason lief die Treppe zur Hochbahn hinauf, blieb kurz an einem nach Norden zeigenden Fenster stehen und sah den Mann die State Street entlangkommen. Trotz des schwachen Lichts erkannte er rote Haare und dass der lange Mantel ihm um die mageren Schultern schlotterte. Er hielt auf dieselbe Treppe zu, also eilte Mason ans andere Ende des Bahnsteigs und stieg die Treppe dort wieder hinunter. Auf der Straße unten überquerte er die State Street und sah sich kurz um, bevor er zu der in südliche Richtung fahrenden U-Bahn hinunterging.

Am Bahnsteig wartete gerade ein Zug. Mason stieg ein und blickte wieder wachsam hinter sich. Die automatische Durchsage bat darum zurückzutreten, doch im selben Moment kam eine große Gruppe von Jugendlichen im

Collegealter die Treppe heruntergerannt und sprang noch hinein. Als die Türen sich geschlossen hatten, ging Mason ans Ende des Waggons und blickte durch die Trennscheibe in den Waggon dahinter. Die Kids standen alle, es waren mindestens ein Dutzend. Dann teilte sich die Gruppe, und Mason sah Sean Burke in dem grellen künstlichen Licht stehen.

Ihre Blicke trafen sich. Burke lächelte und öffnete seinen Mantel so weit, dass Mason das an einem Schulterriemen hängende Gewehr sehen konnte. Dann musterte er dezidiert die anderen Fahrgäste um sich herum – außer den Collegestudenten waren es zwei ältere Männer in Overalls und eine Frau mit einem Baby in einem Tragetuch –, taxierte sie mit demselben Lächeln, ehe er wieder zu Mason hinsah. Die Botschaft war deutlich: Wenn es sein musste, würde er sie bedenkenlos alle umbringen.

Sie standen sich wie angewurzelt gegenüber, während die Bahn durch den Tunnel raste. Burke brach schließlich den Bann und kam auf die Tür zu. Mason wich ans andere Ende zurück und ging durch die Verbindungstür in den nächsten Waggon. Als er sich umdrehte, sah er Burke langsam, aber unaufhaltsam herannahen. Sie wussten beide, dass irgendwann das Zugende erreicht wäre.

Doch nur einer von ihnen war oft genug mit der roten Linie gefahren, um zu wissen, dass bald die nächste Station kommen würde.

Während Burke sich dem Durchgang zum letzten Wagen näherte, ließ Mason den Blick prüfend über seine Mitfahrenden schweifen: Ein Mann saß neben der Einstiegstür, ein anderer schlief offenbar, ein dritter stand und hielt sich an der Stange fest. Der Stehende würde als Erster erschossen werden, er ahnte nicht, dass er vielleicht nur noch fünf

Sekunden zu leben hatte. Mason nahm die Browning aus dem Gürtel und wollte ihnen gerade zuschreien, sich auf den Boden zu werfen, als die Beleuchtung plötzlich flackerte und der Zug einen Tick zu hart bremste. Der stehende Mann an der Stange schwankte, während Burke nach vorn geschleudert wurde und sich den Kopf an der Scheibe stieß. Der Zug hatte die Station erreicht, bevor Burke die Verbindungstür hatte öffnen können. Mason stieg rasch aus und eilte über den Bahnsteig.

Er hielt die Pistole auf dem Rücken, entsichert, den Finger am Abzug. Burke hatte praktisch mehrere Sekunden lang zwischen den beiden Wagen gehangen, doch als Mason den Ausgang ansteuerte, sah er ihn durch eine der offenen Türen kommen. Der Gewehrlauf ragte aus seinem Mantel heraus, und er hatte jetzt freie Sicht auf ihn. Die Treppe hinauf zur Straße war nicht weit weg, aber er konnte unmöglich dorthin gelangen, ohne abgeknallt zu werden.

Er sah hinter sich und entdeckte eine schmutzige Servicetür aus Stahl in der Wand der Haltestelle. Als er am Griff rüttelte, ging sie jedoch nicht auf.

Es gab keinen Triebwagen an diesem Ende, also auch keinen Fahrer, der ihn von irgendwelchen verbotenen Aktionen hätte abhalten können. Mason warf noch einen schnellen Blick über die Schulter, wo alle anderen vom Bahnsteig zur Treppe strömten. Burke grinste ihn an. Hier ging es nicht weiter, es sei denn …

Ihm blieb nichts anderes übrig, als sich auf die schmale Bahnsteigkante zu zwängen, die von der Endwand der Station ins Dunkel verlief. Er horchte auf Burkes Schritte und arbeitete sich mit dem Rücken an der Wand so schnell und leise wie möglich voran. Am Ende der Kante führte eine kleine Metalltreppe hinab auf die Gleise. Er sah sich noch einmal um und erkannte einen Schemen, der das Licht abhielt: Burke folgte ihm. Mason stieg auf die Gleise hinunter.

Irgendwo weiter vorn gab es eine Sicherheitsleuchte, aber zu weit weg, als dass er sehen konnte, wohin er trat. Er wusste, dass es hier irgendwo ein drittes Gleis gab, wusste, dass es Ratten und Dreck und andere Dinge gab, mit denen er sich jetzt nicht befassen konnte. Schnell lief er weiter auf das Licht zu.

Gleich gehst du direkt unter einem verdammten Spot durch, sagte er sich. *Könntest dir genauso gut eine Zielscheibe auf den Rücken malen.*

Nach weiteren zehn Metern sah er rechts eine Nische. Er schlüpfte hinein und drückte sich an die Wand. Schritte hörte er keine, nur das ferne Rumpeln eines Zugs auf den Schienen, das näher kam.

Sein Herz hämmerte. Er versuchte, es zu beruhigen.

Atmen. Konzentrieren.

Das Zugrattern wurde lauter, und ein Licht tauchte auf, das ebenso stetig heller wurde. Aber es kam von rechts, dem Gleis auf der anderen Seite, und brach sich an den Stützbalken, die die Gleise voneinander trennten. Dann flackerte es kurz und wurde blendend hell, als der in nördliche Richtung fahrende Zug um eine Biegung kam und in der Anfahrt auf die Haltestelle Monroe Street verlangsamte.

Mason schob sich vorsichtig zum Rand der Nische und zuckte gleich wieder zurück, als er die Nähe des Schattens spürte. Die Pistole hielt er mit beiden Händen im Anschlag.

Die U-Bahn fuhr vorbei und bremste. Mason wartete sprungbereit.

Er sah den Lauf des Sturmgewehrs als Erstes und schlug ihn hart mit der Browning nach oben. Dann sprang er heraus und versuchte, den Lauf mit einer Hand zu packen, während er mit der anderen die Pistole schwang. Doch Burke wich zu schnell aus, und Mason wurde von dem Gewehrschaft seitlich am Kopf getroffen und gegen die Wand gestoßen, bevor er die Bewegung kommen sah. Burke trat ihn in den Bauch, dass ihm die Luft wegblieb, und benutzte dann erneut das Gewehr, um ihn auf den Hinterkopf zu schlagen.

Mason kniete auf allen vieren zwischen den U-Bahn-Gleisen im Dreck und wartete auf den Schuss, fragte sich, ob er ihn überhaupt spüren würde.

»Steh auf«, hörte er eine Stimme. Etwas Singendes darin, beinahe melodiös, von irgendwo weit her. »Los, auf die Beine.«

Mason tastete nach der Wand und rappelte sich hoch. Sobald er aufrecht stand, bekam er einen neuen Schlag ins Gesicht, mit dem Gewehr, mit der Faust, er wusste es nicht, und es war auch egal. Wieder fiel er in den Dreck und sah seine Tochter vor sich, ihren Blick, als er sie bei ihrem letzten Beisammensein in dem Restaurant zurückgelassen hatte.

Hätte er da nur geahnt, dass es das letzte Beisammensein überhaupt sein würde.

Eine Hand packte ihn am Kragen und zog ihn hoch. Von irgendwo hörte er ein neues, stetig anschwellendes Geräusch. Ein Donnern in der Ferne, noch weit weg, das ihn nichts mehr anging. In dem schummerigen Licht sah er Burkes gleichmütiges Gesicht. Das ihn taxierte, ihn für den nächsten Schlag anvisierte. Er hatte doch eine Pistole gehabt. Wo war sie? Er hatte sie nicht mehr.

»Willst du echt behaupten«, sang Burke mit seinem irischen Akzent, »dass du der Kerl bist, den Cole als meinen Nachfolger angeheuert hat? Das soll 'n Witz sein, oder?«
Mason hörte ihn ausholen, was ihm aber auch nichts half. Er bekam den Hieb voll aufs Kinn und wäre wieder zu Boden gegangen, wenn die Wand ihn nicht abgefangen hätte. Das ferne Donnern wurde stärker, und nun tauchte auch ein Licht am Nordende des Bahnsteigs auf. Als Burke sich danach umdrehte, ging Mason rasch in die Knie und rammte ihm die Faust in den Schritt. So etwas hatte er auf den Straßen von Canaryville gelernt. Du kämpfst unfair, wenn es sein muss. Und auch, wenn es nicht sein muss.
Burke krümmte sich, und Mason nutzte das aus, indem er mit der Schulter voran auf ihn losging und ihn gegen einen der Stützbalken trieb. Burke stieß einen Schmerzensschrei aus, als Mason sein Gewehr packte, nicht, um ihn damit zu erschießen, sondern um den Trageriemen gegen ihn einzusetzen, den er so verdrehte, dass er Burke ins Fleisch schnitt.
Der Zug kam kreischend in der Station zum Halten und tauchte beide Männer in ein hartes weißes Licht. Mason zurrte den Riemen noch fester um Burke, während der mit dem rechten Fuß nach ihm trat und ihn am Bein traf, sich dann von dem Balken abstieß und diesen Schwung nutzte, um Mason herumzuwirbeln und rückwärts zur gegenüberliegenden Wand hinzudrängen. Sie stolperten über die Schienen, schafften es aber irgendwie, sich beim Fallen keinen tödlichen Stromschlag zu holen, Burke jetzt oben, der Mason das Gewehr quer auf den Hals drückte.
Als der Zug aus der Station fuhr, konnte Mason in die vorbeirauschenden Wagen sehen, die Hinterköpfe der Leute, Leute auf dem Weg nach Hause zu ihrem geregelten

Leben. Das Getöse war ohrenbetäubend für die wenigen Momente, in denen er gegen das Gewehr ankämpfte, das in seinen Kehlkopf drückte, ihm die Luft abschnürte.
Adriana tauchte wieder vor ihm auf, während die Schienen unter ihm vibrierten und der Zug im Tunnel verschwand. Adriana als Neugeborenes, wie sie aus der Klinik nach Hause in das kleine Haus in Canaryville gekommen war. Adriana als Vierjährige, die samstagsmorgens am Küchentisch auf ihre Pfannkuchen wartete. Adriana als Neunjährige, wie sie neben ihm im Auto saß. Und dann eine Vision von ihr als Teenager, wie sie mit dieser U-Bahn-Linie nach Uptown fuhr, ohne zu ahnen, dass ihr Vater genau an dieser Stelle gestorben war.
Wieder dieses Geräusch. Wieder ein Licht. Mason schielte nach rechts und sah einen neuen Zug herannahen, allerdings diesmal auf dem Gleis, auf dem er lag. Burke sah ebenfalls hin und dann mit einem grausamen Lächeln auf ihn herab. Er sagte etwas, das Mason nicht verstand, das Getöse des Zugs war schon zu laut, der Boden bebte unter ihm, und dann veränderte Burke seine Lage und schob sich von den Schienen herunter, während er ihn weiter mit dem Gewehr zu Boden drückte. Mason wusste, Burke würde die Waffe erst in letzter Sekunde wegziehen, gerade noch rechtzeitig, um sich nach hinten fallen zu lassen und zuzusehen, wie er überfahren wurde.
Mason wand sich unter dem Gewehr, versuchte, es wegzustoßen. Dann sah er, dass der Riemen immer noch um Burkes Hals hing, und lenkte seine Kraft um, zog Burkes überraschtes Gesicht zu sich heran.
»Wir sterben gemeinsam«, sagte er, hielt den Riemen fest und fühlte, wie der andere sich zappelnd dagegenstemmte, aber nicht den richtigen Ansatz hatte, um seinem Ziehen

etwas entgegenzusetzen. Burkes Augen wurden groß, als er zur Seite in die rasch näher kommenden Scheinwerfer blickte. Mason ließ nicht locker, hielt sich und seinen Feind auf den Schienen fest, während das Donnern immer lauter wurde und Burke sich immer verzweifelter wehrte und der Zug schon so nahe war, dass man beinahe das Metall auf der Zunge schmecken konnte.

Burke schrie, und Mason fuhr hoch und rollte sich herum, drehte das Gewehr dabei mit und kehrte alles um, so dass Burke, der immer noch in dem Riemen gefangen war, seinen Vorteil verlor und nun unten lag. Mason hielt ihn mit dem Schaft nieder, sein Hals lag perfekt auf der äußeren Schiene. Das Einfachste von der Welt, jetzt einen Satz zurückzumachen, völlig frei, und Burke vor seinen Augen von dem Zug enthaupten zu lassen.

Burke blickte zur Seite, immer noch brüllend, der Zug nur noch hundert Meter von seinem Kopf entfernt.

Fünfzig Meter.

Zwanzig.

Mason packte ihn am Kragen und zog ihn vom Gleis. Den Riemen hielt er weiter fest, während die Bahn vorbeiratterte und einen Wind aufwirbelte, der mit Dreck und Ruß und Rattenscheiße über sie hinwegfegte, bis auch der letzte Wagen endlich vorbei war.

Mason sah Burke ins Gesicht. Keiner sagte etwas.

Dann hob er die rechte Hand und schlug so lange auf ihn ein, bis er bewusstlos war.

Mason stand auf, klopfte sich ab und ging zu dem anderen Gleis hinüber, um seine Browning zu suchen. Er kehrte mit ihr zurück und entfernte den Riemen von Burkes Hals. Burke kam langsam wieder zu sich. Mason bohrte ihm die Browning in die Schläfe.

»Ich hab dir das Leben gerettet«, sagte er, »aber ich puste dir den Kopf weg, sobald du versuchst, Dummheiten zu machen.«

»Was willst du?«, nuschelte Burke, aus dessen Mund Blut troff.

»Wir gehen jetzt zurück zum Restaurant«, sagte Mason und zog ihn auf die Beine. »Dort unterhalten wir uns ein bisschen.«

19

Trotz seiner Warnung rechnete Mason damit, dass Burke Dummheiten machen würde, und Burke enttäuschte ihn nicht. Er hatte ihn die kleine Leiter hinauf und über den Bahnsteig geschubst, dabei angestarrt von den wenigen nachmitternächtlichen Fahrgästen, die auf die nächste U-Bahn warteten. Beide waren sie dreckig und bluteten, aber Mason hielt die Pistole verdeckt, und niemand unternahm etwas, um sie aufzuhalten.

Burke war stumm geblieben, als sie hinauf zur Straße gekommen waren. Die Kälte verstärkte das Brennen der frischen Kratzer in Masons Gesicht, während er seinen Gegner die State Street hinaufdirigierte, vorbei an der Haltestelle Lake Street und dann über die Wabash Avenue Bridge. Er mied die Rush Street und nahm stattdessen die parallel verlaufende Wabash, um dann scharf links zur Hinterseite des Gebäudes abzubiegen. Er wollte nicht, dass Detective Sandoval sich einmischte. Nicht, bevor er seine Angelegenheiten mit Burke geregelt hatte.

Als er die Hintertür zum Restaurant aufgeschlossen hatte, hatte Burke sich plötzlich angespannt und versucht, ihm die Pistole mit der Rückhand wegzuschlagen. Das hätte vielleicht geklappt, wenn Mason nicht schon überlegt hätte, was für ein gutes Gefühl es wäre, ihm noch eine zu verpassen. Er traf ihn mit dem Pistolengriff mitten ins Gesicht. Die Finger seiner rechten Hand schmerzten danach höllisch, als hätte er nicht schon genug abgekriegt in dieser Nacht, aber Burke trug den größeren Schaden davon, so dass er ihn buchstäblich durch den Gang und in die Küche zerren musste.

Er drückte Burke auf einen Stuhl, nahm ihm den Gürtel ab und schlang ihn über Kreuz um seine Handgelenke. Dann zog er seinen eigenen Gürtel aus und fesselte Burke damit an den Stuhl. Es musste kein fachmännischer Kälberfängerknoten sein, sondern ihn nur für eine Weile ruhigstellen.

Mason tat etwas Eis in einen Plastikbeutel, füllte dann eine Stielkasserolle mit kaltem Wasser und schleuderte es Burke ins Gesicht.

»Wach auf«, sagte er und verzog schmerzhaft das Gesicht, als er den Eisbeutel an seine eigene Wange drückte.

»Warum atme ich noch?«, frage Burke, nachdem er die Augen aufgemacht und seinen Kopf freigeschüttelt hatte.

»Wie gesagt, wir haben miteinander zu reden.«

Burke sah an sich herab und ruckte an den Gürteln.

»Ich nehm das schwerste Gerät in dieser Küche«, sagte Mason, »und prügel dir die Seele aus dem Leib, wenn's sein muss. Jetzt sitz einfach still und hör mir zu.«

Burke lehnte sich zurück und machte ein so herausforderndes Gesicht, wie ein schmaler, an einen Stuhl gefesselter Mann es eben konnte.

»Erstens«, begann Mason, »was ist das für eine Bombe an meinem Wagen?«

Burke grinste. »Da ist keine Bombe.«

»Schwachsinn, ich hab doch den Draht gesehen, der vom Türgriff unters ...«

»Das ist auch schon alles«, sagte Burke. »Nur ein Draht. Ist ein alter Trick aus Crossmaglen. Als wir Kinder waren, haben wir damit oft der RUC einen Streich gespielt.«

Mason sah ihn fragend an.

»Der Royal Ulster Constabulary. Man bindet einen Draht an den Türgriff, damit sie denken, dass eine Bombe unterm Auto ist. Da ist zwar keine, aber man hat ihren Wagen für zwei bis drei Stunden aus dem Verkehr gezogen, bis die Sprengstoffspezialisten eintreffen, die das Ding entschärfen sollen.«

»Woher weiß ich, dass du mir keinen Scheiß erzählst und nicht doch eine Bombe unter meinem Wagen sitzt?«

»Nimm einen Spiegel und halt ihn unters Fahrgestell. Dann siehst du's.«

Mason wollte ihn keine Sekunde allein lassen, es aber auch nicht riskieren, den Mistkerl loszubinden und mit hinüber ins Büro zu nehmen.

»Rühr dich nicht«, sagte er und bohrte ihm die Pistole unters Kinn, um seinem Befehl Nachdruck zu verleihen. Er ging ins Büro, zog die unterste Schublade des Aktenschranks auf und holte seine Reservekopie der Informationen heraus, die Eddie ihm besorgt hatte.

Das dauerte vielleicht dreißig Sekunden, dann war er wieder in der Küche und setzte sich Burke gegenüber. Er wollte gerade den Umschlag aufmachen, als sein Blick auf den Boden fiel und ihm etwas merkwürdig vorkam. Die Stuhlbeine standen jetzt ein bisschen anders.

Der Stuhl war verrückt worden.

Mason stand auf, packte Burke an den Schultern und sah sich seine Hände an. Sie waren immer noch mit dem Gürtel gefesselt, doch bei genauerem Hinsehen entdeckte er eine lange Messerklinge, die Burke an der Innenseite seines rechten Unterarms verbarg. Er nahm ihm das Messer ab und hielt es ihm unter die Nase.

»Ich sollte dir deine verdammten Ohren abschneiden«, sagte er, ehe er das Messer in die Spüle warf. »Hast du noch mehr Tricks auf Lager? Langsam krieg ich die nämlich scheißsatt.«

»Einen hab ich noch, Boyo«, erwiderte Burke und sah ihm dreist ins Gesicht. »Ich nehm dir deine Knarre ab und jag dir jede einzelne verdammte Kugel in den Leib. Und lass dich bis zur letzten am Leben.«

Nur noch einmal, dachte Mason. *Ihm noch einmal so richtig die Fresse polieren, das wäre jetzt genau das, was ich brauche.*

»Ich hätte nie gegen Cole ausgesagt«, sagte Burke. »Er hätte dich nicht schicken müssen, um mich umzubringen. Oder meinen Vetter ...«

Mason nahm ein Foto aus dem Umschlag – zwei Männer auf einem Gehweg, ein Schwarzer, ein Weißer. Er war so gut wie sicher, dass der Weiße den grauen Wagen fuhr, der ihm abwechselnd mit dem Escalade folgte. Auf jeden Fall aber waren das die Typen, die Eddie bis zu der Bar in Beverly verfolgt hatte.

»*Das* sind die Männer, die deinen Vetter umgebracht haben«, sagte er und hielt Burke das Foto vors Gesicht. »Kennst du sie?«

»Der Schwarze ist Patrick«, antwortete Burke. »Er ist schon lange bei Cole. Die große weiße Dumpfbacke heißt Gordie. Er war noch neu zu meiner Zeit.« Burke starrte stirnrunzelnd auf die beiden. »Gordie hat Eamon umgebracht. Das weiß ich. Nicht Patrick.«

Als Mason das Foto zurück in die Mappe steckte, sah Burke ihn an. »Er hätte dich damit beauftragt. Aber du warst in New York.«

Mason widersprach nicht.

»Wäre interessant geworden, wenn du es in den Bunker geschafft hättest, während ich noch da war.«

»Hab ich aber nicht«, erwiderte Mason. »Und du bist jetzt hier. Was bedeutet, dass wir beide die Wahl haben.«
Burke kniff die Augen zusammen. »Die Wahl? Wegen was?«
»Wie es weitergehen soll.«
»Es gab mal 'ne Firma«, sagte Burke. »Drüben an der Canal Street. Sie ist umgezogen.«
»Sie ist jetzt unten an der 111th Street.«
»Und Quintero ... er arbeitet immer noch für Cole?«
Mason nickte.
»Und Coles Freundin führt immer noch das Restaurant. Ich hab sie heute Mittag gesehen.«
»Diana hat nichts mit alldem zu tun«, sagte Mason. »Du rührst sie nicht an. Hast du mich verstanden?«
Burke grinste. »Wir nageln die Puppe vom Boss, ja? Das wird ihm aber nicht gefallen.«
Mason hielt den Lauf der Browning an Burkes linkes Auge.
»Ganz ruhig, Kleiner«, sagte Burke. »Tu das Ding weg, dann können wir weiterreden.«
»Ich sag's dir jetzt ein für alle Mal«, zischte Mason. »Diana wird da nicht mit reingezogen. Was auch passiert, sie ist tabu.«
»Verstanden.«
Mason nahm die Pistole herunter.
»Du bist nur aus einem Grund noch am Leben. Nämlich weil wir beide dasselbe wollen.«
»Und das wäre?«
»Darius Cole tot sehen«, sagte Mason. »Wir wollen beide frei sein. Zusammen könnten wir's schaffen.«
»Du erwartest jetzt echt, dass ich dir helfe?« Burke grinste wieder.

»Cole hat morgen eine Anhörung«, sagte Mason. »Die Wahrscheinlichkeit ist groß, dass er am Ende des Tages auf freiem Fuß ist.«

Burke nickte nachdenklich.

»Also, ganz ehrlich«, sagte Mason und setzte sich wieder. »Wen willst du im Moment lieber aus dem Weg räumen, mich oder Cole?«

Er beobachtete Burke aufmerksam.

Beobachtete diesen entscheidenden Moment, als sein Hass auf ihn auf seinen alten Boss umgelenkt wurde. Wie ein Güterzug auf ein anderes Gleis. Genauso schnell. Genauso tödlich.

»Angenommen, wir arbeiten zusammen«, sagte Burke schließlich, »wie kannst du mir vertrauen?«

»Kann ich nicht«, antwortete Mason. »Aber mir bleibt nichts anderes übrig. Keinem von uns beiden.«

Burke schien das einzusehen. Als Mason aufstand und ihn losband, blieb er sitzen und rieb sich die Handgelenke.

Mason holte das Wegwerfhandy heraus, das er zuvor gekauft hatte, und gab es ihm, zusammen mit ein paar Hundertdollarscheinen. »Meine Nummer ist schon da drin gespeichert. Kauf dir was zum Anziehen. Such dir was zum Übernachten.«

Burke steckte alles ein. »Ich krieg meine Befehle jetzt von dir, ja?«

»Das ist meine Stadt«, sagte Mason schlicht. »Jetzt mach, dass du hier rauskommst, und sei bereit, wenn ich anrufe.«

Als Burke gegangen war, ordnete Mason das Material, das Eddie für ihn gesammelt hatte. Sämtliche Fotos, Computerdaten, alles, was man brauchte, um Coles Organisation zu Fall zu bringen.

Klar, Burke war seine beste Chance für Plan A.

Aber er war klug genug, um zu wissen, dass man immer einen Plan B brauchte.
Es wurde Zeit, den Versicherungsvertrag unter Dach und Fach zu bringen. Zeit, seine Familie und Diana abzusichern, für den Fall, dass er das Ende des nächsten Tages nicht erlebte.
Er nahm sein Handy und wählte Detective Sandovals Nummer.
»Wo waren Sie denn?«, fragte Sandoval gleich nach dem ersten Klingeln. Er klang nicht erbaut. »Ich war direkt hinter Ihnen, aber als Sie das Restaurant verlassen haben, da … Was haben Sie gemacht, sind Sie in ein Gullyloch gesprungen oder was?«
»Vergessen Sie's einfach«, entgegnete Mason. »Ich bin jetzt wieder im Restaurant. Und ich will diesen Deal mit Ihnen machen.«

20

Um neun Uhr am Morgen des schlimmsten Tages ihres bisherigen Berufslebens stand Rachel Greenwood in dem Gerichtssaal im Bundesbehördengebäude, nur wenige Meter von dem Mann entfernt, der allein in dieser Woche direkt für den Tod zweier Menschen verantwortlich war und indirekt mindestens noch für ein Dutzend Tote mehr.

Gott allein weiß, wie viele im Laufe der Jahre, dachte sie. *Zwanzig, dreißig, hundert? Und was ist mit all dem anderen? Dem Drogenhandel, der Erpressung, Geldwäsche, Bestechung, all den zerstörten Leben?*

Dort stand er, Darius Cole, der diesen Gerichtssaal in Kürze als freier Mann verlassen würde.

Wenn auch nicht, bevor Richterin Oakley eine ihrer berühmten vernichtenden Standpauken gehalten hatte, aber selbst das kam Greenwood jetzt nur noch wie ein Haufen leerer Worte vor. Sie hatte versagt. Harper hatte versagt. Das Rechtssystem hatte versagt.

»Mr. Cole«, sagte die Richterin und sah ihn über ihre Lesebrille hinweg an wie in einem Kino-Gerichtsdrama. »Sie wurden vor zwölf Jahren von einer Jury aus neutralen Geschworenen für schuldig befunden, und zwar nach einer Verhandlung, die eine weitverzweigte kriminelle Organisation, gegründet auf illegale Betäubungsmittel, Mord, Einschüchterung, Bestechung und Korruption offenbarte. Für dieses Gericht verkörpern Sie genau das, was unserer Stadt den schlimmsten Schaden zufügt: Drogen, Waffen, diese ganze Kultur der Gesetzlosigkeit. All das personifiziert in einem Mann.«

Darius Cole stand regungslos neben Jay Starr. Er trug einen perfekt geschnittenen olivgrünen Anzug mit einem blasslila Hemd und einer rotgeblümten Krawatte sowie passendem Einstecktuch und sah zur Richterin auf, ohne sie wirklich anzusehen, so ruhig und ungerührt wie jemand, der darauf wartet, dass die Ampel grün wird.

»Sie sind ein Krebsgeschwür für diese Stadt«, fuhr Oakley fort, »ein Krebsgeschwür, das schon einmal diagnostiziert und aus dem Körper entfernt wurde, aber nun tragischerweise wiederaufgetreten ist und Metastasen gebildet hat.«

»Euer Ehren …«, wagte Starr sie zu unterbrechen.

Die Richterin durchbohrte ihn mit einem Blick, woraufhin er verstummte.

»Jeder vernünftige Mensch«, sagte sie, »würde zu dem begründeten Schluss kommen, dass Sie, Darius Cole, für die brutalen Morde an den beiden Männern verantwortlich sind, die bei Ihrem Strafprozess gegen Sie ausgesagt haben. Ebenso hätte jeder vernünftige Mensch keinen Zweifel daran, dass dies hier …«

Sie nahm die vor der Anhörung schriftlich niedergelegte Aussage des pensionierten Agent Horton zur Hand – dieselbe, mit der Greenwood den Mann am Vortag konfrontiert hatte. Er saß im Gerichtssaal, verbarg sich entlarvenderweise in der hintersten Reihe.

»Dass dies hier«, fuhr die Richterin fort, ihn mit den Augen aufspürend, »nichts anderes ist als ein opportunistisches Hirngespinst, zu dem ich hoffentlich bei anderer Gelegenheit noch sehr viel mehr zu sagen haben werde.«

Greenwood sah, wie Cole seinem Anwalt kurz zulächelte.

»Vorerst jedoch sind mir durch das Gesetz die Hände gebunden«, fuhr die Richterin fort, »denn das Gesetz verlangt, dass die Gerichte sich jederzeit an das Beweisrecht halten, ungeachtet der Umstände.«

Letzte Gelegenheit für einen Meteoriteneinschlag, dachte Greenwood. Das hatte ihr erster Chef immer gesagt, wenn ein Fall eine böse Wendung nahm.

»Im vorliegenden Fall«, sagte Oakley, »hat die Staatsanwaltschaft mir dargelegt, dass der überaus größte Teil der Beweislast sich direkt oder indirekt auf die Aussagen von Mr. Coles früherem Buchhalter, Ken McLaren, sowie seinem früheren Berater, Isaiah Wallace, stützt. Da diese Zeugen, wie eidlich attestiert …«

Die Richterin legte eine Pause ein, und es gab einen kurzen Moment völliger Stille im Saal, ehe das Undenkbare geschah.

»Da diese Zeugen zur Zeit der Beweisaufnahme als bezahlte Informanten tätig waren und da sie in einem Wiederaufnahmeverfahren nicht werden aussagen können, bleibt diesem Gericht keine andere Wahl, als die betreffenden Beweise gemäß dem Verwertungsverbot, wie im Fall *Nardone gegen die Vereinigten Staaten* exemplarisch klargestellt, nicht gelten zu lassen. Als sogenannte Früchte des vergifteten Baums.«

Richterin Oakley nahm ihren Hammer und beäugte ihn, als wäre sie genauso fassungslos wie alle anderen im Saal.

»Darius Cole«, sagte sie, »das Gericht hebt hiermit sämtliche Anklagen nach Bundesrecht gegen Sie auf und weist die Gefängnisbehörde an, Sie mit sofortiger Wirkung freizulassen.«

Sie schlug einmal mit dem Hammer auf den Richtertisch und war schon aufgestanden, als der Knall noch durch den

Saal hallte. Die Tür hinter ihr öffnete sich, und sie verschwand.
Greenwood wünschte, sie hätte auch so eine Tür.
Die Journalisten im Saal eilten nicht nach draußen, wie sie es noch vor ein, zwei Jahrzehnten getan hätten. Es gab keine Anrufe bei den Chefredaktionen, um die Druckmaschinen anhalten zu lassen. Stattdessen tippten alle wie verrückt auf ihre Smartphones und Tablets ein.
Die ganze Szene war viel zu ruhig, viel zu verhalten. Als würde die Stadt Chicago noch nicht richtig begreifen, was ihr gerade widerfahren war.

Detective Frank Sandoval saß in der vierten Reihe am Mittelgang. Neben ihm der übel zugerichtete Marshal Harper. Sandoval sah Darius Cole durch den Gang kommen. Wenn man einen Mount Rushmore statt aus Präsidentenköpfen aus denen von Chicagoer Gangsterbossen machen würde, würde man mit Al Capone und John Dillinger beginnen, dann Gestalten wie Tony Accardo und Sam Giancana in Erwägung ziehen. Selbst wenn man einen Darius Cole letztlich nicht für die Endfassung nahm, würde er doch zumindest in die engere Auswahl kommen, und trotzdem ging er nun als freier Mann aus diesem Gerichtssaal, nur dreißig Zentimeter an Sandovals rechtem Ellbogen vorbei.
»Genießen Sie's, solange Sie können«, sagte Sandoval zu ihm.
Cole verlangsamte kaum seinen Schritt und nickte ihm nur lächelnd zu.
Harper drängte sich an Sandoval vorbei in den Gang, um Greenwood aufzuhalten, ehe sie den Saal verließ.
»Marshal!«, rief sie schockiert.

»Ich weiß«, sagte er, »ich sehe furchtbar aus, aber das ist jetzt egal. Ich möchte Ihnen Detective Frank Sandoval vorstellen.«
»Rachel Greenwood«, sagte sie und gab Sandoval die Hand. »Wenn Sie mich jetzt entschuldigen würden …«
»Ich weiß, Sie haben viel zu tun«, sagte Harper, »aber ich dachte, Sie könnten vielleicht ein paar Minuten erübrigen …«
»Tut mir leid«, sagte Greenwood, schon im Weitergehen. »Ich muss mit meinem Boss reden und hören, ob ich noch einen Job habe.«
»Warten Sie. Detective Sandoval würde gern mit Ihnen darüber sprechen, wie wir Cole wieder ins Gefängnis bringen. Ein für alle Mal.«
Das ließ sie aufhorchen. »Dann wollen wir dem Detective mal einen Kaffee spendieren«, sagte sie, auf den Ausgang deutend.

Zehn Minuten später saßen sie ein Stück weiter die Dearborn Street hinunter im hinteren Teil eines Coffeeshops. Ein steter Strom von Behördenmitarbeitern, die sich ihre Kaffees zum Mitnehmen holten, floss an ihnen vorbei, die meisten davon offenbar in seliger Ahnungslosigkeit, was gerade im Bezirksgerichtssaal passiert war.
»Nick Mason hat Ken McLaren umgebracht«, sagte Sandoval. »Er hat Isaiah Wallace umgebracht und hätte auch Sean Burke getötet, wenn es dazu gekommen wäre.«
»Marshal Harper hat Mason schon erwähnt«, sagte Greenwood. »Er arbeitet für Cole?«
»Ja.«
Sandoval warf Harper noch einen kurzen Blick zu und

ließ dann die Bombe platzen. »Ich will Cole festnehmen. Und Mason gegen ihn benutzen.«

Sie setzte ihren Kaffee ab.

»Er wird uns alles liefern, was wir brauchen, damit es diesmal reicht«, sagte Sandoval. »Und er wird aussagen.«

»Im Gegenzug für was, volle Straffreiheit?«

»Ihm geht es mehr um Schutz für seine Ex-Frau und seine Tochter.«

»Was schätzen Sie, wie lange es dauern wird, die Anklage auf feste Beine zu stellen?«

»Ich will nicht warten«, sagte Sandoval. »Ich will ihn noch heute Abend festnehmen.«

Sie sah ihn mit hochgezogenen Augenbrauen an. »Das soll ein Witz sein, ja?«

»Hören Sie«, beharrte Sandoval, »bis eine neue Anklage vor einem Bundesgericht steht, dauert das Monate. Zig Leute arbeiten daran, Ihre Behörde, das FBI, die DEA. Und was passiert in dieser Zeit? Cole kauft sich jemanden oder setzt ihn unter Druck. So wie meinen Partner. So wie diese Marshals. So wie diesen FBI-Mann. So macht er das immer.«

»Aber das ist doch Wahnsinn«, sagte sie. »Sie können ihn nicht auf eigene Faust verhaften.«

»Warten Sie's ab«, erwiderte er. »Ich habe eine laufende Mordermittlung hier in Chicago. Damit wollte ich anfangen, aber wenn Sie mich unterstützen, können wir die Anklagepunkte nach Bundesrecht hinzufügen und *alle* unter Zugzwang setzen. Wir holen uns Mason, sagen ihm, dass die Vereinbarung nach vierundzwanzig Stunden abläuft. Dann muss jeder sich entscheiden: entweder die Anklage *sofort* mittragen oder sich offiziell dazu bekennen, dass Darius Cole erneut ungeschoren davonkommen soll.«

Sie sah ihn lange nachdenklich an. »Sie legen es darauf an, gefeuert zu werden.«

»Ich bin schon halb raus. Wie steht's mit Ihnen? Wie ist es gerade um Ihre Karriere bestellt?«

Greenwood stellte ihren Becher ab und wandte sich an Harper. »Was meinen *Sie?*«

»Hört sich verrückt an«, sagte Harper, »aber Sandoval hat recht. Im Grunde ist nur *ein* Cop dazu nötig. Und *ein* Bundesanwalt.«

»So oder so«, schloss Sandoval, »wird es für Cole ein besonderer Abend. Entweder feiert er groß und geht danach nach Hause in sein eigenes Bett …«

Er beugte sich vor und sah Greenwood mit seinen eindringlichen dunklen Augen an.

»Oder er geht direkt wieder in den Knast. Es liegt bei Ihnen.«

Sean Burke saß am Steuer seines gestohlenen Pick-up mit New Yorker Kennzeichen und beobachtete die Ladenfront an der 111th Street, als eine graue Limousine heranfuhr, gelenkt von dem Mann, den er als Gordie kannte. Patrick saß auf dem Beifahrersitz. Sie stiegen aus und gingen hinein, und Burke wartete geduldig, behielt das Gebäude im Auge, bis Gordie allein wieder herauskam und in einen Kastenwagen stieg, der auf dem angrenzenden Parkplatz stand. Sobald er hinaus auf die Straße fuhr, hängte Burke sich an ihn dran.

Er folgte ihm zu einem großen Transportzentrum am Südrand der Stadt, direkt am Skyway gelegen. Als Gordie wieder wegfuhr, fiel Burke auf, dass der Wagen tiefer lag, offenbar voll beladen war. Doch er interessierte sich nicht für die Ladung. Er interessierte sich nur für den Fahrer.

Er blieb hinter dem Transporter, der die Route zurück zu der Scheinfirma einschlug, doch statt direkt wieder zur Arbeit zu fahren, legte Gordie einen Halt bei einem japanischen Restaurant ein. Burke setzte den Blinker und parkte neben ihm.

Durch die Fensterfront beobachtete er, wie Gordie zur Toilette des Restaurants ging. Dann nahm er den Werkzeugkasten, der den ganzen Weg von New York hierher hinten im Wagen geklappert hatte, und ging ebenfalls hinein.

Eine Handvoll Gäste saß bei einem frühen Mittagessen. Zwei Köche bereiteten Sushi hinter der Theke zu, die beim Eintritt des Neuankömmlings kaum aufblickten. Burke ging an der Theke vorbei zur Toilette.

Gordie stand am Waschbecken und wusch sich die Hände. Immer noch genauso ein Koloss wie früher, genauso hässlich, mit demselben dämlichen Gesichtsausdruck. Nur dass er heute eine dunkle Sonnenbrille trug, wahrscheinlich weil er glaubte, damit wie ein knallharter Typ auszusehen.

Burke schloss die Tür hinter sich ab.

Gordie brauchte geschlagene drei Sekunden, um ihn zu erkennen. Er war gut vierzig Kilo schwerer und fünfzehn Zentimeter größer und trug eine Ruger im Schulterholster, aber innerhalb dieser drei Sekunden verwandelte sich seine Überraschung in die verzweifelte Furcht eines in die Enge getriebenen Tieres.

Bevor Gordie nach seiner Ruger greifen konnte, schwang Burke den Werkzeugkasten und zerschmetterte damit auf einen Streich den Speichenknochen und die Elle des Riesen, um sich dann in dem beengten Raum blitzschnell auf ihn zu stürzen, ihm zwei Finger zu brechen und die Pistole abzunehmen. Mit der Waffe schlug er ihn ins Gesicht, bis der Nasenknorpel pulverisiert war und mehrere Zähne auf dem gefliesten Boden lagen.

Burke machte einen Schritt zurück und wischte sich das Blut von den Händen, während er auf den an der Wand zusammengesackten Mann heruntersah.

»Schön, dich wiederzusehen, Gordie.«

Er hob Gordies heruntergefallene Sonnenbrille auf, hockte sich neben ihn und steckte sie ihm ordentlich in die Innentasche seines Jacketts.

»Wir wollen doch nicht, dass die kaputtgeht.«

Dann zog er den Werkzeugkasten heran und klappte ihn auf.

»So«, sagte er gedehnt, während er durch die Werkzeuge kramte, »womit wollen wir spielen?«

Er nahm einen langen Schraubendreher, einen Hammer und dann noch eine Festhaltezange zur Hand.

»Das ist doch schon mal was«, sagte er. »Für den Anfang.«

Nick Mason saß am Küchentresen und säuberte seine Browning von dem U-Bahn-Dreck. Das Town House war leer und still, Diana managte im Restaurant das Mittagsgeschäft.

Er dachte an Eddie Callahan, der wieder sicher in seinem kleinen Haus in Bridgeport saß, nachdem er ohne Anzeige aus dem Cook County Jail entlassen worden war. Allerdings würde er seiner Frau verdammt viel zu erklären haben.

Es klingelte an der Haustür. Mason ging hinunter, um aufzumachen, und sah zu seinem Schreck Gina mit Adriana an der Hand dort stehen.

»Ich dachte, ihr wärt in Denver«, sagte er und blickte prüfend über ihre Schulter hinweg auf die Autos an der Lincoln Park West.

Die beiden tausend Meilen weit weg zu wissen, war das Einzige, was ihm in der letzten Nacht, als er auf Burke gewartet und es mit ihm aufgenommen hatte, ein wenig Seelenruhe verschafft hatte.

»Ich freue mich auch, dich zu sehen«, entgegnete Gina. Adriana hielt es nicht für nötig, etwas zu sagen, sondern rannte gleich an ihm vorbei die Treppe hinauf.

»Kommt rein«, sagte Mason.

Während er Gina nach oben führte, sah er ihre gemeinsame Tochter schon draußen auf der Terrasse, wie sie ihre Hände in den Pool tauchte. Wie oft hatte er sich ausgemalt, sie einmal hier bei sich zu haben. Doch jetzt, da es so weit war, ausgerechnet an diesem Tag …

»Tolles Haus«, sagte Gina. »Ich hatte ja keine Ahnung …«

»Gehört nicht mir.« Er ging zum Küchentresen und bedeckte die Pistole mit einem Geschirrtuch.

»Wohnt sonst noch jemand hier?«

»Diana. Die Frau aus dem Restaurant«, antwortete er. »Aber du musst wissen …«

»Ich muss gar nichts wissen«, unterbrach ihn Gina mit erhobener Hand. »Das geht mich nichts an.«

»Es tut mir leid wegen neulich«, sagte Mason. »Es ging leider nicht anders.«

»Du bist wirklich ein Arschloch, Nick. Weißt du, wie lange ich auf Brad einreden musste, damit er dich Adriana für den einen Tag nehmen lässt?«

»Ich weiß. Es tut mir leid.«

»Mich hast du schon oft genug enttäuscht, ich bin daran gewöhnt. Aber Adriana …«

Gina stockte, rieb sich die Stirn und wischte eine Träne ab.

»Sie war total geknickt. Es muss für sie gewesen sein, als hättest du sie im Stich gelassen. Wieder einmal.«

»Ich mache es wieder gut bei ihr. Versprochen.«

Sie sahen zu, wie Adriana vom Pool aufsprang und ans Terrassengeländer ging, wo sie zum Zoo hinüberblickte. Mason musste sich beherrschen, um nicht zu ihr hinzulaufen und sie hereinzutragen, wo sie sicher war.

Oder zumindest sicherer.

»Hör mal«, sagte er zu Gina, »wenn du hergekommen bist, um mir ein noch schlechteres Gewissen zu machen …«

»Brad sagt, Denver ist großartig«, sagte Gina. »Die Häuser kosten viel, aber man kann ganz viel machen dort. Die Berge, Skifahren und Wandern, und die Schulen sind wirklich sehr gut …«

Mason merkte, was los war. Sie hatte etwas auf dem Herzen und lenkte ab, redete über Belanglosigkeiten, weil sie nicht damit herausrücken wollte.

»Was ist los, Gina? Sag's mir.«

Sie ging zur Terrassentür und blickte hinaus.

»Das ist meine Stadt, die einzige, in der ich je gelebt habe, abgesehen von diesem einen Jahr auf dem College«, sagte sie. »Und du weißt, wie sehr ich das gehasst habe.«

»Steckt da noch was anderes dahinter? Irgendein Problem zwischen dir und Brad? Ich dachte, ihr wärt das perfekte Paar.«

Sie sah ihn mit ihren funkelnden grünen Augen an. »So etwas gibt es nicht, Nick. Das weißt du.«

»Entschuldige. Das hätte ich nicht sagen sollen.«

»Brad ist ein guter Mann. Und ein guter Stiefvater. Er liebt Adriana wie sein eigenes Kind.«
»Aber …?«
»Aber er lebt für seine Arbeit. Und manchmal gibt er mir das Gefühl, so etwas wie sein privates Sozialprojekt zu sein. Du weißt schon, das arme, verlorene Mädchen aus Canaryville retten und dafür sorgen, dass aus ihrer Tochter was Besseres wird.«
»Das Mädchen, das nie gerettet zu werden brauchte, ich weiß.«
Sie lächelte und sah ihn lange schweigend an.
»Weißt du, wir wären immer noch zusammen, du und ich«, sagte sie dann leise. »Wenn du nicht …«
Sie brachte den Gedanken nicht zu Ende. Das brauchte sie auch nicht.
»Ich weiß«, sagte er. »Ich versuche, alles richtig zu machen, seit ich draußen bin. Mehr kann ich jetzt nicht tun. Aber wenn Brad euch wirklich von hier fortbringen will …«
Er konnte selbst kaum glauben, was er gleich sagen würde. Aber es war das einzig Richtige.
»Dann geht.«
Gina war nicht hergekommen, um ihn um Erlaubnis zu bitten, das wusste er. Doch nach allem, was sie zusammen durchgemacht hatten, brauchte sie diese Antwort von ihm. Das sah er ihr an.
Er sah wieder zu Adriana hinaus, die immer noch am Geländer stand, und musste unwillkürlich an das fremde Augenpaar denken, das sie gerade auf den von Eddie erwähnten Monitoren beobachtete. Und auch wenn er mit Burke eine Abmachung getroffen hatte, konnte er nicht anders, als sich den Kopf seiner Tochter im Fadenkreuz eines Snipergewehrs irgendwo unten auf der Straße vorzustellen.

Du hast einen Handel mit einem Irren geschlossen, dachte er. *Du setzt alles aufs Spiel, was du hast, alles, was dir je etwas bedeutet hat.*

Er ging hinaus auf die Dachterrasse und schnappte seine Tochter, drückte sie an sich und trug sie herein.

Sie flüsterte ihm ins Ohr: »Ich möchte in den Zoo.«

»Machen wir«, sagte er. »Ich verspreche es dir.«

Gina sah ihnen zu, Tränen in den Augen.

»Ich werde immer dein Vater sein«, sagte Mason. »Immer. Das weißt du doch, oder?«

Er fühlte sie an seiner Schulter nicken.

»Egal, ob wir zusammen sind oder getrennt, du bist ein Teil von mir und ich ein Teil von dir.«

»Aber wir werden nicht immer voneinander getrennt sein, oder?«

»Nein«, antwortete er. *Vermutlich eine Lüge.*

»Nicht lange jedenfalls.« *Eine noch größere Lüge.*

»Versprich's mir«, sagte sie.

Er rückte sie sachte ein Stück von sich ab, damit er ihr in die Augen sehen konnte. »Ich verspreche es«, sagte er. »Es wird dir gut gefallen in Denver. Und wir sehen uns bald wieder.«

Sie lächelte, schlang ihm die Arme um den Hals und drückte ihn. »Ich hab dich lieb, Daddy.«

»Ich hab dich mehr lieb, als du dir vorstellen kannst«, sagte er und umarmte sie, als wäre es das letzte Mal. »Ich habe dich sehr lieb.«

Als sie sich voneinander lösten, beugte Gina sich an sein Ohr.

»Danke«, sagte sie so leise, dass es kaum zu verstehen war.

Mason zog Adriana noch einmal an sich, wollte sie nicht loslassen. Dann aber setzte er sie ab und sah den beiden nach, als sie die Treppe hinuntergingen, sah ihnen nach, als sie ins Auto stiegen und fortfuhren. Er stand unten auf der Straße und sah das Auto um die Ecke biegen. Sah sein ganzes Leben davonfahren.

Er blieb lange dort draußen, ohne auf die Kälte zu achten. Irgendwann ging er wieder hinauf, um seine Waffe weiter zu reinigen.

21

Als Darius Cole nach zwölf Jahren Gefängnis seine ersten Schritte in Freiheit machte, war ihm bewusst, dass er das mehr als Unwahrscheinliche geschafft hatte. Er hatte es geschafft, gegen die beste Staatsanwältin zu gewinnen, die die Regierung auf ihn loslassen konnte, wobei diese Frau obendrein über sämtliche Ressourcen des Justizministeriums verfügte. Er hatte zwei Kronzeugen ausgeschaltet, er hatte einen FBI-Agent zur Abrissbirne für das staatliche Beweisgebäude gegen ihn gemacht und einen US-Marshal zu seinen Augen und Ohren innerhalb des WITSEC-Programms.

Er hatte sie alle geschlagen. Und doch ging er an diesem Tag, an dem er allen Grund zum Feiern hatte, sofort zum Geschäftlichen über.

Zwei Männer hatten auf seine Anweisung in der hintersten Reihe des Gerichtssaals auf ihn gewartet. Sie waren genauso bullig wie die Kolosse, von denen er sich in Terre Haute hatte bewachen lassen, nur dass sie statt Gefängnisjeans graue Anzüge trugen. Sie nahmen ihn auf seinem Weg durch den Vorraum in die Mitte, schoben das Knäuel von Journalisten beiseite, das ihn mit Fragen bestürmte, und stampften mitten durch ein Kamerateam hindurch, das sie aufzuhalten versuchte.

Cole brauchte diese Männer jedoch nicht, um ihn aus den Sechs-Uhr-Nachrichten herauszuhalten. Er brauchte sie, um ihn am Leben zu erhalten.

Burke war irgendwo dort draußen. Beobachtete ihn, war-

tete auf eine günstige Gelegenheit. Cole würde nichts merken, würde nichts hören. Denn so arbeitete Burke, der Beste, der ihm je begegnet war. Was bedeutete, dass er, solange Burke lebte, immer auf der Hut sein, seine Wege tarnen, ungeschützte Orte meiden musste.
Kurzum, er musste genauso clever sein wie Burke. Genauso vorsichtig.
Sein Anwalt hatte bereits veranlasst, dass er den Seitenausgang des Dirksen Building benutzen konnte. Lieber wäre er die breite Prunktreppe zur Dearborn Street hinuntergegangen, aber dort würde er die perfekte Zielscheibe abgeben. Mittagsverkehr auf vier Spuren, Trauben von Angestellten auf dem Weg zurück von der Mittagspause. Hochhäuser zu beiden Seiten, Tausende von Fenstern, an denen man ein Scharfschützengewehr positionieren konnte. Er würde seine neugewonnene Freiheit vielleicht nicht mal bis zur Hälfte der Treppe auskosten können.
Natürlich ging es Cole gewaltig gegen den Strich, sich zum Seitenausgang hinausschleichen zu müssen wie ein Dienstbote, statt zum Vordereingang hinauszuschreiten wie ein König, der sein Königreich zurückerobert hat. Aber wie er einmal zu Nick Mason gesagt hatte: Stolz bringt einen Mann schneller ins Grab als jede Kugel.
Als seine Männer ihn aus dem Gebäude hinausgeleiteten, sah er eine schwarze Luxuslimousine am Straßenrand warten. Stahlplatten in der Seitenverkleidung und unterm Dach, getönte Scheiben aus Polykarbonatglas. Einer der Leibwächter hielt ihm die hintere Tür auf, und Cole stieg schnell ein.
»Willkommen zu Hause, Boss«, sagte der Fahrer und gab Gas, sobald auch die beiden Bodyguards eingestiegen waren.

Derjenige, der mit ihm auf der Rückbank saß, reichte ihm ein neues Handy, in dem bereits alle wichtigen Nummern gespeichert waren.
Cole tippte Quinteros an und hatte ihn nach dem ersten Klingeln am Apparat.
»Mason und Sandoval haben einen Deal gemacht«, sagte Quintero, der wie immer gleich zur Sache kam.
Cole brauchte einen Moment, um das zu verarbeiten.
»Woher weißt du das?«
»Horton«, sagte Quintero. »Er kennt jemanden bei der Bundesstaatsanwaltschaft, sagt, diese Frau, die für das Wiederaufnahmeverfahren zuständig war …«
»Greenwood. Die stellvertretende Bundesanwältin.«
»Sie stellt eine neue Anklage zusammen. Verabredung zum Mord, weitere Anklagepunkte nach dem CCE Statute wegen allem, was in den letzten zwölf Jahren war …«
Das Kingpin-Gesetz, dachte Cole. *Angewandt auf die Zeit, die ich eingesperrt war. Was bedeutet, dass sie weder McLaren noch Wallace brauchen.*
»Mason soll der kooperierende Zeuge sein«, stellte er fest.
Mein Samurai.
»Ja«, bestätigte Quintero. »Was wollen Sie dagegen unternehmen?«
»Welche Rolle spielt der Cop?«
»Er darf die Festnahme vornehmen. Will es heute Abend im Restaurant machen, 'ne mongolische Oper draus machen.«
Cole dachte daran, was Sun Tzu vor über zweitausendfünfhundert Jahren in *Die Kunst des Krieges* gesagt hatte: »Lass deine Feinde sich selbst entlarven«.
Burke ist zu schlau, um einen Anschlag im Restaurant auf mich zu planen. Zu schwer, einen sauberen Schuss hinzu-

kriegen, zu viele Zuschauer auf dem Weg nach draußen. Sandoval dagegen ist nur einer von diesen Cops, die denken, sie können sich alles erlauben, bloß weil sie ein Abzeichen tragen.

»Bleib an Sandoval dran«, sagte Cole. »Die ganze Zeit.«

»Und Mason?«

Cole lehnte sich zurück und sah zu dem abgedunkelten Fenster hinaus auf das vorbeifliegende Chicago.

Ich habe ihm ein neues Leben ermöglicht, dachte er. *Und der Mann verrät mich.*

»Um Mason kümmere ich mich selbst.«

Fünf Stunden später war das Antonia's zum Mittelpunkt der Stadt geworden. Eine lange Schlange von Wagen der gehobenen Preisklassen schob sich durch die Rush Street, und einer nach dem anderen hielt vor dem auffälligen Eingang mit dem großen roten Baldachin. Chauffeure hielten dienstbeflissen Türen auf, Männer stiegen aus und boten Frauen den Arm, die herausgeputzt waren wie für das Ereignis des Jahres.

Geschäftsmänner aller Hautfarben, ein Dutzend Sportstars im Ruhestand, eine Handvoll wagemutiger Politiker der unteren Ebenen – sie alle gingen an diesem Abend ein kalkuliertes Risiko ein, indem sie öffentlich die Wiederkehr von Darius Cole feierten.

Drinnen saß Nick Mason auf einem Barhocker und nippte an einem Goose Island. Nur eines zur Entspannung, nicht mehr, er musste hellwach bleiben.

Er trug sein Armani-Jackett über einem weißen Hemd ohne Krawatte und behielt den Eingang im Auge, während die Gäste sich setzten und auf Coles Eintreffen war-

teten. Um acht hätte er hier sein sollen, jetzt war es nach neun, und immer noch keine Spur von ihm.
Mason wurde langsam nervös. Ihn beschlich langsam die Ahnung, dass sein Plan nicht aufgehen würde. Es war nur so ein Bauchgefühl, aber dieses Gefühl hatte ihm schon mehrfach das Leben gerettet, seit er draußen war.
Sein Plan sah vor, Cole seinen großen Auftritt hinlegen und ihn händeschüttelnd durch den Saal gehen zu lassen. Dann würde er ihn kurz ins Büro bitten, während Diana für die nötige Ablenkung sorgte – sie hatte sogar eine Pfanne für einen kleinen Ölbrand vorbereitet –, damit er in dem Moment mit Cole allein blieb.
Er würde Cole zur Hintertür führen – die Browning steckte in seinem Gürtel –, ihn in den Jaguar setzen und dorthin fahren, wo Burke bereits wartete. Nach wenigen Minuten wäre er zurück, und zweihundert gutgekleidete Gäste plus ein Detective vom Morddezernat würden bestätigen, dass er zu dem Zeitpunkt, der auf Coles Zehenetikett stehen würde, hier im Saal gewesen war.
Sandoval würde merken, dass er ihn angelogen und nie die Absicht gehabt hatte auszusagen.
Doch damit konnte er leben.
Der Notfallplan, sollte Plan A fehlschlagen, bestand darin, dass Sandoval alle gesammelten Informationen über Coles Organisation erhielt und Mason darauf vertraute, dass er Adriana beschützte.
Und Gina.
Und Diana.
Natürlich wollte er nicht auf den Notfallplan zurückgreifen müssen, denn das würde bedeuten, einem Cop zu vertrauen, dem Justizsystem zu vertrauen.
Es würde außerdem bedeuten, dass er tot wäre.

Mason sah wieder zur Tür hin. Sein Handy klingelte. Er nahm ab und ging dabei zum Ende der Bar, um die Umgebungsgeräusche zu minimieren.

Es war Cole. »Kleine Planänderung. Ich bin in Englewood. Bring Diana mit.«

Masons Bauchgefühl hatte ihn nicht getrogen. Die Verspätung hatte den Zeitplan bereits durcheinandergebracht, und jetzt stand das ganze Vorhaben auf dem Spiel. Sandoval, der darauf wartete, Cole an diesem Abend zu verhaften, würde die Geduld verlieren und sich nicht an die Vereinbarung halten.

Und wusste der Himmel, was Burke tun würde, wenn Mason nicht lieferte.

»Alle warten hier auf Sie«, sagte Mason.

Cole überhörte das und nannte ihm eine Adresse.

»In zwanzig Minuten«, sagte er. Dann legte er auf.

Mason legte das Handy weg und sah Diana bei einem Tisch mit acht Männern stehen, alle schon angetrunken. Sobald er ihren Blick auffing, nickte er ihr zu, woraufhin sie zu ihm herüberkam. Ihr Gesicht war gerötet, sowohl vom vielen Herumlaufen, um zweihundert ungeduldige Gäste bei Laune zu halten, als auch von dieser Nervosität, gegen die auch Mason schon den ganzen Tag ankämpfte. Und da war noch etwas anderes. Hier war eine Frau, die darauf wartete, dass ihr Geiselnehmer zur Tür hereinkam. Der Geiselnehmer, von dem sie nie gedacht hätte, dass er noch einmal zurückkehren würde.

»Das war Cole«, teilte Mason ihr mit. »Wir müssen weg.«

Sie wurde kreidebleich. »Nick, so haben wir das nicht …«

»Ich weiß«, sagte er. Er wollte sie an sich ziehen, aber das ging nicht. Nicht hier im Restaurant vor zweihundert Leuten. »Wir müssen Ruhe bewahren. Auf Zeit spielen.«

»Nick, ich weiß nicht ...«
»Vertraust du mir?«
»Das hat nichts mit ...«
»Diana«, sagte Nick und sah ihr in die Augen, »vertraust du mir?«
»Ja«, antwortete sie, sichtlich darum bemüht, die Fassung zu wahren. Jeden anderen hätte sie vielleicht getäuscht, aber Mason las immer noch Furcht und Zweifel in ihrer Körpersprache. »Gehen wir.«

Einen halben Block vom Restaurant entfernt saß Sandoval in seinem dunkelblauen Zivilfahrzeug. Er hörte den Polizeifunk ab; die zweite Schicht war schon eifrig bei der Arbeit, während wieder einmal eine Nacht über Chicago hereinbrach.
Sandoval hasste es zu warten. Von jeher. Observation war die reinste Tortur für ihn, und damit auch für sein Umfeld – man brauchte nur einen seiner früheren Partner zu fragen. Heute Abend aber war er allein. Ein Mann, ein Paar Handschellen.
Aber immer noch kein Anzeichen von Darius Cole.
Er sah überrascht auf, als Masons schwarzer Jaguar plötzlich mit Tempo vom Parkplatz fuhr. Ohne lange zu überlegen, folgte er ihm, sah, wie er zweimal nach links abbog und dann in südliche Richtung fuhr.
Sandoval nahm sein Handy und drückte die Schnellwahltaste für Masons Nummer. »Was soll der Scheiß?«, sagte er. »Wo ist Cole?«
»Ich hole ihn«, antwortete Mason. »Ich bringe ihn hierher. Bleiben Sie einfach beim Restaurant, und halten Sie sich bereit.«

Dann legte er auf. Sandoval warf das Telefon auf den Beifahrersitz. Er würde den Teufel tun und zurückfahren, um in der Rush Street zu warten. Auf der Wabash Bridge holte er Mason ein und blieb hinter ihm.

Quintero machte das Warten nichts aus. Er wusste, dass Geduld sich auszahlte. Er hatte viele Männer auf den Straßen sterben sehen, weil sie nicht genug davon gehabt hatten.

Heute Abend würde er jedes kleine bisschen *Paciencia* brauchen, denn eigentlich wollte er nur eins: in dieses Restaurant marschieren, Mason packen und ihn hinaus in die Seitengasse zerren, um ihn totzuprügeln.

Quintero sah Masons schwarzen Jaguar vom Parkplatz fahren und Sandoval sich an seine Fersen hängen. Er ließ den Escalade an und folgte beiden über die Wabash Bridge bis hinunter nach Englewood.

Am anderen Ende der Stadt, im irischen Viertel Beverly, klingelte Bruce Harper an der nächsten Haustür neben Nummer hundertzwanzig. Vielleicht war es auch hunderteinundzwanzig, er hatte aufgehört zu zählen. Sein Arm war zwar nicht mehr in der Schlinge, tat aber immer noch höllisch weh, und den Kopfverband über der üblen Schramme, die Burke ihm verpasst hatte, als er seinen Kopf gegen die Bunkerwand geschlagen hatte, trug er immer noch.

Ein Mann von mindestens siebzig Jahren machte ihm auf. Wahrscheinlich hatte der Alte sein ganzes Leben in dieser Straße verbracht, einen halben Block von der Eckkneipe entfernt, die Burkes Cousin gehört hatte.

Harper zeigte ihm sein Marshal-Abzeichen und dann das Polizeifoto von Burke und fragte ihn, ob er Burke in letzter Zeit in der Gegend gesehen habe.

»Ich kenne seine Familie«, antwortete der Mann, »aber Sean habe ich seit vielen Jahren nicht mehr gesehen. Sitzt er nicht wegen Mord drüben in New York?«

»Hat er«, sagte Harper, »und deshalb brauche ich Ihre Hilfe.« Das war immer eine gute Methode, die Leute auf die eigene Seite zu ziehen: ihnen das Gefühl geben, dass sie dabei mitwirken, für Recht und Ordnung zu sorgen. Als würde man ihnen ein Deputy-Abzeichen an die Brust heften.

»Falls Sie ihn sehen«, sagte Harper, »oder jemanden von ihm sprechen hören, rufen Sie mich an, ja? Es gibt eine halbe Million Dollar Belohnung.«

Wenn es schon gut war, jemanden zum Hilfssheriff zu machen, um sich seine Mithilfe zu sichern, so wirkte eine halbe Million noch verdammt viel besser.

»Hab den Jungen sowieso nie gemocht«, sagte der Alte mit einem schiefen Lächeln und steckte die Visitenkarte ein.

Harper dankte ihm und ging weiter. Er litt immer noch unter den Folgen einer Gehirnerschütterung, aber er hatte weitere Häuser hier in Burkes alter Nachbarschaft abzuklappern. Denn wie jeder gute US-Marshal kannte auch Bruce Harper die eine unfehlbare Regel bei der Suche nach einem Flüchtigen: *Früher oder später kommen sie alle nach Hause*.

Die Adresse war ein dreistöckiges Apartmenthaus in der May Street, Ecke Sixty-eighth, im Herzen von Englewood. Als Mason und Diana zur Vorderseite herumgingen, sahen sie ein großes Wandgemälde, das Derrick Rose darstellte, der früher selbst in Englewood gewohnt hatte und der beliebteste Spieler der Chicago Bulls seit Michael Jordan gewesen war, bis er an die New York Knicks verkauft wurde. Der Rest der Fassade sah durch das krasse Chicagoer Wetter ziemlich mitgenommen aus, aber das Gemälde war erst vor kurzem aufgefrischt worden, und Rose trug immer noch seine alten Farben, Rot und Schwarz.

Sie fuhren mit dem Aufzug nach oben. Mason nahm Dianas Hand und drückte sie. Er glaubte, ihr Herz schlagen zu hören.

Cole kann das niemals rausgekriegt haben, sagte er sich.

Das mit dem Deal mit Sandoval.

Oder das mit mir und Diana.

Nie im Leben. Nicht einmal er.

Die Aufzugtür öffnete sich, und sie gingen durch den langen Flur auf das Licht zu, das aus der letzten Tür ganz hinten fiel. Die Musik wurde mit jedem Schritt lauter. Ein dröhnender Bass, den Mason sogar durch den Fußboden spürte, bis das plötzliche Wehklagen eines Saxofons ihn übertönte.

Er kannte das Stück, eine von Coles Lieblingsnummern: Coltrane, *A Love Supreme*.

Er nickte Diana zu und tastete zur Vergewisserung nach der Pistole in seinem Gürtel.

Dann klopfte er an und schob die Tür weiter auf. Ein halbes Dutzend Männer befand sich in der Wohnung, alle schwarz, alle in perfekt sitzenden Anzügen, die vermutlich aus einem Laden wie Balani's oben in der Monroe Street stammten. Dazu buntgemusterte Krawatten und Einstecktücher. Frisch polierte Anzugschuhe aus bestem Leder. Mason erkannte einen der beiden von Eddie foto-

grafierten Männer wieder – es war der, den Burke »Patrick« genannt hatte.
Als sie sich allesamt zu Diana und ihm umdrehten, schien ein elektrisches Knistern durch die raucherfüllte Luft zu gehen.
Die Musik hörte abrupt auf, und er erschien.
Darius Cole.
Er sah noch genauso aus, wie Mason ihn in Erinnerung hatte, kleiner als alle anderen im Raum, aber mit einer autoritären Ausstrahlung, die das mehr als wettmachte. Auch er war tadellos gekleidet, in einen olivgrünen Anzug von derart ausgezeichnetem Schnitt, dass man ihn sich kaum in dem orangenen Gefängnisoverall vorstellen konnte, den er bis vor wenigen Stunden noch getragen hatte.
Auch derselbe Gesichtsausdruck wie eh und je. Ruhig und gelassen. Es wäre eine große Dummheit, diesen Ausdruck mit Freundlichkeit zu verwechseln, und geradezu selbstmörderischer Unverstand, ihn für Schwäche zu halten. Mason erinnerte sich noch gut an Coles friedliches Buddhagesicht, als er den Befehl gab, einen Mitgefangenen zu Tode zu prügeln.
Es war einige Monate her, seit sie sich zuletzt gesehen hatten, seit Cole an seinem letzten Morgen im Gefängnis zu ihm gekommen war, um ihm alles Gute zu wünschen und ihm zu sagen, dass sie zwar in Kontakt bleiben würden, *in enger Verbindung*, er aber ihre nachmittäglichen Hofgänge und die Gespräche über seine aktuelle Lektüre vermissen würde.
Diana dagegen … sie hatte Cole zuletzt vor zwölf Jahren gesehen.
Cole zog sie in eine enge Umarmung. Dann trat er einen Schritt zurück, um sie zu mustern.

»Du siehst gut aus«, sagte er leise.
Diana lächelte ihn verhalten an. Mason merkte, wie sie leicht zitterte.
Bleib stark. Er versuchte, den Gedanken per Willenskraft auf sie zu übertragen.
»Stoßen wir an!« Cole stellte sich zwischen sie und legte ihnen beiden die Hand auf den Rücken. Während er sie zu dem Tisch führte, der als behelfsmäßige Bar diente, sah Mason sich in der Wohnung um. Ein großer HD-Fernseher an der einen Wand, kostspielige Möbel, Fotos von jungen Männern auf dem Sims über dem Gaskamin.
»Das war die Wohnung meiner Mutter«, beantwortete Cole seine Frage, bevor er sie stellen konnte. »Sie hat ihr ganzes Leben hier verbracht, hat mich und meine Brüder hier großgezogen, Gott hab sie alle selig.«
Er unterbrach sich und sah sich um, als würde die Vergangenheit in dem Moment wieder für ihn lebendig werden.
»Sixty-eighth Ecke May«, sagte er. »Hat mir nie erlaubt, ihr eine andere Wohnung zu besorgen. Trotz der Schießereien hier jede Nacht. Fünfzig, sechzig Morde pro Jahr in dieser Gegend. Sie meinte, das hier wäre ihr Zuhause und basta. Also habe ich das Haus gekauft und ein paar Regeln aufgestellt, dafür gesorgt, dass jeder sie kennt. Keine Drogen, keine Waffen.«
»Alle warten auf dich im Restaurant«, warf Diana ein.
Mason war froh, dass sie etwas sagte und ihre Stimme normal klang.
»Lass sie warten«, erwiderte Cole. »Diese Leute sind aus eigennützigen Gründen dort. Hat nichts mit mir zu tun.«
Er nahm eine Flasche Champagner der Marke Krug.
»Das hier sind die Menschen, die mir was bedeuten«, sagte er und wies auf die sechs Männer im Raum, die er wahr-

scheinlich schon seit seinen Tagen als kleiner Straßendealer kannte, jeden einzelnen von ihnen. Und die jetzt hier waren, um den Herrscher von Englewood willkommen zu heißen. »Das sind die Männer, die von Anfang an zu mir gestanden haben.«
Er schenkte zwei Gläser ein und reichte sie Mason und Diana. Danach schenkte er eines für sich ein.
»Auf die Freiheit«, sagte er und hob sein Glas. »Das unbezahlbarste Gut, das es gibt.«
Sagt der Mann, der sich seine gerade erkauft hat, dachte Mason, als er mit Cole anstieß. Dabei behielt er Diana im Auge.
Als Cole sein Glas abstellte, strich er mit zwei Fingern der rechten Hand über Dianas Hüfte. Eine schlichte, intime Geste, die vor allem eines besagte: *Es ist zwölf Jahre her, seit ich eine Frau berührt habe.*
Mason fing ihren Blick auf. *Halt durch.*
»Isaiahs Mutter hat unten drunter gewohnt«, sagte Cole, »bis zu ihrem Tod. Ich habe sie hier leben lassen, auch nach dem, was ihr Sohn mir angetan hatte.«
Er legte Diana die Hand auf die Hüfte und ließ sie ganz langsam, beinahe unmerklich, an ihrem Oberschenkel hinabgleiten.
»Habt ihr das Wandbild von Derrick Rose draußen gesehen?«, fragte er. »Er ist auch hier in der Straße aufgewachsen. Ist immer mit seinem Rad zum Stadion rübergefahren, hat geschworen, dass er eines Tages da drin spielen würde. Der Junge war für dieses Team *geboren,* war genau wie jeder andere Junge hier in der Gegend mit seinen Farben geboren. Wenn man genug Talent hat, kann man ein anderes Spiel spielen. Aber irgendetwas muss man spielen.«

Alle hörten ihm zu. Als er innehielt, war nur das Ticken der Uhr auf dem Kaminsims zu hören.

Einatmen, sagte Mason sich im Takt mit der Uhr. *Ausatmen.*

»Derrick war der König dieser Stadt, bis er verletzt wurde. Dann haben sie ihn verkauft, weil er angeschlagen war. Wenn er jetzt zu Hause spielt, dann in einem anderen Trikot. In anderen Farben. Trotzdem lieben ihn alle nach wie vor, weil sie wissen, dass er nicht freiwillig gegangen ist. Er wäre Chicago treu geblieben, aber der Besitzer des Teams kannte keine Treue zu ihm. Jetzt spielt der Junge aus Englewood für New York.«

Cole legte auch die andere Hand auf Dianas Hüfte.

Mason beobachtete diese Hände und konzentrierte sich auf seine Atmung.

»Die Bulls gehören mir nicht«, fuhr Cole fort. »Aber wenn, würde der Junge immer noch für mich spielen. Denn ich bin mir über etwas Wichtiges im Klaren, Nick, nämlich dass zur Loyalität immer zwei gehören. Ein Mann wie McLaren, dem ich viele Jahre lang mein Geld anvertraut habe … Oder ein Mann wie Isaiah Wallace, der mir so nahestand wie einer meiner Brüder …«

Er zog Diana fester an sich. Diana schloss die Augen.

Mason stockte der Atem. *Ruhig Blut,* sagte er sich. *Nicht reagieren.*

»Nick«, sagte Cole dann, »was habe ich gesagt? Keine Waffen!«

»Ich kannte die Regel nicht«, erwiderte Mason, während er die Browning aus dem Gürtel nahm und sie ihm gab, die Rolle des treuen Soldaten spielte.

Cole begutachtete die Pistole. »Von Quintero hast du die nicht.«

Jetzt sind mir die Hände gebunden. Wie es jetzt auch weitergeht, ich kann nichts tun.
»Die habe ich mir selbst besorgt«, sagte er.
Cole nickte und steckte die Pistole in den Hosenbund. »Ich leih sie mir mal aus, wenn du nichts dagegen hast. Diana und ich müssen jetzt zum Restaurant, uns dort blicken lassen.«
»Ich fahre euch«, sagte Mason.
»Ich habe einen Chauffeur«, sagte Cole. »Du bist kein Chauffeur, du bist ein Killer. Oder etwa nicht?«
Mason antwortete nicht darauf.
»Ich habe dich etwas gefragt, Nick.«
»Doch, das stimmt.«
»Also, warum willst du dich dann selbst degradieren?«, fragte Cole. »Weil du mich so gern fährst oder weil du Diana so gern fährst? Hast du Diana herumgefahren, Nick? Gehört das zu deiner Tätigkeitsbeschreibung?«
»Nein.«
»Nein. Also denke ich, du bleibst hier«, sagte Cole. »Bei den anderen Killern. Diana kommt mit mir.«
Diana stellte ihr Champagnerglas so fest auf dem Tisch ab, dass es klirrte. Mason sah die reine Panik in ihren Augen und musste sich bezähmen, sie nicht von Cole fortzureißen. *Wenn du das jetzt machst,* sagte er sich, *seid ihr beide tot.*
Cole nickte den anderen Männern im Zimmer zu. Zwei lösten sich von dem Rudel und gingen ihm zur Tür voraus, dann folgte er, seinen Arm eng um Dianas Taille gelegt.
Mason warf ihr noch einen Blick zu.
Bleib ruhig, versuchte er, ihr zu signalisieren. *Bleib stark.*
Die Tür schloss sich hinter ihnen, und er sah sich den übrigen vier Männern allein gegenüber. Als Football-Spieler

wären es zwei bullige offensive Quarterbacks, ein robuster athletischer Linebacker und ein hochgewachsener Tight End gewesen.
»Rauch eine Zigarre, während du wartest«, sagte der Linebacker und hielt ihm eine kubanische Cohiba hin.
»Nein danke.«
»Der Mann will keine Zigarre rauchen zur Feier des Tages.« Er dehnte »zur Feier des Tages« in die Länge. »Nicht mal, wenn sein Boss aus dem Knast kommt.«
Ein gedämpftes Lachen grollte durch den Raum wie fernes Gewitter.
»Weißt du, was gerade richtig Mist ist?«
Mason sah ihn an, dann der Reihe nach die anderen. Vier Augenpaare, die ihn beobachteten. Ihn taxierten.
»Was denn?«
»Wir dürfen dich nicht umbringen. Aber du wirst dir noch wünschen, wir würden es.«

22

Die vier Männer umringten Mason, hinderten ihn daran, die Wohnung zu verlassen, hinderten ihn daran, Cole und Diana zu folgen.
Er schützte seinen Kopf, als er den ersten Schlag abbekam, wählte den Mann zwischen sich und der Tür und rammte ihm die Schulter in die Brust, knallte ihn gegen die Wand, dass jeder Bilderrahmen in der Wohnung klapperte. Dem Kerl blieb die Luft weg, und Mason packte ihn am Jackett, um ihn gegen die anderen drei zu schleudern und zur Tür zu stürzen.
»Wo willst du hin?«, sagte eine rauhe Stimme, und er fühlte sich an den Schultern gepackt. Als er herumfuhr, um dem Mann einen Fausthieb zu verpassen, bekam er einen Schlag direkt in den Magen.
Verzweifelt dachte er an all die Male, die er es bei einem Kampf mit mehreren Gegnern zu tun gehabt hatte, an all die Lektionen, die er auf der Straße gelernt hatte.
Bleib in Bewegung, sagte er sich. *Biete ihnen keine leichte Angriffsfläche.*
Und vor allem, bleib auf den Beinen.
Doch ein weiterer Hieb gegen die Schläfe ließ ihn auf ein Knie niedergehen. Kaum dass er wieder hochgekommen war, stießen sie ihn zurück in die Zimmermitte. Umzingelten ihn erneut.
Als er sich umdrehte, versetzte ihm einer einen Schlag von hinten. Er drehte sich weiter. Wieder ein Schlag.
Er merkte, wie er zusammenklappte, und wappnete sich

gegen den nächsten Typ, der jedoch seine Deckung vergaß.
Mason schnellte hoch und stieß ihm die Faust gegen den Adamsapfel. Der Mann hielt sich den Hals, während Mason zur Tür hechtete, aber diesmal gingen sie gleich zu zweit auf ihn los, einer schlug ihn auf den Hinterkopf, während der andere einen Tritt gegen seine Brust ausführte. Er spürte, wie etwas nachgab, als der Schuh ihn traf, versuchte, den Mann am Gürtel zu packen, und bekam ein Knie gegens Jochbein, woraufhin alles plötzlich weiß wurde, und dann schickte ihn ein neuer Schlag auf den Kopf zu Boden. Er schmeckte Teppich, vermischt mit warmem Blut. Als einer von den Kerlen ihn für den nächsten Tritt ausrichten wollte, rollte er sich weg, versuchte aufzustehen, fühlte etwas gegen seine Schläfe krachen.
Du musst dich schützen, dachte er, während er seinen Kopf mit den Händen bedeckte. *Bleib bei Bewusstsein.*
Du musst zu Diana.

Detective Sandoval hatte damit gerechnet, Darius Cole in spätestens einer Stunde die Handschellen anlegen zu können, ein für alle Mal. Stattdessen saß er jetzt irgendwo mitten in Englewood in seinem Auto und musste zusehen, wie sein Abend aus den Fugen geriet.
Cole war gerade mit zwei von seinen Männern und der Frau, die er sich in dem Town House hielt, herausgekommen.
Kein Mason.
Er hat gesagt, er würde Cole zurück ins Restaurant bringen … War das gelogen? Er hat mich schließlich schon öfter angelogen, der Scheißkerl. Hat mir am Tisch gegenüber-

gesessen und behauptet, er wüsste nichts über einen toten Cop oder einen toten Drogendealer oder zwei tote Zeugen …

Sandoval beobachtete, wie die vier in die schwarze Limousine stiegen und losfuhren.

Aber wenn er nicht gelogen hat, heißt das, dass ihm was passiert ist. Was soll ich jetzt machen? An Cole dranbleiben? Oder raufgehen und Masons Arsch retten?

Sandoval griff zu seinem Funkgerät, zögerte und legte es fluchend wieder ab.

Ich hoffe, du lebst noch, Mason, dachte er, als er aus dem Auto stieg und ins Haus ging, *damit ich dich höchstpersönlich umbringen kann.*

Diana saß mit Darius Cole auf der Rückbank der langen Limousine. Als sie ihn von der Seite ansah, blickte er starr geradeaus, ohne irgendeine Emotion zu zeigen.

»Alle werden sich freuen, dich zu sehen«, sagte sie. Etwas Unverfängliches. Etwas, um ihn zum Reden zu bringen.

Im Geiste sah sie immer noch Nicks Gesichtsausdruck, als Cole sie weggeführt hatte.

»Nicht alle«, entgegnete er und fixierte sie. »Manche hatten nichts dagegen, dass ich fünfhundert Kilometer weit weg in einer Gefängniszelle saß, auch wenn sie jetzt so tun, als wären sie froh über meine Rückkehr.«

Sie merkte, wie sie rot wurde. Als ob er direkt in sie hineinblickte.

»Also, ich bin froh.«

»Was ist mit Nick?«

Sie wartete einen Moment, überlegte sich die Antwort. »Er bestimmt auch.«

Cole beugte sich vor und tippte dem Mann auf dem Beifahrersitz auf die Schulter. »Hast du dafür gesorgt, dass Mr. Winters für heute Abend eingeladen wurde?«
»Ja, Sir.«
»Weißt du, dieser Mann, Mr. Winters«, sagte Cole zu Diana, »er wird bei den Ersten sein, die mir die Hand schütteln wollen. Wird sagen, wie großartig es ist, mich zu sehen. Ich hatte eine Vereinbarung mit ihm getroffen, bevor ich wegmusste, und jetzt, da ich zurück bin, wird es interessant sein festzustellen, wie froh er tatsächlich ist.«
Sie hörte ihm genau zu. Versuchte, aus ihm schlau zu werden. Aber das war unmöglich. War es von jeher gewesen. Selbst für sie, die Person, die ihm einmal am nächsten gestanden hatte.
»Ich habe nicht erwartet, dass Mr. Winters sein ganzes Geschäft auf Eis legt, während ich weg war«, fuhr Cole fort. »Ich habe nur verlangt, dass er sich an unsere Vereinbarung hält.«
Er wandte sich wieder zu ihr um. »Hört sich das vernünftig für dich an?«
»Natürlich.«
Er nickte. »Mehr habe ich nicht verlangt. Nur seine Loyalität. Dass er seinen Verpflichtungen mir gegenüber nachkommt, während ich fort bin.«
Sie wollte etwas sagen, doch ihr fiel einfach nichts ein. Als der Wagen an einer Ampel hielt, schielte sie zum Türgriff. Nur eine Sekunde lang. Dann riss sie sich zusammen.
Nick hatte recht. Es gab kein Davonlaufen. Nicht vor Cole.
»Ich bin meinen Verpflichtungen dir gegenüber nachgekommen«, sagte Diana. »Ich bin in dem Town House geblieben, habe das Restaurant geführt …«

»Klingt mir nicht nach einem schlechten Leben«, bemerkte Cole. »Ich habe diese zwölf Jahre in einer Gefängniszelle gehockt.«

Wieder eine lange Pause, nur das Geräusch des Windes und der Reifen auf der Straße.

»Ich habe nicht deine Loyalität in Frage gestellt«, sagte er schließlich. »Aber wenn du das Thema schon anschneidest, dann sag mir eins …«

Sie wartete.

»Wie lange geht es schon?«

Er trug immer noch dieselbe gelassene Miene zur Schau, und seine Stimme klang ruhig und emotionslos.

»Ich weiß nicht, was du meinst, Darius.«

»Oh doch. Sag mir einfach, wann es angefangen hat, Diana. Ich bin neugierig.«

Sie blickte einen Moment auf ihre Hände, sammelte sich. Die Furcht krampfte ihr den Magen zusammen, aber sie unterdrückte sie. Wenn sie eines im Zusammenleben mit Darius Cole gelernt hatte, dann das: *Zeig niemals Angst.*

»Du warst zwölf Jahre lang weg. Nach allem, was ich wusste, würdest du für den Rest deines Lebens weg sein.«

»Stimmt.«

»Was hast du also von mir erwartet? Dass ich mich die ganze Zeit einsperre …«

»Wie eine Anachoretin.«

Sie sah ihn an. »Eine was?«

»Eine Anachoretin. Eine Frau, eine Nonne, die sich in ihrer Klosterzelle einmauern lässt und nie mehr herauskommt. Um ihre Hingabe zu zeigen.«

»Das habe ich getan, verstehst du?«, sagte sie. »Zwölf Jahre lang hatte ich kein eigenes Leben. So lange hat meine Hingabe gedauert. Falls du noch mehr wolltest …«

»Nein«, sagte er. »So grausam bin ich nicht. Oder so naiv.«
»Warum bist du dann …«
Sie unterbrach sich, sah zum Fenster hinaus. Spürte eine Wut in sich aufsteigen, von der sie nicht einmal wusste, woher sie kam. *Ich werde nicht die Fassung verlieren,* nahm sie sich vor. *Den Anblick gönne ich ihm nicht.*
»Weißt du, du versammelst all diese Leute um dich«, sagte sie mit fester Stimme. »Die alles Mögliche für dich tun. Aber irgendwann versagen sie zwangsläufig. Oder fangen an, gegen dich zu rebellieren. Denn was du verlangst, Darius, wird früher oder später für jeden unmöglich.«
Er sah sie aufmerksam an, hörte ihr zu.
»Ich weiß nicht, ob dir das überhaupt bewusst ist«, fuhr sie fort, »aber ich glaube, du *willst,* dass sie dich enttäuschen. Du *willst,* dass sie rebellieren.«
»Tatsächlich …«
»Du hättest Nick sonstwo in der Stadt unterbringen können, Darius. Du hättest ihn zurück nach Canaryville schicken können, Herrgott noch mal, dafür sorgen, dass er sich zu Hause fühlt. Aber nein. Du bringst ihn zwanzig Meter von meinem Schlafzimmer entfernt unter. Mal ehrlich, was hast du geglaubt, was passieren würde?«
Er schwieg lange, musterte sie nur.
»Also, Glückwunsch, du hast recht behalten«, sagte sie. »Du hast es gewusst, bevor ich es selbst wusste.«
Sein Ausdruck, immer noch gelassen, immer noch ungerührt, aber mit etwas Neuem darin … einer stillen Intensität, durchsetzt mit etwas, das beinahe Traurigkeit glich …
All ihre Wut versiegte. Die Angst kam zurück, doppelt so stark jetzt.
Denn sie hatte diesen Ausdruck schon öfter gesehen. Hatte die Stille gehört, die damit einherging.

Hatte erlebt, was unweigerlich darauf folgte.
Eine weitere Minute verging, die Stadt rauschte als verschwommener Streifen hinter der getönten Scheibe vorbei. Schließlich drosselte der Fahrer das Tempo, wendete.
Diana schloss kurz die Augen, als Darius herumkam und ihr die Tür aufhielt. Dann stieg sie aus, nahm seinen Arm.
Zuerst erkannte sie nicht, wo sie war. Nicht in der Rush Street. Sie waren nicht zum Restaurant gefahren.
Nach einer endlosen Sekunde begriff sie.
Wir sind vor dem Apartmenthaus.
Nicks geheimer Wohnung.
Sie holte tief Luft. »Nick ist tot.«
»Wenn ich Nick hätte töten wollen, hätte ich es selbst getan«, sagte Cole. »Aber das hätte den Leuten missfallen, für die ich arbeite.«
Sie sah ihn überrascht an.
Keine Veränderung seiner Miene.
»Du arbeitest für niemanden«, sagte sie.
»Wir arbeiten alle für irgendjemanden.«
Sie gingen auf den Hauseingang zu, und sie bewegte sich automatisch mit ihm, spürte ihren eigenen Körper nicht mehr. Im Hausflur befahl Darius dem Mann, der ihnen gefolgt war, dort zu warten.
Eine seltsame Ruhe überkam sie. *Ich wusste, dass es so weit kommen würde, dachte sie. Von dem Moment an, als ich ihn kennenlernte. Von dem Moment an, als ich ihn um Rache für meinen Vater gebeten habe. Von dem Moment an, als ich mich zu ihm ins Bett legte.*
Es lief von Anfang an darauf hinaus.
Darius ließ ihren Arm los, um die Aufzugtaste zu drücken. Als die Tür aufging, bewegte sie sich nicht. Sie spürte seine Hand im Kreuz, die sie vorwärtsschob.

Die Aufzugtür schloss sich. Nur noch sie beide in dieser beengten Umgebung.

Ich werde nicht betteln, sagte sie sich. *Was auch geschieht, ich werde nicht betteln.*

Der Aufzug fuhr langsam nach oben. Dann hielt er, ging auf. Sie sah Darius an. Er wirkte immer noch ungerührt, unbewegt.

Diana fühlte wieder seine Hand auf ihrem Rücken, fühlte sich durch den Flur gehen. Darius öffnete die Tür zu Nicks Apartment. Natürlich war sie für Darius Cole aufgeschlossen worden.

»Komm rein«, sagte er.

Sie betrat die Wohnung, und Cole schloss die Tür hinter ihnen.

Mason wappnete sich gegen den nächsten Schlag, die Welle von Schmerz, die ihn eine halbe Sekunde später überrollen würde.

Es kam nichts. Stattdessen hörte er eine Stimme von irgendwo weit weg. Eine Stimme, die ihm vage bekannt vorkam.

»Chicago PD, Hände hoch!«

Alle im Zimmer erstarrten. Mason rappelte sich auf die Knie und fühlte sich von einer Hand an seinem Hemdrücken hochgezogen.

»Stehen Sie auf«, sagte die Stimme. »Gehen wir.«

Als er auf den Beinen stand, sah Mason den Lauf einer Pistole. Dann einen silbernen Stern. Dann Sandovals Gesicht. Er wischte sich das Blut aus den Augen, sah die offene Tür, den Flur, den Aufzug. Dann taumelte er voran und lehnte sich gegen die Aufzugwand, als die Tür sich schloss.

Er sah auf und merkte, dass Sandoval beinahe genauso schwer atmete wie er selbst.

»Cole hat Diana mitgenommen«, sagte er. »Schlagen Sie Alarm. Finden Sie sie.«

»Was zum Teufel war da oben los?«

»Cole hat von unserem Deal erfahren.«

»Scheiße. Ich hätte ihn mir gleich hier draußen schnappen sollen.«

»Sie haben ihn gesehen? War Diana bei ihm?«

»Ja, sie sind ...«

»Wir müssen sie finden. *Schnell!*«

»Wenn sie zurück zum Restaurant fahren«, sagte Sandoval, »rufe ich Verstärkung. Ich lasse ein Dutzend Leute dort auflaufen. Wir schnappen sie uns, sobald sie dort ankommen.«

»Aber wenn sie in dem Wagen ist ...«

»Ist sie solange sicher, oder? Wir haben das im Griff. Ich will einfach Cole selber die Handschellen anlegen.«

Das war nicht der Plan, dachte Mason. *Aber jetzt mache ich erst mal mit.*

Hauptsache, Diana ist in Sicherheit.

Der Lift setzte mit einem dumpfen Geräusch im Erdgeschoss auf.

»Gern geschehen, übrigens«, sagte Sandoval.

»Was?«

Die Tür ging auf.

»Dass ich Ihren Arsch gerettet habe.«

Dann explodierte der Kopf des Detectives.

Mason fiel nach hinten, alles ausgelöscht von dem plötzlichen Krachen des Schusses. Der Schock überrollte Mason, Blut und Gehirnmasse waren in einem rot-rosa Bogen über die Aufzugwand gespritzt. Mason sah an sich herunter und merkte, dass er Blut im Gesicht hatte, über der ganzen Brust. Während er mühsam auf die Beine kam, sah er, wie Sandoval langsam in die Sitzposition hinunterrutschte und nach vorn sackte. Ein Auge war weg, das andere noch offen.

Er bekam keine Luft, hörte nichts außer dem Klingen seiner Ohren.

»Scheiße noch mal …«, sagte er, hörte kaum seine eigenen Worte.

Dann sah er auf.

Quintero stand dort, dieselbe Nighthawk Custom 1911 in der Hand, die er auch auf ihn gerichtet hatte, als er ihn vor seinem Haus entdeckt hatte.

»Du hast ihn umgebracht …«, begann Mason, als sein Gehör langsam zurückkehrte.

»Oh ja, und dich würde ich auch umbringen, wenn ich könnte«, sagte Quintero. »Aber meine Befehle lauten anders.«

Quintero bemerkte seinen Fehler, kaum dass die Worte heraus waren, und wollte Mason die Pistole über den Kopf ziehen, doch der war schneller und duckte sich unter seinem Arm weg. Verzweifelt entschlossen, dort rauszukommen, halb totgeprügelt und unempfindlich für weitere Schmerzen, landete er drei saubere Geraden auf Quinteros Bauch, holte zu einem Aufwärtshaken aus und traf ihn mit Wucht aufs Kinn. Quintero packte ihn am Hals und zerrte an seiner immer noch verbundenen Schusswunde – der Wunde, die er selbst genäht hatte.

Mason schwang einen Arm über Quinteros Handgelenke und drückte sie mit ganzer Kraft nach unten, schlug ihn dabei mit zwei schnellen linken Haken ins Gesicht, aber Quintero ließ nicht los, sondern zog ihn zu sich heran, zielte auf einen Kopfstoß ab. Mason holte schnell mit dem rechten Arm aus, gerade als Quinteros Kopf nach vorn schoss. Er spürte den Zusammenprall mit Quinteros Nase den ganzen Arm hinauf, schwang aber durch, als wollte er ihm den Ellbogen bis zum Hinterkopf durchs Gesicht stoßen.

Quintero ging in die Knie, Blutfontänen schossen aus beiden Nasenlöchern. Ein fairer Kampf war das zu diesem Zeitpunkt nicht mehr, aber Mason schlug ihn trotzdem noch einmal ins Gesicht. Und noch einmal. Er schlug ihn, bis seine rechte Hand wund war und blutete. Für Diana, für seine Familie, für einen toten Cop auf dem Liftboden. Für sich selbst.

Beim Aufstehen nahm er Quinteros Waffe an sich. Dann warf er einen letzten Blick auf Sandoval, den Mann, der ihn verhaftet und ins Gefängnis gebracht hatte. Den Mann, der ihn monatelang verfolgt und ihm ständig über die Schulter geblickt hatte. Den Mann, der ihn gerade gerettet hatte.

Sandoval hatte eine Frau und zwei Kinder. Der Rest von Masons Menschlichkeit würde ihn deshalb lange quälen. Wahrscheinlich sein Leben lang. Doch jetzt hatte er keine Zeit dafür.

Er ging hinaus, um Diana zu suchen.

Als Cole in die Wohnung kam, stand Diana bereits am Fenster und blickte hinaus auf die Lichter der Stadt. Cole ging zu ihr und stellte sich neben sie. Er berührte sie nicht.

»Alles leer hier«, sagte er und sah sich um. »Da sucht er sich einen Ort für sich allein, und dann ist da nichts.«

Sie musste an den Tag denken, als sie ihm zum ersten Mal begegnet war. In dem alten Restaurant ihres Vaters, inzwischen abgerissen und zubetoniert. Ihr Vater längst tot und begraben, getötet von zwei Männern, die für einen von Coles Konkurrenten gearbeitet hatten.

Niemand hatte je wieder eine Spur von den beiden gefunden.

Sie machte einen Schritt auf Cole zu und legte ihm die Hand auf die Brust. »Darius«, sagte sie, und nun schlich sich doch Furcht in ihre Stimme, »ich bin es. Deine Diana. Möchtest du jetzt nicht mit mir zusammen sein? Es ist zwölf Jahre her.«

Er strich ihr eine Haarsträhne aus dem Gesicht. »Das geht nicht gegen dich«, sagte er. »Es geht gegen Nick. Ich möchte, dass du das verstehst.«

Eine Träne lief ihr über die Wange. Cole wischte sie fort.

»Ich muss ihm etwas nehmen«, sagte er.

Er beugte sich zu ihrem Ohr vor.

»Ich muss ihm weh tun«, flüsterte er. »Das ist die einzige Möglichkeit.«

Fast zwanzig Jahre nachdem das Rauchen in sämtlichen Innenräumen der Stadt verboten worden war, stank die Eckkneipe der Familie Burke immer noch wie ein Aschenbecher, durchmischt mit dem Geruch von verschüttetem Bier und fettigem Essen. Bruce Harper fühlte sich um ein halbes Jahrhundert in der Zeit zurückversetzt. Runde Holztische mit dünnen Wachstuchdecken darauf. Schalenstühle aus Plastik. Ein Billardtisch mit verblasstem grünen Filz. Barhocker, deren Sitzflächen mit Klebeband geflickt waren. Harper drückte den Lichtschalter, woraufhin zwei Deckenleuchten, fleckig von toten Fliegen, ein trübes Licht gaben, das kaum bis in die Ecken reichte.

Er ging hinter den Tresen und durch die Verbindungstür in die Küche. Dort blickte er auf die getrockneten Blutflecken auf dem rissigen Linoleumboden. Noch mehr Blutflecken in der Spüle, und er wusste, dass die Polizei ein Fleischermesser mit Blut und Brandspuren daran sichergestellt hatte.

Sie haben das Messer auf diesem Herd erhitzt, dachte Harper. *Seine Haut damit versengt. Ihm dann die Finger der einen Hand abgehackt.*

Das Messer wieder auf dem Herd zum Glühen gebracht, ihm wieder ihre Frage gestellt. »Wo ist dein Cousin?«

Ihn weiter versengt und die Finger der anderen Hand abgeschnitten.

Harper stieg in die Wohnung über der Bar hinauf. Wieder ein Schritt zurück in der Zeit: ein waschechter Röhrenfernseher, ein Klapptisch, vollgemüllt mit zerknüllten Fast-Food-Tüten neben einer durchgesessenen Couch.

War Burke hier?, fragte er sich.

Er nahm eine der Papiertüten und untersuchte den Bon – über eine Woche alt. Dann ging er in die Küche, sah Geschirr in der halb mit Wasser gefüllten Spüle, über dem ein dünner, grüner Schimmelfilm trieb.

Er ging ins Schlafzimmer, zog die Tagesdecke vom Bett und blickte auf Bettwäsche, die schon vor Monaten hätte gewaschen werden müssen. Dreckige Klamotten überall auf dem Fußboden. Der einzige Wandschmuck: eine Karte von Irland, bemerkenswert, weil auf ihr keine Grenze zwischen den Counties von Nordirland und dem Rest der Insel eingezeichnet war.

Hier müsstest du dich doch verstecken, dachte Harper. *Das kommt einem Zuhause für dich am nächsten.*

Er nahm das gerahmte Foto von der Kommode – drei

Männer, die draußen vor der Bar standen, einer davon der junge Sean Burke –, setzte sich auf die Bettkante und blickte in das Gesicht eines Killers.

Auf dem Weg hinaus brachte er das Tatort-Absperrband wieder an. *Es war keine Zeitverschwendung,* sagte er sich beim Wegfahren. *Die Nachbarschaft hier kann noch so eng zusammenhalten, eine halbe Million ist verdammt viel Geld.*

Falls dieser Dreckskerl, der die Wachen abgeschlachtet hat, demnächst nach Hause kommt …

… kriege ich ihn.

Sean Burke sah den Marshal aus dem Bunker in sein Auto steigen, sah den weißen Verband um seinen Kopf.

Er hatte bereits beobachtet, wie der Mann die Häuser in der Straße abgeklappert und allen seine Karte gegeben hatte, die ihm die Tür aufmachten. Letzte Nacht hatte Burke in der Wohnung oben geschlafen, ohne das Licht anzuknipsen. Niemand in der Nachbarschaft hatte ihn gesehen, und in ein paar Stunden würde er wieder weg sein. Jetzt gab es keinen Grund mehr, je wieder zurückzukommen.

Burke ging zum Hintereingang der Bar und nahm den Ersatzschlüssel vom Türpfosten, der seit vierzig Jahren dort lag. In der Küche blieb er noch einmal kurz stehen und blickte auf die Blutflecken auf dem Boden. Aus alter, lebenslanger Gewohnheit bekreuzigte er sich.

Dann ging er in den Barraum hinüber und machte es sich bequem, um zu warten.

Mason parkte den Jaguar hinter dem Restaurant und betrat es durch die Küche. Einer von Coles Männern stand dort, weitere waren wahrscheinlich an den anderen Türen postiert. Dieser hier kehrte ihm den Rücken zu und telefonierte.

»Keine Sorge«, hörte er ihn sagen, »er kommt hier nicht rein.«

Innerhalb von fünf Sekunden hatte er ihm das Gegenteil bewiesen, indem er ihm einen langen eisernen Grillspieß über den Kopf zog, bevor er sich ganz umdrehen konnte. Der Mann ging zu Boden. Mason wischte sich das Gesicht mit einem Geschirrtuch ab und legte es rotdurchtränkt wieder hin, ignorierte die beiden Köche, die ihn anstarrten.

Er ging zum vorderen Küchenausgang, von wo aus er in den Gastraum blicken konnte. Zwischen den Männern in Anzügen, Frauen in Cocktailkleidern, Kellnern in weißen Hemden suchte er nach Diana. Er sah sie nicht. Cole sah er auch nicht.

Dann ging die Vordertür des Restaurants auf, und Cole marschierte mit zweien seiner Männer herein.

Diana war nicht bei ihm.

Alle standen auf und klatschten, umringten Cole, als er die Mitte des Saals erreicht hatte. Er schüttelte Hände, küsste Frauen, und Mason wusste, dass das den ganzen Abend so weitergehen würde. Ohne eine Gelegenheit, ihn allein zu erwischen.

Sein Plan war fehlgeschlagen, und er hatte keinen neuen. Alles, was er hatte, waren Schmerz und purer Instinkt. Dazu eine wachsende Angst, die er immer wieder beiseiteschieben musste.

Sie ist nicht tot, sagte er sich. *Diana ist nicht tot.*

Er bewegte sich flink durch die Menge. Cole sah überrascht auf, als er ihn bemerkte, aber niemand schrie, bis er ihm Quinteros Nighthawk an den Kopf drückte.
»Wo ist sie?«, zischte er ihm ins Ohr, während er ihm den freien Arm von hinten um die Brust klemmte.
Geschrei erhob sich. Einer von Coles Leibwächtern zog seine Waffe und zielte auf ihn.
»Ganz ruhig, alle«, sagte Cole, der sich schon von seiner Überraschung erholt hatte und seltsam gelassen klang.
Mason zog ihn rückwärts in die Küche, und Cole leistete keinen Widerstand. Sie gingen zur Hintertür hinaus und stiegen in den Wagen. Cole auf den Beifahrersitz, die Pistole stets auf seinen Kopf gerichtet, während Mason vorn herumging und sich ans Steuer setzte.
»Wo ist Diana?«, fragte er.
Als Cole nicht antwortete, zog er ihm die Pistole übers Gesicht.
Cole wischte sich den Mund ab. »Du hast einen Deal mit einem Cop gemacht, Nick.«
Mason schlug ihn erneut. Seine Hand war immer noch wund und schwoll jetzt an. Es mussten mindestens zwei Finger gebrochen sein, aber inzwischen war ihm alles egal.
»Der Abend ist schon schlimm genug für dich«, sagte Cole. »Überleg mal, was du gerade tust.«
Mason legte den Gang ein und fuhr los. Auf dem Expressway gab er Gas, dass der Jaguar röhrte. Als sie zur South Side kamen, fuhr er ab und durchquerte dann die dunklen, schmalen Straßen, der Wagen jetzt leise genug, um Cole Gelegenheit zum Sprechen zu geben.
»Als ich deinen Namen zum ersten Mal gehört habe«, sagte er, »warst du bei diesem Team, das die Nummer im Hafen durchgezogen hat. Einer von deinen Freunden ist

dabei umgekommen. Ein anderer ist davongekommen. Der vierte Mann wurde nie gefunden …«

Das Bild von McManus' Leiche, die in seinem Pool trieb, kam Mason vor Augen. Er verscheuchte es und fuhr weiter.

»Und der Einzige, der in den Knast kommt, bist du.«

»Sag mir, wo sie ist«, erwiderte Mason, den Blick auf die Straße gerichtet. »Ich brauch jetzt kein Geschwafel über die gute alte Zeit.«

»Ich versuche nur, es zu verstehen, Nick. Wie es soweit mit uns kommen konnte. Wir sind jeden Tag dort an diesem Maschendrahtzaun langgegangen. Du und ich, auf dem Gefängnishof. Haben uns unterhalten. Ich hätte eigennützig sein und dich bei mir behalten können.«

»Ja, du bist ein echter Wohltäter.«

»Wie viele Jahre hattest du noch abzusitzen? Zwanzig? Mindestens. Du wärst jetzt immer noch im Zellenblock A und würdest dich fragen, warum deine Familie dich vergessen hat. Und stattdessen … sieh dich nur an. Das habe ich dir gegeben, Nick. Ich habe dir dein Leben zurückgegeben!«

»Schönes Scheißleben.«

»Du hast deine Familie wiedergesehen. Wie viel ist dir das wert? Wie wär's mit ein bisschen Dankbarkeit?«

Mason fuhr mit quietschenden Reifen rechts ran, hinter ihm lautes Gehupe. Cole wurde vor- und zurückgeschleudert. Mason packte ihn am Revers.

»Dieses Leben, das du mir gegeben hast«, sagte er und starrte ihm aus nächster Nähe ins Gesicht, »ist eine verfluchte Horrorshow. Und dieser Bunker in New York … das war eine Selbstmordmission. Ich war so gut wie tot, als ich da reinging, und das wusstest du.«

»Du hast deinen Job gemacht«, sagte Cole seelenruhig. »Als wir unsere Abmachung getroffen haben, habe ich dir da nicht klipp und klar die Bedingungen genannt? Hast du nicht genau gewusst, worauf du dich einlässt? *Bewegungsfreiheit, keine Freiheit* – erinnerst du dich? Du gehst ans Handy, du tust, was man dir sagt. Das war der Deal, dem du zugestimmt hast.«

»Ich hatte keine andere Wahl, das war dir klar. Ich hätte alles getan, um da rauszukommen. Und du hast das benutzt, um ein ... ein verdammtes Ungeheuer aus mir zu machen.«

»Ich habe gar nichts aus dir gemacht, Nick. Du bist immer noch derselbe wie damals, als du reinkamst. Du bist bloß besser geworden.«

Mason zog die Pistole, entsicherte sie und drückte sie Cole an die Schläfe.

»Es ist vorbei«, sagte er. »Ich zerreiße den Vertrag. Keine Anrufe mehr. Kein Töten.«

»Nur zu«, sagte Cole, »blas mir das Gehirn weg. Deiner Familie tust du damit das Gleiche an. Allen miteinander, noch bevor die Nacht zu Ende ist.«

»Nein«, sagte Mason. »Keine Drohungen gegen meine Familie mehr, das hört jetzt auch auf. Diesmal lass ich's darauf ankommen.«

»Ich will dich was fragen, Nick. Pass gut auf. Wenn Quintero nichts von mir hört, macht er sich auf den Weg nach Elmhurst. Willst du, dass er deine Frau zuerst erledigt, während deine Tochter zusieht? Oder lieber umgekehrt? Deine Entscheidung.«

»Quintero macht nichts dergleichen heute Nacht«, entgegnete Mason, »vor allem, da das seine Waffe ist, die ich hier halte.«

Cole lachte. »Na und, glaubst du, du kannst auf diese Weise gewinnen? Glaubst du, es ist so einfach?«
Wo habe ich das schon mal gehört?, fragte sich Mason.
Von Quintero. Als ich es riskiert habe, ihm vorzuschlagen, dass wir zusammen aussteigen.
»Na los«, sagte Cole. »Drück ab.«
Mason nahm die Waffe herunter, packte den Schaltknüppel und rammte den Gang rein.
»Ich töte dich nicht«, sagte er, während er zurück auf die Fahrbahn schwenkte. »Sandoval ist nicht der Einzige, mit dem ich heute Abend eine Abmachung getroffen habe.«

Unterwegs ging Harper in Gedanken noch einmal alle Gespräche durch, die er mit den Anwohnern der Straße geführt hatte, auch alles, was er in der Bar und der Wohnung darüber gesehen hatte.
Irgendetwas hatte eine Irritation ausgelöst, aber er kam ums Verrecken nicht darauf, was es war.
Langsam ließ er alles noch einmal vor seinem inneren Auge ablaufen, alles, was er gemacht hatte, alles, was er gesehen hatte. Jeden Schritt.
Die Straße. Die Bar. Die Wohnung.
Das Bett.
Mit einem Schlag fiel es ihm ein – das eine, das nicht gepasst hatte. *Das Bett war gemacht gewesen.*
Wie wahrscheinlich war es, dass der Mann, der in dieser Wohnung gelebt hatte, sein Bett machte, während er alles andere verkommen ließ? Aber ein Mann, der die letzten Jahre im Gefängnis verbracht hatte? So jemand macht sein Bett sofort nach dem Aufstehen, jeden und jeden verdammten Morgen. Wer lange nach dem strikten Gefängnis-

reglement gelebt hat, dem ist das so in Fleisch und Blut übergegangen, dass er nicht mal mehr darüber nachdenkt.
Burke ist dort gewesen.
Harper wendete und raste zurück zu der Kneipe.

Burke sah auf seine Uhr, als er den Wagen hinter der Bar halten hörte. Gleich danach ging die Tür auf, aber er blieb in seiner dunklen Ecke sitzen. Nick Mason kam mit einem anderen Mann herein. Einem Mann, den er seit zwölf Jahren nicht gesehen hatte.
Darius Cole.
»Ist das mein Garten Gethsemane?«, fragte Cole und setzte sich. »Ich sehe keine Schergen.«
Diesen Moment wählte Burke, um aufzustehen und den Lichtschalter zu betätigen. Er trat in die schummerige Beleuchtung.
Cole sagte kein Wort, aber Mason bemerkte die Veränderung in seiner Körpersprache. Er rutschte auf seinem Barhocker herum, verschränkte die Arme vor der Brust. Dieser Mann war viele Jahre lang von den schlimmsten, gewalttätigsten Schwerverbrechern umgeben gewesen, aber jetzt sah Mason zum ersten Mal, wie seine gleichmütige Fassade Risse bekam.
»Mason, du bist ein Mann, der Wort hält«, sagte Burke. »Ist selten heutzutage. Und Mr. Cole …«
Er verbeugte sich vor ihm. »Schön, Sie draußen zu sehen.«
»Kann nicht dasselbe von dir sagen.«
»Wie viele Männer haben Sie geschickt, um mich umzubringen?«, fragte Burke. »Zehn? Zwanzig?«
»Egal wie viele«, antwortete Cole, »offensichtlich waren es nicht genug.«

»Burke«, mischte Mason sich ein, »du lässt ihn nicht sterben, bis er mir gesagt hat, wo Diana ist.«

Cole blickte zwischen ihnen hin und her. »Ich glaube, darauf kommt es nicht mehr an, Gentlemen.«

»Es gibt viele Möglichkeiten, einen Mann zu Tode zu bringen«, sagte Burke. »Das sollten Sie besser wissen als jeder andere. Also geben Sie Mason, was er will.«

Cole sagte nichts.

Er rührte sich nicht.

Burke grinste. »Ich hatte gehofft, dass Sie sich für die harte Tour entscheiden.«

Cole zog Mason zu sich heran und flüsterte ihm ins Ohr: »Bist du sicher, dass du es wissen willst, Nick?«

Mason schluckte schwer. »Sag's mir.«

»Sieh in deiner Wohnung nach.«

Mason legte seine Hände um Coles Hals, spürte aber einen plötzlichen, scharfen Schmerz, als Burke mit eisernem Griff seinen rechten Bizeps umfasste.

»Lass ihn«, sagte Burke.

Mason machte den Mund auf, doch es kam nichts heraus. In ihm tobte ein Kampf zwischen *hierbleiben, Cole weh tun, Cole töten. Oder loslaufen.*

Burke ließ seinen Arm los. »Geh schon, Boyo.«

Mason stürzte zur Tür. Ein paar Sekunden später brauste er vom Parkplatz.

Burke und Cole blieben allein im stillen Halbdunkel der Bar zurück.

Burke lächelte wieder und griff zu seinem Werkzeugkasten.

Harper hielt einen Block von der Bar entfernt, stieg aus und ging zu Fuß darauf zu. Als er einen schwachen Lichtschein durchs Fenster erkannte, zog er seine Glock und eilte leise zum Hintereingang. Er war unverschlossen.
Die Waffe im Anschlag, schlich er durch die dunkle Küche. Von der Bar fiel ein trüber Schimmer herein. Als er sich der Tür näherte, hörte er Geräusche von drinnen. Ein heftiges Schnappen nach Luft. Ein gedämpftes Keuchen. Das Ächzen eines Menschen, der Schmerzen litt.
Er schob die Tür mit dem Pistolenlauf ein Stück weiter auf und sah Sean Burke auf der Kante des Billardtischs hocken. Ein Mann lag lang ausgestreckt vor ihm auf dem Boden. Darius Cole, Blut im Gesicht.
Burke hielt eine Bohrmaschine in der einen Hand und ein langes, spitzes Messer in der anderen. Er saß gebeugt und blickte mit höchster Konzentration auf Cole herab. Ein ernsthafter Mann, der eine ernsthafte Arbeit verrichtete.
Harper trat durch die Tür und richtete die Pistole auf Burkes Brust. Burke rutschte vom Tisch herunter, als er ihn sah, so dass er ihm gegenüberstand.
»Ich hätte dich töten können in dem Bunker«, sagte er.
»Hättest du vielleicht tun sollen.«
Die beiden Männer sahen sich an, nichts zwischen sich als Stille und Staub und der reglose Körper von Darius Cole auf dem Fußboden.
Burke machte den Mund auf, um etwas zu sagen, und Harper drückte ab, schoss ihn fünfmal schnell hintereinander in die Brust. Dann zielte er neu und jagte ihm eine sechste Kugel mitten in die Stirn.
Burkes Kopf flog zurück, er fiel gegen den Tisch und rutschte daran herab, bis er neben Cole auf dem Boden lag. Harper ging auf ihn zu, immer noch mit gezückter Waffe.

Cole sah zu ihm auf. Blut rann aus seinem Mund, doch ansonsten wirkte er nicht ernsthaft verletzt. Nur wenige Minuten später hätte das ganz anders ausgesehen, erkannte Harper.

Dann durchzuckte ihn ein zweiter Gedanke.

Das war Darius Cole, der Mann, der die Morde an den beiden unter seinem Schutz stehenden Kronzeugen befohlen hatte.

Ich könnte ihn jetzt einfach erschießen. Niemand würde etwas davon erfahren. Kaum jemand würde sich darum scheren.

Cole schien genau zu wissen, was in ihm vorging. Er sah ihm in die Augen, während er sich aufsetzte.

»Sie wissen, wer ich bin«, sagte er.

»Ja«, sagte Harper.

»Überlegen Sie sich gut, was Sie tun, Marshal.«

Ich kann das nicht noch mal machen, sagte Harper sich. *Ein Marshal darf sich höchstens ein einziges Mal gehenlassen. Ein zweites Mal, und er ist nicht besser als die Typen, die er jagt.*

Er steckte seine Pistole weg und sagte: »Ich rufe einen Krankenwagen für Sie.«

Mason rannte die Treppe hinauf, zwei Stufen auf einmal nehmend. Er war völlig außer Atem, aber er lief weiter, rutschte aus, fiel hin, zog sich am Geländer hoch und erklomm die nächsten Stufen.

Bitte sei am Leben, flehte er in Gedanken.

Bitte sei am Leben.

Im siebten Stock taumelte er durch den Flur, zog seinen Schlüssel heraus.

Er schloss die Tür auf, knallte sie beim Hereinstürmen gegen die Wand.

»Diana!«, rief er und merkte schon, als er sie sah, dass er genau das erwartet hatte. Dass er genau gewusst hatte, was er vorfinden würde.

Sie lag auf dem Boden und schien zur Decke hinaufzustarren. Ihre Hände waren über dem Bauch gefaltet, wie zur Beerdigung aufgebahrt. Als hätte ihr Mörder sich ein letztes bisschen Respekt für sie bewahrt und sie so hergerichtet, bevor er ging.

Mason kniete sich neben sie und sah die roten Male um ihren Hals. Sah ihre leblosen Augen ins Nichts blicken.

Er blieb mehrere Minuten bei ihr, ohne sich zu bewegen.

Bis sein Handy klingelte. Beim dritten Klingeln sah er hin.

Der Anruf kam von dem Handy, das er Burke gegeben hatte.

Er ging ran.

»Ist er tot?«

»Noch nicht.« Diese tiefe, unverwechselbare Stimme.

Darius Cole.

»Wie gesagt, Nick … glaubst du wirklich, es ist so einfach?«

23

Mason stand auf dem Gehweg gegenüber dem Town House. Ein Haus, in dem er sich nie zu Hause gefühlt hatte. Ein teures Behältnis für die Autos, die Kleider, diese ganze Existenz, die ihm jemand anders beschafft hatte.

Jetzt war ihm das alles wieder genommen worden.

Diana, die Frau, mit der er hier gewohnt hatte. Die er gerade erst näher kennengelernt hatte, nach Monaten als des Nebeneinanderhers als vertraute Fremde. Auch sie war ihm genommen worden.

Sogar der Schutz, den er mit so viel Mühe für Gina und Adriana in die Wege geleitet hatte. Ein Schutz als Resultat des verrückten Handels mit einem Cop, dessen erklärtes Ziel es gewesen war, ihn wieder ins Gefängnis zu bringen. Diesen Cop gab es nicht mehr und ebenso wenig seine Zusagen.

Was ist das Versprechen eines Mannes im Tod wert?

All das bedeutete, dass Mason nichts mehr zu verlieren hatte.

Was ihn zum gefährlichsten Mann der Welt machte.

Er nahm das Tablet aus seiner Jackentasche und öffnete die App, die Eddie darauf installiert hatte. Von der Erklärung dazu hatte er nicht viel verstanden – Wi-Fi-Signale und sichere IP-Adressen –, aber das Ganze lief auf eines hinaus: Damit konnte er den Livefeed von jeder Überwachungskamera im Haus sehen.

Er hatte noch etwas anderes: die Nighthawk Custom 1911,

die er Quintero abgenommen hatte, mit neun ACP-Patronen Kaliber .46 im Magazin und einer zehnten in der Kammer. Quintero hing in diesem Moment vermutlich irgendwo an einem Infusionstropf und sah einer umfangreichen Gesichtsrekonstruktion entgegen. So bald würde er nicht wieder auf etwas schießen.

Neben diesen Gerätschaften verfügte Mason über einen weiteren Vorteil: eine genaue Kenntnis des Hauses. Jedes Zimmer, jeder Winkel war ihm vertraut, und als er sich die Videoaufnahmen ansah, konnte er rasch vier Leibwächter ausmachen. Zwei hatten Sturmgewehre, die anderen beiden höchstwahrscheinlich halbautomatische Pistolen.

Noch zwei weitere wichtige Informationen erhielt er durch die letzten beiden Bilder, die er aufrief: Das Hauptschlafzimmer war leer, wobei der Anblick des Betts, in dem Diana geschlafen hatte, ihm einen schmerzlichen Stich gab. Dann das Büro: Cole saß am Schreibtisch und starrte konzentriert auf den Bildschirm eines Laptops.

Fünf Männer insgesamt, mindestens vier davon bewaffnet.

Zeit, sich in Bewegung zu setzen.

Mit der Haustür gab er sich gar nicht erst ab. Vermutlich hatten sie das Schloss ausgetauscht oder den Sicherheitscode für die Schalttafel innen geändert, was bedeutete, dass ihm nur wenige Sekunden Zeit bleiben würden, bevor der Alarm losging. Stattdessen ging er zu der hintersten der drei Garagentüren, die knapp außerhalb der Reichweite der Überwachungskameras lag. Die Bewegungen des Wächters oben auf der Dachterrasse hatte er bereits beobachtet. Der Mann beugte sich immer wieder übers Geländer, spähte und lauschte auf etwas, das aus der Dunkelheit kam. Mason schätzte, dass er vielleicht zwanzig Sekunden hatte, um ins Haus zu gelangen.

Obwohl das Town House mit dem teuersten digitalen Sicherheitssystem auf dem Markt ausgestattet war, brauchte er nur zwei Dinge, um es zu überlisten, zwei einfache Hilfsmittel, die ihm zu Beginn seiner kriminellen Karriere Zugang zu zahllosen Autos verschafft hatten: ein kleines Stück Holz und einen gerade gebogenen Drahtkleiderbügel. Er rammte das Holzstück in die Gummiabdichtung oben an der Garagentür und schob dann den Kleiderbügel durch den so entstandenen Schlitz. Der Schnappriegel an der Antriebskette lag etwa sechzig Zentimeter unterhalb der Türkante. Sobald er den Riegel mit dem Haken des Kleiderbügels hochgezogen hatte, war die Tür offen. Er schob sie langsam auf, um kein Geräusch zu machen, schlüpfte hindurch und schloss sie hinter sich wieder. Das Ganze hatte zwölf Sekunden gedauert.

Drinnen ging er in die Hocke und überprüfte die Nighthawk. Führte sich jeden seiner Schritte noch einmal vor Augen. Er fühlte wieder die erhöhte Konzentration, die er bei seinen letzten Aufträgen immer mehr entwickelt hatte – als er einen Mann auf den himmelhohen Etagen des Aqua gejagt hatte, einen anderen in den Bergen von Georgia verfolgt hatte, in einen unterirdischen Bunker eingedrungen war –, die letzte Stufe der Vervollkommnung seiner Fähigkeiten.

Die Tötungsmaschine war vollendet.

Mason schloss zehn Sekunden lang die Augen, holte tief Atem und stieß ihn dann langsam wieder aus. Jetzt war er bereit.

Er trat durch die Tür, die von der Garage in den unteren Vorraum führte. Der erste Wächter stand oben auf der Treppe, genau wie er erwartet hatte. Nicht direkt in der Mitte, sondern etwas rechts davon. In dem Moment war

das schon kein Mensch mehr. So etwas wie Unschuld gab es nicht mehr. Kein Abwägen zwischen tödlicher und nichttödlicher Gewalt. Das war einfach nur ein Ziel.
Das Ziel hatte kaum aufgeblickt, als Mason zweimal darauf schoss, auf die Rumpfmitte und den Kopf. Das Ziel fiel, und er lief die Treppe hinauf.
Reaktionszeit, Distanz. Eine einfache Gleichung jetzt. Reine Mathematik. Zweites Zielobjekt direkt voraus, auf dem Sofa vor dem laufenden Fernseher, die Waffe im Gürtel, wodurch es im Nachteil war. Mason feuerte sofort, als er oben ankam, bewegte sich dabei schon zur linken Wand, plante schon für das dritte Ziel, wie ein Billardspieler, der zwei Stöße vorausdenkt. Er schoss zweimal knapp über die Sofalehne hinweg und erwischte das zweite Ziel zwischen dessen erster Reaktion – aufspringen – und der zweiten – sich auf den Boden werfen.
Bewegung rechts von der Terrasse, aber zuerst der Flur links, Mason schon flach an die Ecke gedrückt. Das dritte Ziel befand sich vor der Bürotür. Mason lauschte auf Schritte. Hörte sie kommen. Wartete darauf, den Lauf der Waffe als Erstes auftauchen zu sehen – ein häufiger Fehler, durch den man eine Zehntelsekunde früher vom Gegner gesehen wird, als man ihn selbst sieht. Mason hielt die Nighthawk vollkommen ruhig mit beiden Händen. Noch ein Schritt, zwei, aufschimmernder Lauf, Feuer. Sogleich sprang er geduckt in den Flur und setzte den Folgeschuss in die Rumpfmitte des dritten Ziels, gerade als die Schüsse des vierten Ziels in die Wände um ihn herum einschlugen. Damit hatte er gerechnet. Ihm war klar, dass er nicht alle vier überraschen konnte.
Er wartete ein paar Augenblicke, ob Cole aus dem Büro kommen würde. Nichts. Dann konzentrierte er sich wie-

der auf den Mann, der auf der Terrasse positioniert gewesen war und sich jetzt im Haus befand, ihn aber nicht durch den Flur verfolgte. Immer noch defensiv eingestellt, eine natürliche Reaktion nach drei getöteten Kollegen. Mason wusste, dass das Herz des Mannes heftig schlug, dass Adrenalin durch seine Blutbahnen pulsierte. Er hatte ein Sturmgewehr und würde bei der geringsten Bewegung die nächste Salve abfeuern.

Mason schlich ins Billardzimmer, schnappte sich die weiße Kugel und schlich durch den Flur wieder zurück zum Wohnbereich. Seiner Vermutung nach hatte sich das vierte Ziel noch nicht weiterbewegt, sondern war hinter der Kücheninsel in Deckung gegangen.

Er schob sich gerade so weit bis zur Ecke vor, dass er die Hälfte des Küchenbereichs überblicken konnte. An der hinteren Seite gab es eine Tür mit einem Art-déco-Fenster wie aus einem Pariser Bistro, die in die Speisekammer und das Weinlager führte. Mason beugte sich zurück, hob ein Bein an und warf die Billardkugel. Die Scheibe zerbrach klirrend, und einen Sekundenbruchteil darauf ratterten die ersten Schüsse.

Er blieb in aufrechter Haltung, um den besten Schusswinkel zu haben, schnellte mit der Nighthawk im Anschlag um die Ecke und zielte auf die Kücheninsel. Das Ziel hatte sich halb aufgerichtet und seine Waffe auf die Zehn-Uhr-Position geschwenkt. Als es Mason entdeckte, schwenkte es wieder herum, jedoch zu spät. Reaktionszeit plus Muskelkontraktion, kein Ankommen gegen die Geschwindigkeit einer ACP-Kugel. Der Kopf des Zielobjekts wurde durch den Einschlag nach hinten gerissen. Kein zweiter Schuss nötig.

Mason schwang den Lauf sofort nach hinten herum, wo er

sich eine Blöße gegeben hatte – Cole hätte aus dem Büro kommen und ihn töten können. Doch die Tür war nach wie vor geschlossen.

Seine Waffe brauchte er nicht zu überprüfen. Er wusste, dass er sieben Mal geschossen und folglich noch drei Kugeln hatte.

Er nahm das Tablet aus der Gesäßtasche und checkte den Feed der Überwachungskamera im Büro. Cole hatte sich nicht vom Fleck gerührt, saß immer noch am Schreibtisch. Der Gedanke schoss ihm durch den Kopf, dass er vielleicht schon tot war. Doch dann sah er ihn blinzeln und sich den geschwollenen Mund reiben. Beide Hände schienen leer zu sein, aber Cole war der gerissenste Mann, der Mason je begegnet war. Er würde nicht einfach schutzlos dasitzen und auf ihn warten.

Mason näherte sich der Tür, blieb neben dem Türknauf kurz stehen und wechselte dann schnell auf die andere Seite. Sollte Cole durch die Wand feuern, würde er diese Ecke nehmen.

Mason streckte den Arm nach dem Türknauf aus und drehte ihn ein paar Millimeter. Er war nicht verschlossen. Ihn ganz herumdrehend, öffnete er die Tür und zog sich dann schnell von der Öffnung zurück.

Keine Schüsse.

Er ließ sich auf ein Knie herab und lugte von schräg unten um die Ecke. Cole würde vom Tisch aufstehen müssen, um auf ihn zu schießen. Nichts regte sich. Mason erhob sich schnell und richtete die Nighthawk auf Coles Brust. Diesmal zielte er nicht auf ein Objekt. Diesmal zielte er auf einen Mann.

»Ich wusste, dass du kommen würdest«, sagte Cole. Ein roter Streifen zog sich über seine linke Kinnlinie, und er hatte einen Bluterguss unter dem linken Auge, der am nächsten Morgen noch schlimmer sein würde.

Doch für Darius Cole würde es keinen nächsten Morgen geben.

»Vielleicht hattest du recht«, sagte Mason. »Vielleicht hast du mich wirklich nicht verändert. Du hast nur dafür gesorgt, dass ich besser werde.«

»Bevor du sonst noch was anstellst – hier ist jemand, der mit dir sprechen will«, sagte Cole.

Mason erstarrte, erwartete eine Bewegung hinter sich. Doch Cole drehte nur den Laptop zu ihm herum.

Auf dem Bildschirm war ein Gesicht zu sehen. Das eines Weißen Mitte fünfzig. Kurzgeschnittene dunkle Haare, graue Schläfen. Es strahlte Intelligenz und Selbstsicherheit aus.

Das Gesicht eines befehlsgewohnten Menschen.

»Mr. Mason«, sagte der Mann mit der sorgfältigen Aussprache eines Nichtmuttersprachlers und einem undefinierbaren Akzent. »Ich wollte Sie schon länger kennenlernen.«

»Wer sind Sie?«

»Ihr Arbeitgeber.«

Mason sah Cole an. »Wovon redet der?«

»Mr. Cole arbeitet für mich«, sagte der Mann. »Was bedeutet, dass Sie ebenfalls für mich arbeiten. Das haben Sie von Anfang an getan.«

Mason stand still da, die Nighthawk immer noch auf Coles Brust gerichtet.

»Ich habe keine Ahnung, wer der Typ ist«, sagte er, mit dem Kopf auf den Bildschirm deutend, »aber er wird dir nicht helfen.«

»Mr. Mason«, sagte der Mann, nun leicht gereizt, »ich möchte, dass Sie mir sehr genau zuhören.«

Mason blickte auf das kleine Kameraauge über dem Monitor. Wo auch immer dieser Mann war, er beobachtete ihn. Was in ihm den Drang auslöste, den Laptop zu nehmen und auf dem Boden zu zerschmettern.
»Sie haben unserer Aktivitäten in Chicago beeinträchtigt«, sagte der Mann. »Es wird mich eine enorme Summe kosten, den Schaden zu beheben.«
»Schreiben Sie mir 'ne Rechnung«, sagte Mason.
»Das werde ich. Sie werden Ihre Schulden über lange Zeit bei mir abarbeiten. Und wenn wir nicht schon so viel in Sie investiert hätten …«
»Ich mache gar nichts für Sie.«
Der Unbekannte reagierte verärgert auf die Unterbrechung. Er nickte jemandem außerhalb des Bildbereichs zu, und im nächsten Moment sah Mason ein zweites Fenster auf dem Bildschirm aufgehen. Er brauchte ein paar Sekunden, um zu verstehen, was ihm da gezeigt wurde: Ein Mann und eine Frau gingen durch ein leeres Haus, betrachteten eine Abzugshaube über einem Gourmet-Herd. Kurz darauf erschien ein junges Mädchen hinter ihnen.
Es waren Brad und Gina.
Und Adriana.
Mason schluckte. Er starrte weiter auf die Bilder, während die beiden wichtigsten Menschen in seinem Leben und der Mann, der versprochen hatte, sie zu beschützen, in ein anderes Zimmer weitergingen.
»Das ist das Haus, für das Mr. Parks heute eine Anzahlung geleistet hat«, sagte die Stimme des Unbekannten. »Wie Sie sehen, sind die Überwachungskameras bereits installiert.«
»Nein«, stieß Mason hervor.
Als das Fenster verschwand, wollte er in den Monitor greifen und das Bild zurückbringen, damit er sie warnen

konnte, ihnen zubrüllen konnte, dass sie fliehen sollten. Doch er sah nur wieder den ruhig vor der Kamera sitzenden Mann. Mason bemerkte erst jetzt das große Panoramafenster hinter ihm, durch das Bürohochhäuser zu erkennen waren, wie sie in jeder beliebigen amerikanischen Großstadt standen. Allerdings war es Tag dort, er musste sich also mehrere tausend Meilen weit weg befinden. Unantastbar.

»Sie werden weiterhin genau das tun, was ich Ihnen sage«, fuhr der Mann fort. »Sie werden die Zielpersonen, die ich Ihnen nenne, exekutieren. Mr. Cole hat alle Angaben für Ihren nächsten Auftrag, dazu einen Pass mit Ihrer neuen Identität.«

Cole zog eine Schublade auf und holte einen großen braunen Umschlag heraus, den er vor Mason auf den Schreibtisch legte.

»Weitere Anweisungen erhalten Sie an Ihrem Zielort. Sollten Sie in irgendeiner Weise davon abweichen, werden Ihre Ex-Frau, deren Mann und Ihre Tochter aus ihrem Haus entführt. Die ersten zwölf Stunden werden sie gefesselt und mit verbundenen Augen auf einem Betonfußboden liegen, nahe genug beieinander, dass sie sich hören können, aber ohne sich berühren zu können. Möchten Sie, dass ich Ihnen die nächsten zwölf Stunden beschreibe?«

Mason antwortete nicht.

»Gute Nacht, Mr. Mason.«

Der Bildschirm wurde leer.

Mason starrte immer noch darauf, unfähig, sich zu regen. Das war der Moment. Der lange stumme Moment, in dem es ihm wie Schuppen von den Augen fiel.

Alles, was ich zu wissen glaubte, war eine Lüge.

Für wen ich zu arbeiten glaubte.

Womit ich das Ganze beenden zu können glaubte.
All die Menschen um mich herum, der Preis, den sie bezahlt haben …
Laurens Leben zerstört.
Sandoval tot.
Diana tot.
Gina, Adriana … vielleicht für immer verloren.
Denn alles, was ich getan habe …
Mein ganzer Plan …
Mein ganzer beschissener idiotischer Plan, um endlich frei zu sein …
War völlig vergebens.
Es gab nie eine Ausstiegsstrategie.
Weil es nie einen Ausweg gab.
Cole beendete das Schweigen. »Das war dein letzter Test«, sagte er und deutete auf die im Haus verstreuten toten Leibwächter. »Du hast bestanden.«
»Wie groß ist diese Organisation?«
Cole zögerte einen Augenblick, sagte dann: »Das wirst du nie erfahren.«
Nach einem weiteren Augenblick beugte er sich vor und klappte den Laptop zu. Das klickende Geräusch hatte einen endgültigen Klang, der zwischen ihnen im Raum nachhallte.
Cole stand vom Schreibtisch auf und kam zu ihm herum. In diesem Moment waren sie die letzten beiden Männer auf Erden. Englewood und Canaryville. *Daimyo und Samurai.* Mason sah Cole in die Augen, die Nighthawk immer noch in der rechten Hand.
»Nimm den Umschlag und verschwinde aus meiner Stadt«, sagte Cole. »Und jetzt entschuldige mich, das Blut verdirbt mir noch die Holzdielen.«

Als er ging, um das Zimmer zu verlassen, hob Mason die Pistole. Cole blieb an der Tür stehen.
»Nick«, sagte er, ihm den Rücken zukehrend, »meinst du wirklich, das ist ein guter Zeitpunkt, um Dummheiten zu machen?«
Mason antwortete nicht. Keiner von beiden bewegte sich.
»Du wirst mich nicht in den Rücken schießen«, sagte Cole.
»Dann dreh dich um.«
Kopfschüttelnd drehte Cole sich langsam zu ihm um.
»Was können sie schon mit mir machen?«, fragte Mason. »Nach allem, was sie investiert haben …«
Er sah Cole an, dass er die richtige Schlussfolgerung zog. Seine Miene verdüsterte sich schlagartig, als wäre ein Vorhang gefallen, und zum ersten Mal seit jenem Tag, als er in seinen Zellenblock gebracht worden war, um ihn kennenzulernen, sah Nick Mason unverstellte kreatürliche Angst in Darius Coles Augen.
»Weißt du, wie viele Menschen ich für dich getötet habe?«, fragte er.
»Wir sind quitt, Nick. Du tötest jetzt für jemand anderen.«
»Du hast recht«, sagte Mason. »Das hier ist nur für mich. Und für Diana.«
Er drückte dreimal ab, und die letzten Kugeln in seinem Magazin durchschlugen Coles Körper. Cole wurde gegen den Türrahmen geschleudert und starrte ihn mit weit aufgerissenen Augen an, bis er schließlich zu Boden sackte.
Mason stand eine volle Minute einfach nur da. Er wartete darauf, irgendetwas zu empfinden oder eine körperliche Reaktion auf seine Tat zu spüren. Aber er hatte zu viel hinter sich, hatte genug Blut für ein ganzes Leben gesehen. Er war inzwischen immun dagegen. Er war leer.

Er legte die Pistole auf den Schreibtisch, nahm den Umschlag und stieg über Coles Leiche hinweg.
In dem Zimmer neben der Terrasse, in dem er geschlafen hatte, seit er aus dem Gefängnis entlassen worden war, machte er noch einmal kurz halt. Er zog die Nachttischschublade auf und nahm das zerknitterte Foto von Gina und Adriana heraus, das kurz vor seiner Inhaftierung entstanden war, als seine Tochter erst vier und das Leben, wie unvollkommen auch immer, noch in Ordnung gewesen war.
Alles andere ließ er zurück. Es gehörte ihm im Grunde sowieso nichts davon.
Dann ging er ein letztes Mal durch das Town House, an Leichen und gerinnenden Blutlachen vorbei, die Treppe hinunter und hinaus in die Nacht.

Zwölf Stunden später stieg eine Boeing 747 vom O'Hare-Flughafen in den Himmel. Ihr Ziel war Jakarta, die Hauptstadt der Republik Indonesien. Nick Mason saß auf einem Fensterplatz in der ersten Klasse, seine sämtlichen Besitztümer befanden sich in der Reisetasche unter dem Vordersitz.
Er blickte aus dem Fenster auf das sich unter ihm ausbreitende Chicago. Es war ein klarer Tag, so dass er die Wolkenkratzer von Downtown, die einundsiebzig Stadtteile, die sich in drei Richtungen erstreckten, und die endlose Wasserfläche des Lake Michigan im Osten sehen konnte.
Das war die Stadt, die er liebte. Die einzige Stadt, die er je sein Zuhause genannt hatte.
Und jetzt verließ er sie, flog ans andere Ende der Welt. Er

wusste nicht, was man als Nächstes von ihm verlangen würde. Welchem neuen Horror er sich stellen musste.
Er wusste nicht, wer auf ihn warten würde, wenn dieser Flieger landete. Oder ob er je zurückkommen würde.
Er wusste nicht mehr, wer er war.
Und ob er je frei sein würde.

Danksagung

Auch dieses Buch wäre nicht ohne Shane Salerno möglich gewesen, der mitgeholfen hat, Nick Mason zum Leben zu erwecken, und dabei zugleich mein Leben verändert hat. Mein Dank gilt außerdem David Koll, Nick Carraro, Don Winslow und allen anderen bei »The Story Factory«.

Ich danke Joe Fitzpatrick, stellvertretender Bundesanwalt für den Bezirk nördliches Illinois, sowie Police Detective John Campbell aus Chicago für die Einblicke in ihren Berufsalltag und die fachliche Beratung. Ein großes Dankeschön auch an Sara Minnich, Ivan Held und das ganze Team bei Putnam.

Die folgenden Bücher fand ich ausgesprochen hilfreich und möchte sie daher empfehlen:

Robert B. Baer: *The Perfect Kill: 21 Laws for Assassins*. Blue Rider Press 2013.

Pete Earley und Gerald Shur: *WITSEC. Inside the Federal Witness Protection Program*. Bantam Dell (Random House) 2002.

John Kroger: *Convictions: A Prosecutor's Battles Against Mafia Killers, Drug Kingpins and Enron Thieves*. Macmillan 2008.

Zum Schluss möchte ich den Menschen danken, die mich von jeher begleiten: Bill Keller und Frank Hayes, Maggie

Griffin, Jan Long und Nick Childs. Und mehr denn je meiner Frau Julia, die alles am Laufen hält, meinem Sohn Nicholas und meiner Tochter Antonia. Ich werde nie gut genug als Schriftsteller sein, um ausdrücken zu können, wie glücklich ich bin, euch als Familie zu haben.

Steve Hamilton

Das zweite Leben des Nick Mason

Thriller

Nick Mason war immer ein sauberer Gangster. Bis einer seiner Kumpels einen verdeckten Ermittler erschoss. Nick hielt sich an den Ehrenkodex, verriet seinen Komplizen nicht und ging in den Bau. Totschlag, Mindeststrafe: 25 Jahre.
Im Gefängnis macht ihm der Pate von Chicago ein verlockendes Angebot. Wenn Nick sein Auftragskiller wird, haut er ihn raus. Und so ist Nick nach fünf Jahren wieder in Freiheit – aber nur auf den ersten Blick. Denn welche Jobs muss er erledigen? Was wird sein erster Auftrag sein?

»Nick Mason ist einer der besten Charaktere,
die ich in den letzten Jahren gelesen habe.
Ein starkes, bewegendes,
absolut schonungsloses Buch.«
Harlan Coben

DROEMER